KB045824

'잠들 때까지 통화하기'는 아침에도 최고♪
"……좋은 아침."
내가 좋아하는, 나나미의 예쁜 눈동자.
잠에 취한 눈이지만, 그 맑은 빛은 건재했다.
어딘가 졸린 얼굴로 눈을 뜬 나나미는
나를 보자마자 베시시, 잠에 취한 미소를 지었다.

그 중에는
재미난
코스프레도……?
코스프레 카페에서 눈호강♪

미소녀가 모인
코스프레 카페는
대성황!

"어때……?
나나미는 앞에 달린 지퍼를 단번에 내리더
앞쪽을 기세 좋게 활짝 펼쳤
인형옷 아래에는…… 검은 옷이 보였

아싸인 내게 벌칙 게임으로

고백해 온 갸루가 아무리 봐도 나한테 반한 것 같다

volume 8

·유이시 Yuishi
·카가치 사쿠

커버 그림, 본문 일러스트 | **카가치 사쿠**

Contents

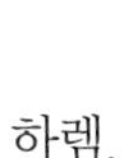

프롤로그 남의 말도 석 달?

하렘.

일상생활에서는 거의 듣지 못하는 단어이지만, 그 단어 자체를 아는 사람은 많지 않을까.

특정한 남자의 주위에 여자가 다수 있는 상황……. 더 정확히 말하면 남자에게 호감을 품은 여자가 여러 명 있는 상황이다.

반대로 한 여주인공에 대해 여러 남자가 호감을 품고 있는 상황을 역하렘이라고 표현하는 것 같다. 여성향 게임의 역하렘 엔딩 같은 거 말이다.

아무튼 내가 인식하고 있는 하렘이란 단어는 일대다수를 가리키는 말이다.

그런데 이 단어, 원래는 다른 뜻이라는 사실을 아는 사람은 얼마나 될까.

나도 잘 몰라서 간단하게 조사해 본 정도지만, 원래는 장소를 가리키는 말이었다고 한다. 금지된 장소…… 출입 금지 장소라는 뜻을 가진 말이 하렘인 것이다.

그런 것이 왜 여성이 많거나 남성이 많거나 하는 상황을 가리키게 되었는가 하면…….

일본인은 그런 식으로 원어를 개조하는 것을 좋아하는 것 같다. 어디선가 들어본 적이 있다. 라멘이나 카레, 스시 같은 것도 그런 부류라고.

다양한 문화를 접목하고 흡수해서 발전시킨다. 단순한 모방과도 다른, 조금 변태적이기까지 한 독자적인 문화가 생겨난 나라가 일본이란 곳이다.

그런 일본을 자랑스럽게 생각한다……라는 이야기는 아니고, 이는 일종의 현실 도피다. 그래서 평소에는 알아보지도 않는 어원 같은 걸 알아본 것이다.

실은 지금…… 우리에게…… 나에게, 조금 불명예스러운 소문이 돌고 있었다.

무슨 소문인지는 차차 설명하겠지만, 내가 그 소문의 존재를 알게 된 것은 놀랍게도 담임 선생님이 원인이었다. 하렘이라는 말을 듣고 어떤 소문인지는 쉽게 상상할 수 있겠지만 말이다.

이야기는 조금 과거로 거슬러 올라간다. 어느 정도인가 하면 구체적으로는 반장…… 시리시즈 씨가 갸루처럼 변하고 얼마 지나지 않은 날이다.

나는 선생님께 호출받았다.

선생님께 불린 건 나나미와 사귀었을 때 이후로 처음인가? 그때는 나를 걱정해서 부른 거였지만, 이번 걱정의 대상은 내가 아니었다.

"그러면 반장이 여름 방학이 끝난 후에 달라진 건 단순한 이미지 변신이었구나……."

"아, 네. 아마 그럴 거예요."

진지한 표정으로 질문했던 선생님은 내 대답에 안도의 한숨을 내쉬었다. 아무래도 시리시즈 씨가 변화한 모습이 상당한 충격을 안겨준 모양이다.

솔직히 나도 놀랐다. 처음에는 반장인지도 못 알아봤으니, 그 심정은 이해한다.

그런데 그걸 왜 나한테 물어보는 거지? 본인을 불러서 직접 물어보면 될 일이 아닌가?

"선생님, 저한테 물을 필요 없이 본인에게 물어보면 되지 않나요?"

"그렇지도 않아, 남자 교사가 갑자기 여학생한테 복장이 바뀌었는데 무슨 일 있냐고 묻기도 어려워. 성희롱이니 뭐니 하면서 시끄러워질 수도 있고……."

"그런가요? 그래도 학생을 지도한다는 명목이 있다면 괜찮은 거 아닌가요?"

"나도 그렇게 생각하긴 하는데, 학교에서도 주의해 달라는 잔소리를 듣고 있어서……."

무언가가 떠올랐는지 선생님이 아주 조금 언짢은 표정을 지었다. 머리를 벅벅 긁더니 답답한 표정으로 아까와는 다른 한숨을 내쉰다. 참으로 각박한 세상이다.

그리고 애초에 그것은 주의를 하는 사람에 따라서도 다를 테니까…… 시리시즈 씨라면 괜찮지 않을까? 선생님이 복장의 변화를 물었다고 성희롱이라며 소란을 피울 것 같지는 않았다.

아니면 갑자기 복장이 바뀌어서 사람도 바뀌었다고 생각한 걸까? 난 알고 있으니까 그런 생각은 하지 않았지만.

확실히 선생님의 입장이 되어 생각해 보면, 성실했던 학생이 여름 방학이 끝나고 갑자기 화려한 복장을 하고 오면…….

응, 본인에게 직접 물어보긴 어렵겠다.

그래서 나한테 물어본 건가. 이유는 알겠다.

"괜찮아요. 시리시즈 씨의 본질이 변한 건 아니니까요."

나는 선생님을 안심시키기 위해 시리시즈 씨가 바뀐 것은 복장뿐이라는 사실을 전했다.

다만 구체적인 내용은 나도 말할 수 없으니, 심경의 변화 쪽은 남에게 묻지 말고 본인에게 물어보라고 하자. 나도 그렇게까지 자세하게 아는 건 아니니까.

내가 아는 것은 그 복장을 코디한 것이 나나미라는 것 정도다.

본인에게 무척 잘 어울리니 역시 나나미는 대단해! 라고 말해 주고 싶은 마음이다. 뭐, 그것까지 선생님께 말할 생각은 없지만……. 뭔가 자랑하는 것 같잖아.

가만? ……여친이 코디한 여성을 내가 칭찬해도 되나? 괜찮을 것 같긴 한데, 지레짐작했다 틀어지면 안 되니 다음에 한 번 물어보자.

이제 이야기는 끝났나 싶어 내가 몸을 일으킨 순간이었다. 그 한마디가 선생님 입에서 튀어나온 것은.

"그렇구나, 일원이 된 건 아니었네……."

"일원이요?"

평소 들을 일 없는 낯선 단어가 튀어나와 나는 반사적으로 되물었다.

다만 그 순간, 선생님이 아차 하는 표정을 지은 것을 나는 놓치지 않았다. 들어선 안 되는 사람이 들었을 때의 표정이었다.

"선생님, 그게 무슨 말씀이죠?"

결과론으로만 따지자면 여기서 되물은 것은 현명한 결단이었다고 생각한다.

세상에는 모르는 것이 약인 경우도 분명히 있다. 하지만 모르는 채로 있으면 나중에 돌이킬 수 없는 일이 벌어지게 되는 경우도 많았다.

이번에는 아마 후자일 것이다.

내 상황을 알 수 있었다는 의미에서도 지금은 다행이라고 생각한다.

"저기 말이지…… 그게……."

선생님은 말하기 어려운 듯 볼을 긁적이며 신중하게 말을 골랐다. 나는 중간에 끼어들지 않고 잠자코 선생님의 대답을 기다렸다.

이윽고 선생님은 마음을 굳힌 것인지 양손을 무릎 위에 놓고 조금 크게 발을 벌리더니, 나를 똑바로 바라보았다.

그리고 그 무거운 입을 천천히 열었다.

"미스마이, 일단 흥분하지 말고 냉정하게 들어라."

"네……."

그 말에 불길한 예감이 들긴 했지만, 선생님의 그 말에 순순히 고개를 끄덕였다. 선생님도 안심한 얼굴로 몇 번 고개를 끄덕이고는 말을 이었다.

"미스마이…… 지금, 너에게 무슨 소문이 돌고 있는지 아니?"

"소문이요? 저는 모르는데……. 또 나나미와 관련된 소문인가요? 기본적으로 이상한 소문 같은 건 무시하고 있는데……."

"미스마이가 하렘을 만들고 있다는 소문이야."

"……네?"

그래. 나는 이때 처음 알았다. 자신에 관해 충격적일 만큼 불명예스러운 소문이 돌고 있다는 사실을.

선생님의 말에 따르면 이런 소문이었다.

미스마이 요신은 바라토 나나미뿐만이 아니라 여름 방

학 중에 보충 수업으로 단둘이 있게 된 기회를 노려 시리시즈 코토바에게도 손을 댔다.

시리시즈 코토바가 갸루로 변한 것은 여름 방학 중에 미스마이에게 넘어가서 그런 것이다.

이리하여 미스마이 하렘은 바라토 나나미, 오토후케 하츠미, 카모에나이 아유미, 코토바까지 네 명이 되었다.

요약하면 이 세 가지였다.

그 밖에도 이런저런 터무니없는 소문들이 나돌고 있었지만, 그것들은 이 세 가지 소문의 하위 범위였기에 일단은 제외했다.

여기저기 지적할 곳이 가득했지만, 어쨌든 나에게는 하렘 구축 의혹이 생겨나 버리고 만 것이었다.

미스마이 하렘.

안 그래도 이래저래 소문으로 피해를 보고 있는데, 그런 소문까지 떠돌고 있다고? 소문 피해라는 말을 맞게 사용한 것인지 아닌지는 잠시 보류하기로 하자.

설마 만화 같은 곳에서 가끔 보는 그 단어가 자신에게 달릴 줄은 생각도 못 했다.

누구야, 그런 이름을 붙인 녀석……. 선생님의 귀에까지 들어갔잖아.

"저는 나나미랑만 사귀고 있고, 좋아하는 사람도 나나미뿐인데요."

"아~ 응. 내게 서슴없이 그런 말을 하는 걸 보니, 소문이 오해라는 건 알겠구나."

뭔가 어이없다는 투로 그런 말을 듣고 말았다. 자랑하는 꼴이 될 것 같아서 괜한 말은 안 하려고 했는데, 결과적으로는 그렇게 됐다.

하지만 이런 건 확실하게 해 두는 편이 좋을 거고.

내가 좋아하는 것은 나나미뿐이고, 나나미가 좋아하는 것도 나뿐이다.

오토후케 씨와 카모에나이 씨도 각자 남자친구가 있고 그들을 좋아한다. 그러니 나의 하렘 운운은 두 사람에게 실례되는 이야기다.

시리시즈 씨는…… 나에게 그런 쪽으로는 흥미가 없을 것이다. 애초에 시리시즈 씨도 남자를 살짝 어려워하는 것 같고.

"뭐…… 나도 같은 생각이라 교무실에 아니라고 말해 뒀어."

선생님만 알고 있는 줄 알았더니, 다른 선생님을 통해서 들은 소문이었다.

여러 여성과 불순 이성 교제를 하는 게 아니냐고.

이거, 생각보다 중대한 사태가 아닐까?

학생의 소문이 교무실에서 오가는 건 흔한 일일지도 모르지만, 그래도 좀, 나로서는 사양하고 싶다.

"대체 왜 그런 소문이 도는 걸까요? 그런 아무 근거도 없는……."

"어? 눈치 못 챘어, 미스마이?"

눈치를 못 챘냐니, 무슨 의미지? 선생님은 말하기 주저했던 조금 전까지와는 달리 아주 담백하게 그 이유를 전했다.

"미스마이는 볼 때마다 늘 여자랑만 붙어 있잖아."

그 말을 들은 순간, 나의 머릿속이 하얗게 되었다.

으음……? 여자랑만……? 아니, 결코 그렇지는…… 그렇지는……. 그렇지는 않다고 생각했는데…….

틀렸다. 다시 돌이켜봐도 남자와 접촉했던 기억이 거의 없다. 기껏해야 교실에서 조금 잡담을 나눈 정도다.

애초에 친구가 없으니 당연한 이야기다. 나는 학교에서 여자랑만 함께 있다.

글자만 보면 정말로 이상한 놈 같다. 아니면 호색한이거나.

내가 과거를 돌아보고 있는데, 선생님은 개의치 않고 말을 이어갔다.

"고등학생이나 되는 남자가 또래 남자애들이랑은 거의 안 있고 여자랑만 있으면, 질투로 하렘을 만든다는 소문이 나도 이상하진 않지. 선생님도 그런 기억이 있어."

아무 반박도 하지 못할 정론이자 심장에 푹 박히는 일침이었다. 가까스로 내 안에 남아 있던 그런 일은 없을 거라는 마음이 소멸했다.

확실히 그런 시선을 받는 상황에서 시리시즈 씨가 갸루로 변하고, 친구가 적은 나와 대화까지 했다면, 그런 생각이 들 수도 있을 것 같다.

이것 또한 나의 업보란 말인가.

"……너무 걱정하지는 마라. 다른 선생님한테는 잘 말해 둘게."

"소문을 아예 없앨 수는 없을까요?"

"한 번 돌기 시작하면 쉽지 않지……."

맞는 말이다. 그나마 선생님이 내 편을 들어주니 다행이라고 생각해야 할까?

그건 그렇고 선생님, 소문에 관해서는 굉장히 감정이 실려 있는 느낌이 든다. 혹시 옛날에 비슷한 일이 있었나?

같은 경험자가 있다는 사실은 무척 반가웠다.

혹시 아까 말을 잘못한 게 아니라 일부러 그런 말을 꺼내서 알려준 걸까? 물론 시리시즈 씨에 관해 물어보고 싶은 것도 있었겠지만.

그나저나 이 소문, 어떻게 해야 사라지려나…….

"하아……. 동성 친구 만들까……."

그렇다고 소문이 사라지지는 않겠지만, 이 이상 쓸데없는 억측이 나도는 것은 사양하고 싶었다.

지금 내가 떠올릴 수 있는 해결책은 이 정도다.

나의 동성 친구는 현재로서 쇼이치 선배 정도. 딱 한 명뿐이다.

하지만 선배는 농구부 소속이고, 내년이면 졸업이다. 이때 이런 소문이 도는 건, 어쩌면 같은 학년에서 동성 친구를 만들라는 신의 계시일지도.

뭐가 됐든, 부정적으로 생각하는 것보다는 그게 낫다.

"그거 괜찮네. 무리해서 만들 필요는 없지만, 머지않아 수학여행이 있으니까. 남자애들끼리 어울려서 노는 것도 재미있을 거야."

수학여행!

그렇구나, 그게 있었지.

중학교 때 어떻게 보냈었지? 어차피 혼자였을 것 같은데. 딱히 즐겁지도 않아서 기억이 잘 나지 않았다.

나나미와 같은 조가 된다면 좋겠지만, 그게 아니라면…… 좀 외롭겠다.

응, 빨리 친구를 만들어야 할 것 같다. 무리해서 만들 생각은 없지만 그래도…… 친구를 만들겠다는 마음가짐 정도는 품고 있어야겠지.

그런데…….

"선생님, 친구는 어떻게 하면 생기는 거죠?"

나는 친구 만드는 방법을 전혀 모른다. 옛날에는 어떻게 했지……?

그런 나에게 선생님은 조금 어이없다는 얼굴로 웃었다.

"여친이 있는 학생한테 그런 말을 듣는 건 처음이다."

"그런가요?"

"친구는 있어도 여친이 없는 남자애가 여친을 갖고 싶다는 이야기는 자주 들었지만."

그렇구나, 확실히 그럴지도 모르겠다.

늘 그렇듯이 순서가 이상하게 꼬였다는 느낌이 들지만, 내가 제대로 동성 친구를 만들 수 있을까? 그건 이 시점에서는 그 누구도 알 수 없는 일이었다.

내가 선생님께 불려가 있는 동안 나나미는 교실에서 나를 기다리고 있었다. 평소처럼…… 그래서 나도 먼저 돌아가라고는 말하지 않았다. 반대로 함께 돌아가자고 말했다.

그렇다 해도 상대가 기다리는 것을 당연하게 생각하면 안 된다. 이건 아마 중요한 일이라고 생각한다.

평소와 다른 점이라면 그 자리에 시리시즈 씨와 오토후케 씨, 카모에나이 씨도 있다는 점일까.

넷이 나를 기다리고 있는 게 아니라, 나나미를 혼자 두지 않기 위해서다.

나는 나나미에게 달려가려다가, 아까의 말이 불현듯 스쳤다.

"……하렘이라."

아무에게도 들리지 않도록 작게 중얼거렸다.

다시 한번 자신의 상황을 객관화해 보았다. 여자 네 명에게 달려가는 남자 한 명. 확실히 만화에 나오는 하렘 계열 주인공 같다.

어디까지나 '같다'라는 것이지 나는 절대 하렘 계열 주인공은 아니다.

주인공은 아니지만, 그렇게 보여도 이상하진 않을 것 같다. 으음, 이건 맹점…… 아니, 이걸 맹점이라고 해도 될까?

애초에 나는 만화로 치자면 엑스트라 캐릭터다. 주인공은 될 수 없는 인물이다. 그런 내가 최근 들어 상당히 다양한 체험을 하게 된 것뿐이다.

뭐, 적어도 나나미에게는 주인공이라면 좋겠지만…….

그런 좀 부끄러운 생각도 들었다. 나도 모르게 이런저런 자문자답을 하고 말았네.

"기다렸지, 나나미."

"아, 어서 와, 요신~. 무슨 이야기였어? 또 보충 수업이야? 그럼 스터디할래?"

"아니, 보충 수업은 아니었어."

나나미는 조금 아쉬운 투로 그렇구나, 하고 중얼거렸다. 아무리 그래도 이 타이밍에 보충 수업 이야기가 나온다면 나는 심각한 문제아가 되는 게 아닐까.

"……그게 아니더라도 스터디 그룹은 할까?"

내 말 한마디에 나나미의 얼굴이 확 밝아졌다. 그 반짝이는 미소에 나는 나도 모르게 눈을 가늘게 떴다. 으음, 눈부신 미소야. 그렇게 스터디 그룹을 하고 싶었나?

그러나 정작 나나미는 어떤 차림이 좋을까, 라는 말을 꺼내기 시작했다. 스터디 그룹에서 그런 게 필요해? 다음 의상이라니?

뭔가 다른 두 사람도 의상에 대해 이런저런 의견을 말하고 있다. 잠깐만, 채찍이라니 뭐야? 과외 선생님이 채찍을 들어?

나나미의 복장에 관한 내밀한 순간을 목격한 기분이라 아주 조금 어색했다.

어쩌면 앞으로 나나미의 취향에 코스프레 같은 게 생겨나는 건 아닐까?

……어떤 모습으로 알려줄까? 그런 기대를 하는 자신이 조금 싫었다.

"그래서, 무슨 이야기였어?"

"아, 음……."

드디어 이야기가 원점으로 돌아왔는데, 이건 여기서 해도 되는 이야기인가? 나는 힐끔 나나미에게서 시선을 떼고 시리시즈 씨를 시야에 담았다.

그녀는 고개를 갸웃하며 그런 나를 보았다.

나나미가 코디해 준 화려한 스타일의 시리시즈 씨.

일부 남자들에게는 반응이 좋고, 일부 남자들에게는 돌아와달라는 소리를 들은 그 모습.

그녀가 그 모습으로 등교했을 때는 상당한 소란이 일었다. 여름 방학 사이에 한 이미지 변신이 아닌 하루 늦은 변신이라는 의미에서.

참고로 나는 이전의 시리시즈 씨…… 반장의 이전 모습

은 거의 기억이 없기 때문에 지금 모습에 큰 위화감은 없다. 여름 방학 때 본 것도 거의 초면에 가까웠다. 지금의 모습도 잘 어울린다, 정도의 감상 외에는 없었다.

그것으로 인해 주위에서 이상한 소문이 생겨난 것은 예상 밖이었지만.

"혹시 내 이야기야?"

"뭐, 그것도 있었어."

역시 눈치챘다. 그녀는 후우 한숨을 한번 내쉬고는 자기 옷을 내려다보았다. 그리고 두 손으로 옷을 더듬고는 다시 한번 나에게 시선을 돌렸다.

"역시……. 또 미스마이 군에게 폐를 끼쳤네."

그녀는 조금 요염한 몸짓으로 자기 몸을 매만졌다. 아마 복장과 관련된 화제라는 걸 짐작한 모양이다. 이해가 무척 빠르다.

몸을 더듬는 동작이 요염해서 나나미의 얼굴이 조금 빨개졌다. 아마도 시리시즈 씨는 이런 행동을 자각 없이 하고 있어서 더 오해를 부르는 거겠지.

나나미도 무의식적으로 하는 행동이 있는데, 시리시즈 씨의 경우는 좀 벡터가 다른 것 같았다. 일단 이상한 눈으로 보지 않도록 조심하자…….

"여름 방학이 끝나고 나서 이런 차림을 하기 시작해서 화제가 된 걸까?"

그러자 다시 한번 시리시즈 씨가 치마를 잡아 훌렁 넘겼다. 내 쪽에서는 보이지 않는 각도였지만, 그 동작만으로 눈을 돌리기에는 충분했다.

"코토하?!"

"아, 미안. 또 실수했네."

나나미의 말에 시리시즈 씨가 치마에서 손을 떼는 것이 시야 끝으로 들어왔다. 완전히 뒤로 돌아설걸.

"짧은 치마가 익숙하지 않아서 자꾸 넘어가네."

"왜 그렇게 되는 거야……?"

당황 섞인 나나미의 목소리에 나도 동의한다. 그럴 땐 좀 허전하니까 더 껴입게 되지 않나. 일단 나는 시선을 피한 채로 이야기를 계속했다.

"시리시즈 씨의 복장에 대해서는 이미지 변신이라고 해뒀어."

"선생님도 참, 직접 물어보시면 될 텐데."

"성희롱으로 오해받는 게 무섭대."

시리시즈 씨뿐만 아니라 나나미 일행도 아~ 하며, 알 것 같다는 소리를 냈다. 그런 인식이 있긴 하구나.

"그래서 요신, 또 무슨 일이 있었어?"

"어?"

"그게 전부는 아닌 거잖아?"

나나미가 살짝 나한테 붙어왔다. 조금 전까지 시리시즈

씨 쪽으로 시선을 돌려버려서 그런지, 교실 안인데도 그 거리는 무척 가까웠다.

방과 후라서 지금은 주위에 우리밖에 없지만 조금 쑥스럽네……. 그런 생각을 하고 있었더니 나나미가 내 팔을 자기 팔로 감쌌다.

마치 보여주듯이.

그런 나나미에게 나는 아까의 일을 말해야 하나 고민…… 아니, 말은 할 거지만, 교실에서는 안 될 것 같다.

"여기서 말하는 건 좀……."

하지만 마땅히 좋은 장소가 떠오르지 않았다. 이 일과 관계있는 사람에게는 말해 두고 싶었지만, 아무래도 장소가 고민이었다.

"학교에서는 말하기 어려운 얘기야?"

"응……."

제가 하렘을 만들고 있다는 소문이 났습니다, 라니. 주위에 아무도 없다고는 해도 역시 학교에서 하기는 꺼려지는 이야기였다.

그렇다고 다 같이 노래방을 가자니, 아까 그런 이야기를 들은 탓에 좀 망설여졌다. 여자애들과 노래방이라니, 소문을 인정하는 꼴이다.

응, 다시 생각하면 할수록 소문이 생겨난 것이 자업자득이라는 생각이 들기 시작했다. 그야 당연히 그렇게 생각하겠지. 여자 셋에 나만 껴서 노래방에 간다면.

하지만 달리 적당한 장소 같은 건 떠오르지 않았다. 결국 이번에도 노래방에 가서 이야기해야 하나?

"아, 그러면 요신이 알바 하는 곳에 가보지 않을래?"

"어?"

"그 후로 나오랑 못 만났거든. 친구도 소개해 주고 싶고."

나나미의 그 제안은 나로서는 의외였다. 처음 만났을 때는 상당히 어색해 보였는데, 설마 먼저 가자고 할 줄은…….
아, 하지만 저번 데이트 때 결국은 친해졌었지.

으음…… 양식집이긴 하지만 차만 마셔도 괜찮긴 한가?

내가 망설이고 있는 사이 다른 일행들도 내가 아르바이트하는 가게에 가보고 싶다며 관심을 보였다. 어쩌면 나나미를 통해 이야기를 들었는지도 모르겠다.

확실히, 그 가게라면 그나마 대화하기 더 쉬울 것 같다. 우리 학교 애들은 그곳에 거의 안 올 거고.

……앗, 안 되겠다.

"나나미, 이맘때는 휴식 시간이라 영업 안 해."

"어? 아, 그렇구나. 치~, 어쩔 수 없지."

대놓고 실망하는 나나미, 하지만 이것만큼은 어쩔 수 없다. 귀중한 휴식 시간을 방해할 수는 없으니까.

가게는 다음에 가고, 일단 어딘가 가게에서 대화하자는 건 좋은 생각이다. 카페로 가면 될까?

일단 우리는 장소를 바꾸기 위해 교실을 벗어났다.

참고로 나는 나중에 이 건으로 나오 선배에게 엄청난 불평을 들었다.

그녀가 충격받은 얼굴로 말하기를.

『여자 넷?! 데려왔어야지! 휴식 시간이 완전 꿀 같은 힐링 시간이 됐을 텐데!』

마치 남자 고등학생 같은 대사였다.

그런 불평을 듣게 될 줄 꿈에도 모르던 이때의 나는, 오로지 하렘을 어떻게 설명할지로 머리가 가득했다.

그리고 나중에 안 사실이지만, 이때, 우리를 지켜보는 시선이 있었다. 사실 평소였어도 눈치채지 못했겠지만.

어쨌든 장소를 옮기려던 나의 판단은 오히려 실수였다. 교실에서 모두 이야기했다면 괜한 오해도 생기지 않았을 것이다. 조심한다고 한 행동이 역효과를 내버린 셈이었다.

그리고 나는 머지않아, 이 시선의 주인을 알게 된다.

질문 : 만약 하렘을 만들고 있다는 소문을 들으면 관계자는 어떤 반응을 보일까요.

나는 그 답을 실시간으로 보고 있다.

나나미는 화가 난 얼굴이었고, 오토후케 씨와 카모에나

이 씨는 웃음을 참고 있었다.

시리시즈 씨는 이렇다 할 반응이 없었다.

오토후케 씨와 카모에나이 씨는 너무 웃은 나머지, 배를 움켜쥐고 테이블 위에 엎드려 있었다. 주변 사람에게 폐가 되지 않도록 목소리를 억누르고 있는 모양이었다.

"정말이지! 완전 예의 없네, 뭐야 그 소문?!"

나나미가 불평했다. 물론 무례한 건 맞다. 분노하는 것도 지당하다.

다만 나는 오토후케 씨와 카모에나이 씨의 반응은 의외였다. 나는 나나미처럼 두 사람도 화를 낼 줄 알았다.

뭐, 내가 소문으로나마 그런 소리를 들었다는 게 웃겼는지도 모른다.

"이렇게 된 이상, 학교에서 요신한테는 나밖에 없다는 걸 모두에게 보여줘야……!"

"나나미. 진정해."

나나미가 주먹을 꽉 쥐었다. 마치 그녀의 등 뒤에서 불꽃이 피어오르며 열기로 모습이 일렁거리는 것만 같았다. 여름과 함께 떠나갔던 아지랑이가 다시 돌아온 듯했다.

우리가 옮긴 장소는 학교 근처 카페였다. 나와 나나미가 나란히 앉아 있고 맞은편에 세 명이 앉았다.

이러고 앉으니, 마치 무슨 면접 같네.

"나는 냉정해……. 어떻게 하면 뜬소문이 사그라들 정도로 요신과 나의 사이를 학교에서 보여줄 수 있을까를 고민하고 있을 뿐이야."

흔들흔들 몸을 흔드는 나나미. 그녀의 눈이 어둠에 물들고 있다. 그러지 마, 무서워! 나나미의 이런 눈을 본 것은 처음이다. 여름 방학 때도 이러지는 않았었는데. 누가 봐도 연애를 고민하는 눈빛이 아니다.

이윽고 나나미가 내게 딱 달라붙었다. 손에 묘한 힘이 실려 있었다.

어쩌지, 연인이 다가왔는데 이상하게 식은땀이 난다.

이전부터 혹시나 하던 게 있었는데, 나나미는…… 얀데레의 자질이 있는 게 아닐까?

딱 잘라서 말할 수는 없지만, 이따금 그런 생각이 스치는 순간들이 있었다.

"이야, 참 재미있네. 만화에서나 보던 단어를 이렇게 듣다니……."

"그래, 어차피 소문이니까 진심으로 받아들이는 사람은……."

오토후케 씨와 카모에나이 씨가 웃으며 계속 말하다가 입을 다물었다. 갑자기 마치 공기가 무거워진 듯한 무게감이 느껴졌다.

후욱 숨을 삼키고, 얼굴은 파랗게 질리고, 식은땀을 흘리고, 조금씩 몸이 떨린다. 사람은 두려움을 느끼면 침묵

한다고 하는데, 딱 그런 모습이었다.

굳어진 두 사람은 시선만 움직여 나나미를 바라보았다.

"둘 다…… 뭐라고 했어?"

"아무 말도 안 했습니다."

오오…… 두 사람에게서 웃음기가 싹 가셨다.

두 사람이 이런 표정을 짓는 건 처음 봤다. 그리고 이렇게까지 무서운 미소를 짓는 나나미도 처음이었다.

두 사람이 시선을 움직여 나에게 도움을 요청하기 시작했지만, 나라고 뾰족한 수가 있는 게 아니었다. 기껏해야 진정하라고 나나미의 손을 잡아주는 정도일까?

내가 그녀의 손을 잡자, 약간 분위기가 풀어졌다.

그러자 두 사람이 물에 빠졌다 나온 사람처럼 크게 숨을 들이마셨다.

나도 어깨에 힘을 빼고 무심코 숨을 내쉬었다. 나나미의 저력을 본 기분이다.

나나미는 하렘이라는 말이 몹시 불쾌한 모양이었다. 뭐, 이해한다. 만화나 소설에서 볼 때나 즐거운 일이지, 현실은 다르다.

만약 나나미가 나 외의 사람과 그런 관계를 만들고 있다면? 고문도 이런 고문이 따로 없다.

NTR이든 아니든, 어쨌든 싫다. 용서할 수 없다.

……그런데 아이돌을 좋아한다고 하면 어떻게 하지? 나

나미도 좋아하는 아이돌이 있을까? 나는 없지만, 대신 좋아하는 만화 캐릭터는 있다.

이런 것들도 문제의 대상이 되려나……?

아차, 생각이 다른 곳으로 샜군.

아무튼 나나미는 하렘이 싫은 모양이다. 진위 없는 소문에도 분노를 태울 만큼. 사실 분노보다는 불쾌감에 가까워 보였다.

조금이라도 나나미의 분노를 달래줘야 할 텐데……. 남들 다 보는 카페에서 쓰다듬는 건 어렵고, 손등이라도 쓰다듬어 줄까.

잠시 손을 떼고 손가락으로 그녀의 손등을 천천히 쓰다듬었다.

나와 달리 나나미의 손등은 매끄럽고 부드럽다. 볼수록 예쁜 손이라는 생각이 들었다. 끝없이 계속해서 쓰다듬고 싶어질 정도로.

내가 나나미의 손등을 쓰다듬으니, 그녀가 움찔했다.

나나미가 나를 힐끔 바라보기에, 나는 안심하라고 미소를 지었다.

그랬을 터인데……. 나나미가 외면하듯 다시 휙 시선을 돌렸다.

상황을 이해 못 한 내가 계속 손을 쓰다듬으니, 나나미도 계속 몸을 움찔움찔 떨었다.

……이 반응은 뭐지?

"나나미, 뭔가 얼굴이 빨간데? 더워?"

"앗, 진짜다~! 완전 새빨개! 감기야? 그러면 이럴 게 아니라 집에 가서 자야지~."

"아, 아니, 이건 저기…… 아무것도 아냐……!"

나나미의 얼굴이 아예 새빨갛게 물들었다. 숨도 묘하게 거칠고, 눈가도 왠지 촉촉했다. 감기 증상과 비슷하지만, 이건…….

나나미는 그렇게 잠시 머뭇대더니, 결국 체념했는지 우리에게도 겨우 들릴 작은 목소리로 중얼거렸다.

"요, 요신이 옆에서 야한 짓을 하는 바람에……."

"내가……?!"

잠깐, 갑자기 그런 터무니없는 폭탄을 던지면 어떻게 해?! 심지어 어쩔 틈도 없이 바로 폭발했는데?!

곧장 맞은편에 있던 세 사람의 시선이 몹시 낯설게 변했다.

이것이 바로 쓰레기를 보는 눈인가! 이 얼마나 싸늘한 시선이란 말인가.

"미스마이, 아무리 그래도 카페에서 그건 아니지……."

"이건 좀 깬다……. 그런 건 둘이 있을 때 해."

"변태……."

들어본 적도 없는 싸늘한 목소리다. 이 분위기 어쩔 거야.

날 쏘아보는 저 시선들이 몹시 괴롭다.

나로서는 너무나도 뜻밖의 일이었다. 나나미가 그렇게 생각했을 줄이야.

아니, 머리 쓰다듬는 걸 야한 짓이라고는 안 하잖아? 그걸 손등으로 바꿨을 뿐인데, 이게 야하다니……!

"억울합니다. 항변의 기회를 주십시오."

나는 쭈뼛쭈뼛 손을 들어 내가 한 야한 짓(?)을 설명했다. 나나미의 손으로는 설명할 수 없어서 내 손으로 재현해야 했다.

사건의 재현이 끝난 후.

"……그게 야한 거야?"

시리시즈 씨가 모르겠다는 듯 고개를 갸웃했다. 오토후케 씨와 카모에나이 씨도 어이없다는 얼굴이었다. 상황이 이렇게 되자 나나미도 반론했다.

"야한 짓이잖아! 그 이런 식으로, 다정하고 부드럽게 손등을 쓰다듬었다니까……?! 아슬아슬하게 닿을 듯 말 듯 하게……."

"그래봤자 손이 닿은 것뿐이잖아? 안 되겠네. 미스마이 군, 나한테도 해봐."

"내가 왜?!"

시리시즈 씨가 대뜸 테이블 위에 손을 올려놓기에 반사적으로 거부했다. 아무리 그래도 나나미 이외에는 도저히 할 수가 없다.

그러자 시리시즈 씨가 "아, 이러면 안 된다고 했지 참" 하며 곧바로 손을 치웠다.

하지만 그녀가 손을 빼기도 전에 나나미가 그 손을 덥석 붙잡았다.

"내가 해 줄게."

"어?"

나나미는 활짝 웃으며 시리시즈 씨의 손등을 만지기 시작했다. 내가 나나미한테 했을 때보다 더 매끄러운 손놀림이었다.

나나미의 손끝이 움직일 때마다 시리시즈 씨의 몸이 흠칫 떨렸다. 하지만 나나미의 손은 멈출 줄 모르는지, 손등 위에서 계속 춤추었고, 이윽고 시리시즈 씨가 남은 손으로 입가를 가리는 지경에 이르렀다.

얼마 지나, 시리시즈 씨는 손이 해방되자마자 침몰하듯 그대로 테이블 위에 쓰러졌다.

나나미는 미소를 지으며 남은 두 사람을 바라보았다.

"다음, 손 내밀어야지?"

나나미의 압박에 견디지 못한 두 사람이 천천히 손을 내밀었다. 격침된 시리시즈 씨를 바라보는 두 사람의 눈빛에서 묘한 공포감이 느껴졌다.

하지만 그 와중에도 아직 두 사람의 표정에는 여유가 남아 있었다. 시리시즈 씨가 과민반응 했다고 생각하는 모양이었다.

그렇게 다시 나나미의 손가락이 움직였고.

결국 세 사람 모두 테이블 위로 침몰하고 말았다.

"그래서, 소감은?"

셋의 반응이 만족스러웠는지, 나나미는 자애로운 성모 같은 미소를 짓고 있었다.

다가온 판결의 순간에 나도 모르게 나도 침을 삼켰다. 이건 두려움일까, 기대일까. 나나미의 미소에 등골이 오싹해졌다.

"이건…… 야한 짓이야."

"동감."

"야해……."

이럴 수가! 아까와 말하는 게 정반대잖아!

마치 달리기라도 한 것처럼 숨이 차올랐는지 다들 호흡이 거칠었다.

서로 마주 보며 테이블에 엎드린 세 사람 사이에서, 다음에 남친에게 해달라고 하겠다느니 해주겠다느니 하며 중얼거리는 소리가 들렸다.

소이치로 씨, 슈야 씨. 죄송합니다.

그때 나의 손에 부드러운 감촉이 닿았다. 나는 반사적으로 기겁해서 움찔했다.

천천히 시선을 떨어뜨리자, 내 손 위에 나나미의 손이 올라가 있었다.

언제나 잡고 있는 손.

깍지로 잡아본 적도 있는 그녀의 손.

바로 그 손이었다.

"나, 나나미 씨?"

나도 모르게 옛날의 그리운 호칭이 입에서 나와 버렸다. 옛날이라고 해도 몇 달 전이지만. 그때는 나나미의 이름에 씨를 붙여서 불렀었지……. 그런 감회에 젖을 새도 없었다.

나는 곁눈질로 테이블에 엎드린 세 사람을 보았다. 그 모습이 마치 내 미래를 보여주는 것만 같았다.

이 떨림은 환희일까, 공포일까.

나나미는 내 손을 살짝 어루만지며 내 귓가에 속삭였다.

"나중에 요신에게도 해줄게."

부드럽고, 달콤하게. 마치 귀에서 녹아내리는 것 같은 말이었다.

나나미가 마치 먹이를 앞둔 뱀처럼 날름 혀를 내밀더니, 휙 손바닥을 뗐다.

그 모습에 나의 몸이 멋대로 떨렸다. 뭘 한 것도 아닌데 호흡이 거칠어졌다.

내 반응이 만족스러웠는지, 나나미는 마치 순진한 아이처럼 천진난만하게 웃었다.

……여자는 무섭네.

나나미가 웃으며 물러나자, 분위기가 완전히 사그라들었다.

나중에 무슨 일을 당할지는…… 그때 생각하자.

그때, 테이블에 엎드려 있던 시리시즈 씨가 작게 손을 들었다. 손이 묘하게 떨리는 건 아직 여운이 남았기 때문일까.

"말해 봐, 코토하."

"네……."

수업 중에 들을 법한 대화다. 나나미의 허락을 받은 시리시즈 씨가 천천히 고개를 들었다. 다른 두 사람은 테이블에 엎드린 채로 여전히 회복하지 못하고 있다.

천천히 고개를 든 시리시즈 씨는 조금 뺨을 물들인 채 나를 힐끔힐끔 바라보더니 곧바로 시선을 나나미에게 되돌렸다.

"미스마이 군이 숨어서 나나미한테 야한 짓을 했다는 건 알겠는데……."

"거기서 납득하지 마!"

말도 안 되는 오해가 생겼는데, 내 항의는 듣지도 않고 넘어가 버렸다. 그대로 시리시즈 씨는 호흡을 가다듬으며 말을 이었다.

"소문을 없애기 위해서 이런 걸 학교에서 하려고?"

"그렇지, 요신이랑 사이좋게……."

"내가 봤을 때는 정학당할 거야."

"그 정도야?!"

반장을 맡고 있는 시리시즈 씨가 말하면 말의 무게감이 남다르다. 약간 과장된 느낌도 들었지만, 옆의 두 사람도 고개를 끄덕이며 동의했다…….

나나미의 손끝이 그 정도의 테크닉을 갖고 있다는 말인 걸까. 안 돼, 뭔가 두근거리기 시작했어.

"일단 두 사람의 연애 행동은 교칙 위반이 될 것 같으니까 조금 자제하고, 차라리 학교제를 둘이 돌아보는 게 어때?"

교칙 위반이라니, 그렇게 과감한 행동을 한 기억은 없는데. 적어도 남들이 보는 곳에서는…….

하지만 나나미라면 그런 행동을 하자는 말을 꺼내도 이상하지 않다. 모두가 보는 앞에서 키스한다든가.

……아니, 나나미라도 그 정도는 아니겠지.

나나미가 아무리 흥분해도 상황은 가린다. 교내에서 키스하다 발각되면 진짜 정학당할지도 모른다.

……정말 그럴까? 우리 학교 교칙은 생각보다 해석의 여지가 다양하다. 키스하면 정학이라는 교칙이 있는 것도 아니다.

시리시즈 씨의 의견을 검토 중인지 나나미는 잠시 생각에 잠겨 있었다.

그나저나, 학교제라…….

"그렇구나, 학교제를 이용하는 건가."

"응, 그래. 같이 학교 안을 돌아보면 모두가 보지 않을까?"

"그거 좋은 생각이다! 그보다 생각해 보면 올해는 처음으로 요신과 함께하는 학교제네. 기대된다! 축제는 같이 갔지만, 이건 또 분위기가 다르지."

들뜬 나나미를 보며 나는 나도 모르게 미소를 지었다. 그런데…… 내가 학교제를 해봤던가?

학교제…… 기억이 없는데……?

물론 학교 일정이니 작년에 문화제 비슷한 무언가를 진행하긴 했겠지만, 당시의 나는 게임 했던 기억밖에 없다.

"요신은 1학년 때 뭐 했어?"

"그……."

나나미에게 그런 질문을 받은 나는 당황해서 말문이 막혔다. 아니, 그게, 으음…… 기억이 안 난단 말이지……. 뭐라고 해야 좋을까.

"아, 기억이 안 나는구나……."

나나미에게 정곡을 찔렸다. 아니, 어떻게 안 거지?

나나미는 내 코끝을 톡 건드리더니, 나와 눈을 마주쳤다.

이미 다 꿰뚫어 봤다는 듯 후훗, 하고 그녀가 미소 지었다.

"여친이잖아. 다 알아."

"……당해낼 수가 없네."

항복하듯이 두 손을 들었다. 그 올린 두 손도 나나미가 손가락을 옭아매 가져갔다.

나는 평생 나나미 앞에서는 아무것도 감출 수 없을지도 모른다. 물론 숨길 생각도 없다만…… 조금 무서운데?

"……두 사람은 늘 이런 느낌이야?"

"으음…… 오늘은 그나마 얌전한 편이려나."

"평소였으면 이미 키스 정도는 오갔을걸."

그 말에 정신이 들었다.

하지만 나나미는 전혀 개의치 않는 얼굴이었다. 실로 냉정하게, 조용히 나에게서 멀어져 갔다. 왠지 여유마저 느껴지는 반응이다.

여유로운 미소를 지으며 머리를 쓸어 올리고, 새침한 얼굴로 조용히 음료에 입을 가져간다.

세 사람이 '오오……' 하고 감탄을 흘렸다.

자연스럽게 네 사람의 시선이 나나미에게 집중되었고…… 결국 나나미가 부들부들 떨기 시작했다.

"빤히 보지 마!"

얼굴을 새빨갛게 물들인 채 두 손으로 얼굴을 가려버렸다.

그래, 이래야 나나미지. 부끄러운 걸 참았는지, 아니면 시선을 받아 부끄러워진 것인지…….

개인적으로는 전자면 좋겠다.

"저기, 오토후케랑 카모에나이……."

"아, 하츠미라고 불러도 돼."

"나도, 아유미라고 불러."

"그럼, 하츠미랑 아유미. 두 사람은 1학년 때 같은 반이었어?"

"이렇게 우리 셋이 같은 반이었지."

화제를 바꿔 준 시리시즈 씨에게 감사하면서, 나는 귀를 새빨갛게 물들인 채 얼굴을 가린 나나미를 천천히 달래주었다.

◇◇◇◇◇◇◇◇◇◇

『캐니언 군은 정말 만화 같은 인생을 살고 있네.』

『하렘이라……. 거기에는 저도 들어가는 걸까요?』

무슨 소릴 하는 거야, 피치 씨?

오랜만에 하는 인터넷 게임에서 나는 바론 씨 일행에게 오늘 있었던 일을 이야기하고 있었다. 상담이라고 할 정도는 아니지만, 그래도 이런 보고는 오랜만이었다.

벌칙 게임 당시에는 매일 했었는데, 요즘은 뭔가 이상한 일이 있을 때만 상담하고 있었다.

지난번에 있었던 싸움 비슷한 사건은, 화해했다는 소식을 전하자 모두 자기 일처럼 기뻐했다.

대신 부부싸움은 칼로 물 베기라는 말을 들어야 했지만.

「소문이 그렇다는 거야. 그런 하렘을 만든 적은 없어.」

『농담이에요. 시치미랑 싸우고 싶지도 않고요.』

싸움은 하지 않는 것이 제일이다. 그것은 지난 사건을 통해 절실히 깨달았다.

『하지만 정말 하렘을 만든다면, 전 로리 담당으로 들어가겠죠, 아마.』

피치 씨?!

내가 아무런 대답도 못 하자, 바론 씨가 그런 유혹은 좋지 않다며 피치 씨를 나무랐다.

방금 그게 유혹이었어?

『하지만 하렘은 남들이 보기에 부러워도, 당사자는 고생한다던데.』

「그런가요?」

『나도 잘은 모르지만 같은 남자를 좋아하면, 하렘 안의 여자들끼리 사이가 좋을 수가 없대.』

뭔가 무서운 이야기다.

만화에서는 사이좋게 나오는데 말이지. 오히려 같은 남성을 좋아하게 된 여성을 하렘에 들어오라 권유하는 전개도 있다.

여성향도 마찬가지다. 한 명의 여성을 남자 여럿이 감싼다거나 사랑한다거나 하면서도 꽤 사이좋게 지내고는 한다.

『뭐, 설령 사이좋은 하렘이 있다고 해도 소수겠지. 애초에 하렘에서 가장 힘든 점은 평등하게 사랑하는 거잖아.』

「평등하게 사랑하는 게 힘든 건가요?」

『오히려 불가능에 가까운 일 아닐까. 모두가 평등하다고 느껴야 하잖아. 한 사람이라도 불만이 나오면 안 되는 거지. 하지만 사람은 느끼는 게 다 제각각이잖아?』

……아아, 확실히. 그건 정말 힘들 것 같다.

1대1인 나와 나나미조차 인식의 엇갈림이 있었다. 그것을 일대다수로 하면…… 도저히 할 수 있을 것 같지 않다.

역시 하렘은 체험할 때보다 지켜볼 때가 재미있는 것 같다. 오락으로 즐기는 정도가 적당하다.

……뭔가 말이 좀 이상한데.

『그러니까 캐니언 군도 하렘을 만들 때는 조심해.』

「안 만들 거거든요?!」

젠장, 바론 씨도 가세했다. 그와 동시에 다른 사람들에게서도 갸루 하렘이 부럽다고 놀리는 메시지가 날아왔다.

보기에는 부러워도 당사자는 그렇지 않으니, 부럽다는 말을 들어봐야…….

「뭐, 제가 여자랑만 있었던 게 화근이니까요. 이참에 동성 친구를 사귀어 보려고요.」

또 팀 채팅방 안에 부럽다는 둥 그 사치스러운 고민은 뭐냐는 둥 여러 가지 메시지가 차례차례 올라왔다.

아니, 어쩔 수 없잖아! 내가 만든 관계가 아니라 나나미와의 관계에서 확장돼서 생긴 인연인데!

『이야, 정말 평소처럼 순서가 엉망진창인 느낌이네. 재미있어.』

「그렇다면 동성 친구 만드는 법을 알려주세요…….」

그 순간, 채팅창의 반응이 뚝 끊어졌다.

뭐야?

조금 전까지 올라오던 놀림이나, 그런 쉬운 걸 물어보냐는 식의 조언이 나올 줄 알았는데. 정작 찾아온 건 침묵이었다.

「왜 갑자기 다들 말이 없어요?」

당황한 나에게 바론 씨가 대꾸를 달아줬다.

『솔직히 나도 친구가 많은 편은 아니라서, 무슨 말을 해야 할지 모르겠는데…….』

『저도 얼마 전까지 친구가 전혀 없었으니까요. 지금 있는 친구는 그쪽에서 먼저 말을 걸어줘서 친해진 거고요…….』

그리고 계속해서 올라오는 친구 없는 고민 대행진.

우와…… 뭔가 모두의 어둠에 파고들어 버린 것 같다. 다들 아무래도 친구에 대해서는 여러 고민이 있는 모양이었다.

여러모로 공부는 됐지만, 친구를 사귀는 게 얼마나 어려운지 다시 한번 깨달았다.

여자친구는 고백에 성공한 순간부터……라는 확실한 경

계가 있는데, 친구도 친구가 되어달라고 말해야 하는 걸까?

마지막으로 친구를 사귄 게 너무 오래전 일이라 잘 모르겠다.

『뭐, 문화제 비슷한 행사가 있다면, 그걸 계기 삼아 반 친구들과 사이좋게 지내보는 것도 좋지 않을까? 뻔한 조언이지만.』

「역시 그래야겠죠? 뭐, 계속 줄곧 외면해 왔던 대가를 치른다고 생각하고 노력해야죠.」

『힘내세요. 뭐, 고등학생 남자는 야한 이야기를 하면 대체로 친해질 수 있을 거예요.』

그건 그것대로 어려운데……. 아직 어색한 상대에게 야한 이야기라니, 대체 무슨 이야기를 해야 하는 거지? 의욕이 다시 추락하려는 순간, 바론 씨에게 충고가 날아왔다.

『야한 이야기라고 해도 여친과의 일은 절대로 말하면 안 돼. 첫 친구라고 들떠서 우선순위를 틀리지 않도록 조심해.』

할 리가 없잖아요!

하지만 이 충고는 명심하는 게 좋을 것 같다. 친구가 생겼다고 들떠서 입이 가벼워질 수도 있으니까.

……그 후, 야한 이야기라는 단어에 피치 씨가 묘하게 집요한 반응을 보였고, 중학생의 교육에 악영향을 끼쳤다고 바론 씨가 난감해하는 모습을 지켜보았다.

응, 정말 조심하자.

◇◇◇◇◇◇◇◇◇◇

학교제. 그냥 쉽게 설명하자면 학교 문화제다. 우리 학교에서 학교제라고 부르고 있을 뿐, 하는 일은 문화제와 똑같다.

전시, 음식, 연극, 밴드 공연 등, 학생들이 자주적으로 실시하는 학교의 이벤트. 음식도 진짜 축제에 비할 바는 아니지만, 그래도 축제 기분을 느낄 수 있다.

흔하다면 흔한 행사지만, 1학년 때 참석했던 기억이 거의 없는 나로서는 약간 새롭게 느껴졌다.

이 행사는 가족도 참여할 수 있다. 정확하게는 가족 이외는 올 수가 없다.

재학생과 학부형을 비롯한 가족만 올 수 있으며, 그마저도 사전 신청이 필수다. 타교 학생이나 졸업생들은 들어올 수 없다.

원래부터 이리 엄격했던 건 아니다. 몇 년 전까지지는 외부인도 참여할 수 있었는데, 근래 들어서 여러 사정으로 바꿨다고 한다.

카모에나이 씨는 이 점이 불만인 것 같았다. 남자친구를 부를 수가 없으니까.

나와 나나미의 계획은 몹시 단순하다. 학교제에서 둘이

학교를 돌아다니는 것. 그뿐이다.

소문을 불식하자고 다른 사람과 서먹하게 지낼 수는 없으니, 대신 우리 둘의 관계가 특별하다는 점을 적극적으로 알리기로 한 것이다.

쉽게 말하자면 우리 관계를 어필하는 건데…… 애초에 일개 커플의 사정을 온 학교가 너무 신경 쓰는 게 아닐까.

다들 이런 소문을 좋아하는구나. 어쩌면 내가 모를 뿐, 그런 화제만 다루는 사이트가 있을지도? ……되도록 엮이고 싶지 않네.

그리고 또 하나의 계획은, 내 동성 친구를 만드는 것이다.

이건 문화제 준비를 기회 삼아 만들 생각이다. 그러려면 반 아이들 얼굴과 이름도 외워둬야겠지.

나나미와 지내는 시간이 줄어들 수도 있지만, 그건 이미 허락을 받았다.

이렇게까지 하면 소문도 조금 가라앉겠지……라는 게 우리의 생각이다.

그래, 좀 나아지는 정도다. 어떻게 해도 소문이 완전히 사라지지는 않을 거다. 소문이 났다는 건 다시 말해 소문을 낸 사람이 있다는 뜻일 테니까.

진실이냐 아니냐보다 재미가 있느냐 없느냐가 중요한 게 소문이다. 이것도 임시방편 정도겠지. 나도 완전히 불식될 때까지 노력할 생각은 없다.

고등학교 생활은 앞으로 1년하고도 반년 정도……. 즉, 졸업할 때까지만 참으면 된다. 적어도 소문과는 다르다고 생각하는 사람이 많아지면 그만이다.

그때까지 참으면 되는데…….

“슬슬 떨어질 생각 없어?”

“안 돼, 앞으로 한동안은 이러고 있을 거야~.”

나나미의 경쾌한 목소리가 내 귀에 닿았다.

뒤에서 날 끌어안은 나나미는 더더욱 손에 힘을 주며 강하게 당겼다.

카페에서 그런 대화를 나누고 며칠. 나나미는 단둘이 있을 때 틈만 나면 이렇게 나를 안았다.

그리고 의도한 건지는 모르겠는데, 최근 묘하게 옷이 얇다. 오늘도 배꼽과 어깨가 훤히 드러난 셔츠에 반바지 차림이다.

“……요즘 자주 이러네.”

“요신 성분을 충전하는 중이야~.”

대체 뭔데, 그게. 만화에서나 나오는 표현이잖아.

막상 직접 들으니 쑥스럽다.

“문화제 때 뭘 할지는 아직 모르지만, 준비하다 보면 떨어질 일이 많을지도 모르잖아. 그때를 대비해서 지금부터 미리 충전해 두는 거야.”

“그렇게 따지면 나도 나나미 성분을 충전해야 하는데?”

"어? 이걸로 충전이 안 돼? 좀 더…… 굉장한 게 좋아?"

귓가에서 엉큼해, 하고 속삭이는 나나미. 그녀의 말대로 지금의 나는 나나미를 온몸으로 느끼고 있었기에 성분을 충전한다고 볼 수도 있다.

하렘 소문이 났을 때, 나나미는 이런 모습을 학교에서도 상시 보여줄 생각을 하고 있었던 모양이다.

다른 사람은 붙어 있지 않고 나나미만 붙어 있는다.

학교에서는 같이 있는 모습이나 손을 잡고 있는 모습은 보여주었지만, 이런 밀착한 모습은 보여주지 않았기 때문에, 그렇게 하면 소문도 없어질 거라 생각한 것이다.

생각만으로 끝나서 다행이지. 정학……은 아무래도 아니겠지만, 항상 이러고 다니면 다른 소문이 돌았을 거다. 애초에 학교에서 이러고 다니는 커플을 본 적이 없다.

여자친구가 있는 남자들은 다들 집에서 어떻게 하고 있을까?

이런 의문이 드니 새삼, 여친 이야기를 나눌 수 있는 친구가 갖고 싶어졌다. 내 상담 상대는 인터넷 너머의 바론 씨와 동료들 정도니까.

나나미는 끌어안는 방법도 다양했다. 저번에는 허리에 팔을 둘렀고, 그다음에는 정면에서 몸통을, 그다음에는 옆에서 팔……. 사방팔방에서 끌어안는다. 오늘은 등 너머로, 어깨 위로 팔을 둘렀다.

자세가 이렇다 보니, 등에 참 묘한 감촉이 있다. 평소에도 종종 닿기는 하지만, 오늘은 유독 선명하게 느껴졌다.

"……저기, 나나미. 말할지 말지 좀 고민했는데, 이러면 계속 닿을――."

"일부러 그러는 건데?"

뭐요?

일부러?

이런 대사가 실존했단 말인가! 지금까지 무자각으로 한 줄 알았는데, 전부 일부러였다니!

충격에 몸이 떨렸다.

"그야 요신도 남자애잖아?"

마치 내 몸에 자기 몸을 비비듯이 나나미가 몸을 움직였다.

일설에 따르면 등에는 손발만큼은 아니더라도 신경이 모여 있어서 예민하다는 말을 들은 적이 있다.

사실인지는 모르지만, 내가 등에서 느끼는 감촉을 생각하면 사실인 것 같다.

아니, 그게 사실인지 아닌지는 별로 중요하지 않다.

나나미가 일부러 내 등에……!

"……가슴, 좋아하지?"

마침내 나나미의 입에서 그 말이 나오고 말았다! 아니, 잠깐만. 나나미의 입에서 그 단어가 나오는 건 처음 있는

일 아닌가? 아니, 예전에 한 번 있었던 것 같기도 하고?

나는 내 몸이 내 통제에서 벗어나는 기분이 들었다. 하지만 이내 곧 다른 것이 날 억제했다. 이것이 바로 이성이겠지.

"나나미, 자꾸 이러면…… 저기…… 나도 못 참을지도 모르는데?"

나는 방어선이 한계임을 나나미에게 알렸다. 아니 뭐, 이걸 참는다고 표현해도 되는 건지는 모르겠지만.

이렇게 말하면 앞으로는 자중하겠지. 나나미가 말했듯, 나도 남자다.

이전 전망대 데이트 때도 같은 일은 있었지만, 그때는 이런 밀착 상태가 아니라 서로 분위기가 달아올라 돌아가고 싶지 않게 된 것이고…….

겐이치로 씨가 안 계셨다면 아마 끝까지 갔을지도 모른다.

내가 배짱이 부족했던 것도 사실이지만, 역시 학생 때만 할 수 있는 플라토닉한 교제라는 게 있지 않은가.

물론 선을 넘어보고 싶은 마음도 있다. 남자 고등학생인데 당연히 있지.

나는 이 모순을 품고 있다.

"음…… 그건 그거대로 상관없는데. 요신이 하고 싶다면 받아줄 거야."

전혀 예상 밖의 대답이었다. 왜 그런 각오 상태인데!

내가 도리어 주춤하자, 나나미는 날 붙잡은 손에 힘을 주었다. 나는 나도 모르게 그 손을 잡고 부드럽게 살짝 쓰다듬었다.

"근데 본심을 말하자면, 그런 걸 하는 건…… 좀 무서워."

"그, 그래?"

"응. 전에 분위기가 달아오른 적도 있긴 하지만…… 이렇게 냉정하게 생각하면 조금 무서운 것 같아."

"요신이 무서운 건 아닌데" 하고 나나미는 덧붙였다.

나나미는 행위 자체도, 그것이 끝난 후에 관계가 어떻게 바뀔지도, 주위가 어떻게 반응할지도 두렵다고 했다.

이건 성별 문제를 떠나, 나나미가 그렇게 생각하는 거겠지.

"하지만 동시에 하고 싶다는 생각도 들어. 요신과 이어지고 싶다는 마음이랑…… 그, 하지 않으면 미움받을 것 같다는 두려움 때문에."

말도 안 되는 소리다.

하지 않아서 미워한다니, 그런 일은 절대 없다. 그러면 내가 몸만 노리고 접근한 것 같지 않은가.

"……그렇구나."

나는 그런 그녀의 말을 부정하지 않고 조용히 받아들였다.

이야기는 아직 계속되고 있으니, 부정하는 것도 긍정하는 것도 그것이 끝난 뒤에 하자. 일단은 나나미의 마음을 모두 들어줘야지.

"내가 생각하기에도 모순이야. 하고 싶지 않다는 마음과 하고 싶다는 마음이 머릿속에 동시에 있어. 그래서 이렇게, 요신에게 붙어 있는 거야."

나나미가 평소 같은 태도로 내놓은 말이 묘하게 가슴에 울렸다. 진부하게 표현하자면, 마음에 와닿았다.

조용히 시간이 흘러갔다. 둘이 여유롭게 나무 그늘 앉아 하늘을 보고 있는 것 같은 기분이었다.

이야기하는 내용이 이런 건데, 참 신기하네.

"그러니까 좀 무책임한 말이지만, 요신한테 맡기려고."

"나한테……?"

나나미가 고개를 끄덕이는 게 느껴졌다.

"요신이 원하는 순간이 오면 그대로 받아들일 거야……. 도중에 요신의 마음이 바뀌면 나도 거기까지만 할 거고. 그렇게 요신의 판단을 받아들일 생각이야."

내 판단이 막중해지는 순간이었다.

다만 이 이야기에도 나나미의 모순이 숨어있다. 나나미는 나에게 맡기겠다고 했지만, 지금 나를 부추기고 있는 건 정작 나나미다.

온전히 나에게 맡기려면, 나나미는 내 선택을 기다려야 하는 것이 아닐까?

"그렇게 말한 것 치고는…… 오늘 행동은 생각보다 능동적인데?"

"으음……."

작게 신음한 나나미가 내게서 잠시 떨어졌다.

그대로 나의 정면으로 되돌아와 바닥에 주저앉는다. 흔히 말하는 W형태로 앉은 자세였다. 아래가 반바지라서 마치 아무것도 안 입은 것처럼 보이기도 했다.

"요신에게 맡길 거지만, 유혹하지 않겠다고는 안 했어."

나나미는 조금 수줍게 볼을 물들이면서도, 묘하게 자신만만한 얼굴로 웃었다.

유혹이라……. 날 유혹할 마음은 있구나. 뭐, 나도 그런 거 같다고 느끼고는 있었는데.

너무나도 당당한 그녀의 유혹 선언에 나도 모르게 웃고 말았다.

"그게 뭐야."

"에헤헤, 그치만 나도 여자니까. 남친이 나한테…… 내 몸에 관심이 없다고 하면 좀 억울하잖아? 그래서 유혹하는 거야."

"그거, 전에 내가 했던 말 아냐? 새삼스럽게 들으니 정말 제멋대로인 이야기네."

"여자애들은 제멋대로인 법이야. 제멋대로 보디*라는 말도 있잖아."

그건 좀 다른 이야기가 아닐까요?

---

*고집을 부리다, 자기 주장을 강하게 하다는 뜻의 표현 わがまま를 사용하여 굴곡 있는 여성의 몸을 わがままボディ(와가마마 보디)라고 부르기도 한다.

하지만 뭐, 왠지 알 것 같기도 하다. 결국 인간의 마음이란 복잡하고, 일관성이 있는 것 같으면서도 모순적이라는 이야기겠지.

그런 경우가 있지 않은가. 정말 죽고 싶은 건 아닐 텐데, 죽고 싶은 기분이 드는 것처럼. 상반된 기분이 공존한다.

그것이 지금 나나미의 솔직한 심정이다.

그러니까 그럴 의도 없이 유혹하다가 내가 선을 넘더라도, 그대로 받아들이겠다는 것이다. 나나미는 내 선택을 따르는 쪽이다.

정말 제멋대로인 말이지만, 나나미에게 휘둘리는 느낌도 싫지는 않았다.

"미리 말해 두겠는데, 나는 나나미와 그…… 야한 걸 못 한다고 해도 싫어질 일은 없을 거야."

"흐음~? 요신은 안 해도 버틸만한 거야?"

"물론 엄청나게 하고는 싶어. 정말 최근에는 여러 의미로 위험했고. 이성과의 전쟁이야."

"오오……. 새삼 본인 입으로 그런 말을 들으니 조금 쑥스럽네……."

나나미가 조금 경직된 미소를 지으며 몸을 비틀어 숨겼다. 하지만 그 자세가 괜히 더 유혹하는 것처럼 보인다는 것은 알아차리지 못한 것 같았다.

이렇게 나나미에게 직접 말하는 건 두 번째인가? 모르

겠다. 그저 솔직하게 말하자면 나는 나나미와 야한 것을 엄청나게 하고 싶다.

언제나 무방비로 달라붙고, 몸매가 좋아서 묘하게 부드럽고 따뜻하고, 뭔가 좋은 냄새도 나고, 오감 전부가 나나미에게 지배당하는 기분이다.

그런 상황에서 야한 짓을 하고 싶지 않을 리가 없다.

"요신, 그…… 전부 목소리로 나오고 있는데……. 조금만 참아줘……."

"아, 미안. 나도 모르게."

무심코 입 밖에 내버렸다. 어차피 더한 고백을 방금 한 참이지만.

"그렇지만 아직 조금, 조금만 더 참을게."

"그래? 딱히 참지 않아도 나는……."

"나도 모순된 감정이 충돌해서 그래. 하고는 싶지만, 동시에 조금…… 두렵기도 해서."

"그래?"

설마 나나미와 터놓고 이런 이야기를 하게 될 줄은 몰랐다. 덥지도 않은데 이상하게 땀이 나왔다.

하지만 때로는 이런 이야기를 하는 것도 필요하다고 생각한다.

저번에 바론 씨도 그렇게 말하지 않았는가. 여자의 소중함과 남자의 소중함은 다르다고.

신체를 원하지 않고 정신적인 연결을 중시한다. 그것이 내가 생각하는 '소중히 대하는 법'이었다. 하지만 정작 나나미는 나에게 선택을 맡겼다.

즉, 나나미도 관심은 있지만 자신이 먼저 요구하는 건 쑥스럽고 망설여진다는 뜻이다.

그래서 나도 지금의 내 마음을 최대한 전달하기 위해 애썼다.

"솔직히 말이지, 나나미를 그…… 안아서 좀 더 여러모로 관계를 돈독히 하고 싶은 마음은 있어."

"안아……?!"

직접적인 표현을 한 것은 아니지만, 나는 여기서 처음으로 '안는다'라는 단어를 사용했다. 나나미도 내가 에둘러 말한 부분을 듣고 더더욱 볼이 붉어졌다.

힘내자. 끝까지 내 마음을 전하는 거야.

"사실 꽤 전에, 같은 반 남자애가 물어본 적이 있었어. 너는 그런 걸 하고 싶지 않냐고."

"……그, 그런 질문을 받았구나. 그땐 뭐라고 대답했어?"

"나나미가 상처받는다면 하고 싶어도 참을 수 있다고 했을 거야. 정확히 기억은 안 나지만."

그때는 그렇게 생각했다.

"그럼, 내가 상처받지 않는다면…… 하, 하고 싶구나……."

"으, 응……."

곧 우리 사이에 침묵이 흘렀다. 서로가 얼굴을 붉힌 채 땀을 흘렸다. 고개를 살짝 숙이고 있어서 그런지 상대방의 눈을 제대로 쳐다보기 힘들었다.

"지금은 상황이 바뀌었으니까, 어쩌면…… 하는 생각도 당연히 있지만, 동시에, 그…… 실패하면 어쩌나 하는 마음도 있어."

"어……? 그게, 실패할 수가 있어?"

"응, 뭐…… 자세한 설명은 생략하겠지만, 실패하는 일도 있대."

솔직히 말하면, 나나미와 그런 일이 벌어졌을 때를 대비해 여러모로 조사해 두었다.

어쩔 수 없잖아, 나나미가 여자친구인데. 이것저것 미리 알아두지 않으면 여차했을 때 민망함을 줄지도 모르잖아?

하지만 조사하면 조사할수록 불안도 커졌다. 그것이 바로 실패할 가능성이었다. 주로 이건 내 문제다.

"나나미의 몸에 가해지는 부담이나 나나미를 소중히 아끼고 싶은 마음도 물론 있지만, 결국은 내가 가장 두려운 것뿐이야. 나는 실패해서 나나미랑 어색해지는 게 무서워."

그러니까 자신감이 생기기 전까지는 나나미를 안지 않을 것이다.

그것이 내가 내린 결론이다.

"그렇구나."

나나미가 실망하진 않았을까 걱정했는데, 그녀는 내 옆에 앉더니 내 머리를 부드럽게 쓰다듬어 주었다. 마치 아이를 달래주는 엄마처럼.

아이 취급을 받는 것 같아 쑥스럽긴 하지만 기분은 좋았다.

“하아~. 그러면 한동안 요신은 야한 짓을 하지 않는 건가~. 이렇게, 언제든 환영인 여친이 있는데, 아쉽다~.”

나나미는 쓰다듬으며 약간 장난기를 남아 사악한 미소를 지어 보였다. 나를 쓰다듬고 있는 손과는 반대쪽 손으로 자기 가슴을 들어 나에게 보여준다.

상냥한 건지 부추기는 건지, 둘 중 하나만 해 줬으면 좋겠는데.

“혹시 참기 힘들어지면, 난 언제라도 괜찮아.”

베시시 웃으면서 하는 그 유혹에…… 내 안의 대항심이랄까, 장난기가 올라오기 시작했다. 바로 얼마 전에 막 싹을 틔운, 좋아하는 아이를 괴롭히고 싶어지는 마음.

나나미는 내가 안지 않겠다고 한 말에 안심해서 일부러 나를 도발하는 거다. 그렇게 말한 직후이니 안 하겠지, 하고.

그러니까 나도 아까와는 다른 또 하나의 각오를 정했다.

이것까지 말할지 말지 고민했는데, 이런 말을 듣고 그냥 넘기면 남자의 체면이 살지 않지.

"착각이 있는 모양인데, 나나미."
"어?"
"난 나나미를 아직 안지 않겠다고 했지, 야한 짓을 하지 않는다고는 안 했어."
내가 생각해도 말도 안 되는 소리지만, 나나미에게 대항하려면 이 정도는 되어야 한다.
당하고만 있을 수야 없지.
"으에에에에에에으에에에에엑?!"
나나미가 비브라토 섞인 비명을 내질렀다. 그걸 신호로, 나는 속마음을 감추고자 더욱 강하게 나갔다.
"생각해 봐. 실전에서 실패하지 않으려면 뭘 해야 하지?"
"실전을 위해서는…… 연습해야지……."
"그래, 연습. 연습이야. 연습은 많이 할수록 좋은 법이지."
"?! 어, 어? 서, 설마……?!"
나나미가 숨을 삼키는 것이 전해졌다.
"그래, 요컨대 할 건 다 하겠다는 거야!"
말해 버렸다.
아니, 어디까지 할지는 잘 생각해야겠지만, 그래도 그, 으음…… 할 건 다 하려고 생각하고 있다.
몇 가지 이유는 있다.
우선 첫 번째로, 사실 실패하지 않기 위한 연습은 정말로 중요하다. 그것은 중요한 실전을 맞이했을 때 너무 긴장하지 않기 위함이기도 했다.

서로가 긴장을 푸는 것은 중요하다. 그러기 위해서는 경험을 쌓아나가는 것이 제일이니까, 여러모로 그런 분위기를 갖는 연습은 해 둘 것이다.

……남자라는 생물은, 여러모로 섬세한 법이니까.

두 번째는 좀 이상한 이야기지만, 여기서 정말 아무것도 하지 않겠다고 선언하면 두고두고 화근이 될 것 같다고 생각했기 때문이다.

만화 같은 것에서 흔히 나오는 이야기다. 너무 소중하게 여기고, 너무 아무것도 하지 않은 나머지 자신이 매력이 없다고 상대가 착각해 버리는 것이다.

그것만큼은 어떻게든 막기 위해. 나는 나나미에게 선언했다. 나나미는 엄청나게 매력이 넘쳐흐르니 그런 것에 대해 고민할 필요는 없었다.

그것을 말뿐만 아니라 행동으로 전하기 위해서 나는 나나미에게 여러 가지 것들을 할 것이다.

그리고 마지막 이유는…… 정말로 내가 하고 싶으니까! 단지 그뿐이다.

나도 건전한 고등학생 남자다. 남들만큼의 성욕도 있고……. 아니, 나나미 덕분에 성욕이 부활한 느낌도 들지만, 어쨌든 그런 것에 관심은 있다.

너무 참으면 어디선가 폭주한다. 그러니까 적당한 선에

서 나나미를 만지고 싶다. 그러니까 여러 가지를 할 것이다. 불순 이성 교제, 얼마든지 환영이다. 단 들키지 않는 선에서.

허용되는 라인에 대해서는 앞으로 여러모로 알아봐야겠지만.

"여, 연습…… 연습…… 연습을 해 버려……?!"

나나미는 연습이라는 단어를 반복적으로 중얼거렸다. 솔직히 말하면 이 상황은 정말로 민망했다. 이미 아까보다 땀은 더 줄줄 흐르고 손도 떨렸다.

기세에 휩쓸려 대체 무슨 말을 해 버린 걸까. 하지만 후회는 없다. 하지 않을 거다. 아마도.

『묻는 것은 잠시의 수치, 묻지 않는 것은 일생의 수치』라는 속담이 있다. 모른 채로 지나가는 것은 지금 무지를 드러내는 것보다 더 부끄럽다는 의미다.

분명 무슨 일이든 그렇다. 지금은 부끄럽지만, 부끄러운 것이 후회하는 것보다는 낫다.

나와 나나미가 각자의 갈등을 품고 있는데, 갑자기 나나미가 장소를 옮겼다.

침대 위에 정좌하더니 등을 쭉 펴고, 허벅지에 두 손을 가볍게 올려둔다.

나도 모르게 나나미의 앞에서 똑같이 정좌했다. 침대 위에서 두 사람이 정좌하고 있는 기묘한 광경이 펼쳐졌다.

나나미는 잠시 심호흡하더니, 맑고 강한 눈빛으로 나를 똑바로 응시했다.

갑작스러운 행동에 살짝 기가 눌려 있는데, 나나미는 허벅지에 올려둔 손을 천천히 앞으로 내밀었다. 그리고 그대로 침대 위에 세 손가락을 올리고는 가볍게 절을 했다.

"많이 부족하겠지만, 잘 부탁드립니다."

그 공손한 절에 나도 따라서 세 손가락을 짚고 고개를 숙였다.

"저야말로 잘 부탁드립니다."

새삼스레 인사하고 나니 좀 부끄러워져서, 우리는 고개를 들고 누가 먼저랄 것 없이 웃음을 터뜨렸다.

하지만 거기서 끝나지 않는 것이 오늘의 나나미였다. 침대에 올려두었던 세 손가락을 그대로 가슴 근처에 가져오더니 고개를 갸우뚱하며 물어온다.

"그럼…… 오늘부터 당장 연습할까?"

그 말에, 나는 인사하던 상태 그대로 굳어버렸다.

내가 먼저 시작하긴 했지만, 새삼스럽게 이런 말을 들으니 긴장됐다. 하지만 남자에게 두말은 없다. 없는 것이 바람직하다.

일단…….

"우, 우선은 만지는 것부터 해 볼까?"

"그건 평소 하던 것보다 오히려 가벼운 수준 아니야?"

확실히 그럴지도 모른다. 하지만 지금의 기분으로는 그것부터 하지 않으면 무척 힘들어질 것 같은 느낌이었다. 여러 의미로.

천천히 뻗은 손으로 나나미를 만지려는데, 왠지 손이 움츠러들었다. 중요한 순간에 겁을 먹고 말았다. 아니, 지금까지는 어떻게 닿았던 거지?

새삼스럽게 의식하자 갑자기 자신감이 사라졌다. 공허하게 손만 움찔거리기를 반복하다가 결국 나나미가 분노했다.

"에잇, 만지는 정도는 당당히 하라고! 내가 시범을 보여주지!"

"잠깐?! 나나미?!"

그리고 흥분한 나나미에게 내가 실컷 만져지는 결과가 되고 말았다.

저는 아직 갈 길이 먼 것 같습니다.

"앗……. 응…… 그렇지, 거기…… 거기 기분 좋아……."
"이, 이렇게?"
"응. 요신, 처음 맞지? 엄청 잘하네."
지금 나는 요신의 손길을 받고 있다.
어깨에. 일부러 도치법으로 말했다.
요신을 향한 속셈……? 없을 리가. 솔직하게 말해서 분명히 있다.
실은 장난삼아 요신의 몸을 여기저기 만지다가, 문득 우리가 침대 위에 있다는 사실이 떠올랐는데……. 장난치거나 놀며 떠들고 있을 때는 아무렇지도 않다가, 의식하면 부끄러워지는 건 어째서일까?
그래서 속마음을 들키지 않도록 나는 괜히 더 과장되게 요신의 몸을 더 만지고 주무르고 쓰다듬었다.
요신은 근육질이긴 하지만, 온몸이 단단한 것은 아니다. 물론 나와 비교하면 훨씬 단단하지만 그래도 부드러운 곳은 부드럽다.
아빠 몸과는 조금 다른, 신기한 감촉.
전에도 배를 만져본 적은 있었는데, 이렇게 온몸을 만져본 적은 거의 없어서 자꾸만 만지고 싶어졌다.

뭐라고 할까, 만졌을 때 반응이 굉장히 좋다고 해야 하나.

배를 간지럽히면 몸부림을 치고, 목을 만지면 소리를 내고, 다리를 쓰다듬으면 화들짝 놀라고, 가슴을 만지면 부끄러움 때문인지 얼굴이 빨개진다.

남자가 여자의 몸을 만지고 싶어 하는 기분을 조금 이해했다.

반응이 재미있다.

어쩌면 좋아하는 애한테 심술을 부리는 감정이 이런 것일지도 모르겠다. 나는 그런 경험이 없어서 좀 늦게 싹튼 것일까.

혹시 요신에게도 그런 감각이 있을까?

요신에게 심술을 부린다…… 좀 좋다. 변태 같은 생각이지만.

……나에 관해선 됐다. 다시 지금 상황으로 돌아와서.

"나나미, 어깨가 꽤 뭉쳤네. 공부를 열심히 해서 그런가?"

"음, 가장 큰 이유는 가슴이 커서 그런 게 아닐까?"

"……나는 뭐라고 대답해야 하는데?"

"글쎄…… 앞으로는 내가 받쳐줄게, 라든가?"

"그런 변태 같은 지지 선언은 들어본 적도 없는데."

하긴 듣고 보니 그렇네. 받쳐준다니, 어떻게 받쳐준다는 거지? 실제로 잡는 건가? 어떻게? 아래에서?

그건 그렇고 요신의 어깨 안마가 상당히 기분 좋다. 이따금 받으면 매우 좋을 것 같다.

그래, 안마다. 내가 요신의 몸을 잔뜩 만지다가, 모처럼이니까 요신도 만지는 연습을 하자는 이야기가 나왔다.

어디를 만질까?

처음에는 내가 만진 곳과 같은 곳을 차례로 만지거나, 쓰다듬거나, 주무르거나…… 그렇게 하지 않을까 생각했는데…….

요신이 부끄러워했고, 곧 나도 부끄러워지고 말았다.

그래도 연습은 하는 게 좋을 것 같아서……. 요신도 나를 만져줬으면 해서, 그에게 어디라면 괜찮을지 물어보았다.

결국 요신이 선택한 곳은 어깨였다.

솔직히 말하면 '어깨구나……' 하고 실망했지만, 생각보다 기분이 좋았다.

치료*라는 건…… 손을 대는 거라 치료라는 말을 들은 적이 있다. 요신의 어깨 안마는 딱 그런 느낌이었다. 치료를 받는 느낌이었다.

……기분도 좋고 안심도 된다.

"어깨 안마는 어렸을 때 아빠한테 해 드린 이후로 처음인데."

"요즘은 안 해 드려? 해 드리면 좋아하실 거야."

"고등학생이 된 뒤로는 조금 부끄러워서."

---

*일본어로 手當(수당)이라는 말은 치료하다는 뜻도 갖고 있다.

본인이 하는 모습을 상상하며 쑥스러워진 것인지, 요신의 손가락에 조금 힘이 들어갔다. 그것이 내…… 어깨를 자극해서 조금 이상한 소리가 나와 버렸다.

나도 모르게 나온 목소리에 내가 더 크게 놀랐다.

순간적으로 두 손으로 자신의 입가를 가렸지만, 그렇다고 목소리가 나온 사실은 사라지지 않는다. 요신도 안마하던 손을 멈추고 말을 멈췄다.

"미, 미안. 힘이 너무 셌나?"

"아니. 응, 괜찮아, 괜찮아. 조금 놀란 것뿐이야."

"정말? 아픈 거 아니고?"

"응, 안 아파, 안 아파."

정말로 전혀 아프지 않았다. 좀 놀라긴 했지만 그건 오히려 아픈 것과는 정반대의 감각이었다고 할까…….

어깨를 안마받고 있을 뿐인데, 설마 이런 감각을 느끼다니.

"요신, 부탁이 있는데……."

"부탁? 나나미의 부탁이라면 뭐든 괜찮긴 한데……."

"아까 힘줘서 했던 그거, 한 번만 더 해 주면 안 될까?"

"어?"

아, 요신이 또 침묵해 버렸다. 아니, 이상한 것을 받고 싶다는 뜻이 아니라, 순수하게 지금 느낀 감각이 무엇인지 알고 싶어서…….

뭔가 여행 전날 밤처럼 심장이 두근거렸다. 기대되는 것도 같고 두렵기도 한, 조금 신기한 느낌.

조용하니까 자기 심장의 소리가 들려서…… 나도 모르게 자세를 고쳐잡았다.

"으음, 그럼…… 한다?"

"응."

요신의 어깨 안마가 다시 시작되었다. 하지만 요신이 아까와 똑같이 해도 그 감각이 느껴지지는 않았다.

자세를 바로잡고 있어서 안 되는 건가?

"어때?"

"음, 기분 좋아. 근데 아까 그 이상한 느낌은 아니야. 뭐였을까?"

"우연히 그런 장소에 딱 닿았던 게 아닐까?"

우연히? 그렇다면 재현은 좀 어렵겠네. 어쩔 수 없지……. 그 감각의 정체는 앞으로 어디선가 다시 찾아왔을 때 확인하기로 하자.

그리고 잠시 나는 요신에게 어깨 안마를 받았다.

"아~, 기분 좋았다. 기분 탓인진 몰라도 어깨가 훨씬 가벼워진 것 같아."

빙글빙글 팔을 돌리자, 평소보다 더 편하게 움직이는 느낌이었다. 앞뒤로 돌리고, 어깨를 등으로 돌려 양손을 붙잡고…….

오, 할 수 있다, 할 수 있어.
"나나미, 몸이 유연하네. 난 그거 못하는데."
"그래? 그러면 이번엔 내가 요신 어깨를 주물러 줄까?"
"딱히 어깨가 결린 느낌은 없는데……."
"그래? 난 어깨 이외에도 많이 결리는데. 어깨뿐만 아니라 가슴도 결려."
"……??"
요신의 움직임이 딱 멈춰버렸다.
"어? 이거 말한 적 없나?"
"금시초문입니다만……."
어라? 분명 누군가한테 말한 기억이 있는데……. 가슴이 크니까 가슴도 쉽게 결린다. 그래서 가끔 마사지해 주기도 한다.
요신이 아니면…… 하츠미나 사야한테 말했던 걸까.
뭐, 상관없나.
"크면 가슴 자체가 결리기도 해서 가끔 힘들어……. 거기서 뻗어나가서 목이나 어깨, 심하면 등까지 아프기도 하고……."
"그, 그렇구나……."
"봐, 이 근방이나……."
"굳이 설명하는 거야?!"
자주 결리는 곳을 요신에게 설명하려고 하니 화려한 태

클이 날아왔다. 요신은 드물게 어이없다는 눈빛을 하고 나를 책망하는 듯한 시선을 보내왔다.

살짝 놀리려던 의도를 들킨 걸지도 몰라.

"그치만 앞으로 연습하려면 내 몸을 만져야 하잖아?"

"그건, 그야, 그렇지만……."

"그렇다면 언젠가는 내 가슴의 결림도 요신이 풀어줄 날이 있을 것 같지 않아?"

요신의 시선이 내 가슴으로 향했다. 오랜만에 받은 그의 시선. 수영복을 입었을 때나 이런저런 순간에 느끼긴 했지만, 방에서는 오랜만이었다.

나는 그 시선을 받고 가슴을 강조하듯 두 손으로 모았다.

"그, 나나미는……."

"응?"

머뭇거리는 요신의 말투에 나는 고개를 갸우뚱하며 그의 눈을 들여다보았다. 그의 눈은 조금 흔들렸지만, 그럼에도 내 눈동자를 똑바로 마주 보고 있었다.

그것이 묘하게 기뻐서, 나도 모르게 입가가 올라갔다.

"나나미는 내가 그런 부분을 만지는 거…… 싫지 않아? 속으로는 싫다거나, 무의식적으로 싫다거나."

"음, 어려운 질문이네."

만져서 싫다……는 감정은 지금으로서는 없다. 하지만 의식하지 않은 곳에서는 어떨까? 조금 전까지의 흥분 상태가 아니라, 냉정해진 상태로 다시 생각해 보았다.

나는 그의 손을 잡아 그대로 내 뺨으로 가져왔다. 차갑고 서늘한 감촉이 기분 좋다……. 잠깐, 엄청나게 차가운데?

어라? 아까 어깨 안마를 해 줬을 때랑은 전혀 달라. 끝나고 안심해서 이렇게 된 건가? 아니면 긴장해서?

"응, 괜찮아. 근데 요신…… 새삼스럽지 않아?"

"새삼스럽다니, 물론 아까도 묻긴 했지만."

"그게 아니라, 이미 수영복 입은 채로 오일도 발라줬으니까, 피부는 여러 번 만지고 있잖아."

앗…… 하고, 요신이 작게 중얼거리는 소리가 들려왔다.

잊어버린 건 아니겠지만, 그런 행위로 만지는 것과 바다에 들어가기 전에 필요로 인해 만진 것은 그의 안에서는 다른 개념인 것 같았다.

그러는 나도 방금 떠올랐고 말이지.

"확실히……."

"에헤헤, 피부와 피부의 접촉은 이미 끝냈었네……."

요신도 그때 생각이 떠오른 듯 얼굴이 살짝 붉어졌다. 또 가고 싶다, 바다. 이번에는 처음부터 안 싸운 상태에서.

아마 내년이 될까? 그런 생각을 하면서 나는 요신의 품에 안겼다.

그리고 그대로 침대에 둘이 함께 쓰러졌다.

"모처럼이니까 앞으로는 단둘이 있을 때는 서로 마사지

도 해 줄까? 뭉친 곳도 풀 수 있고 만지는 연습도 될 수 있으니까. 연습은 중요해."

"마사지라……. 그거라면 직접적인 것보다는 덜 부끄럽겠다."

"내 온몸을 부끄러워하지 말고 잘 풀어줘야 해?"

"노력하겠습니다……."

이리하여 나와 요신의 정기 행사에 마사지가 더해졌다.

이걸로 나도 당당하게 요신을 만질 수 있겠네. 자, 다음에는 어디를 만져볼까?

인생은 연습과 실전의 반복이다. 태어나면서부터 걷는 연습, 달리는 연습, 자전거를 타는 연습…… 자신의 오체를 다루는 것도 처음부터 잘한 것은 아니다.

물론 처음부터 실전인 경우도 있긴 하겠지만, 그것은 분명 평소 연습을 거듭하는 사람이 갑자기 찾아온 실전에 도전할 때 쓸 수 있는 말이 아닐까.

어쩌면 아무 연습도 하지 않았는데 갑자기 실전에서 무언가를 할 수 있는 사람을 천재라고 하는 것일지도 모른다.

하나를 듣고 열을 아는 것이 아니라, 처음부터 열을 안다. 그것이 재능일까.

공교롭게도 나는 범인(凡人) 중의 범인이었기 때문에 연습이 매우 중요하다. 다짜고짜 실전에서 무언가를 해낼 인간은 절대로 아니다.

지금 생각해 보면 나나미와 사귀던 초기에도 바론 씨 일행에게 했던 상담이 연습이 되었다. 그러니까 그것도 처음부터 실전이었다고 하기엔 거리가 멀다.

사전에 상담하고 시뮬레이션하여 실전에 임했다.

연습 부족으로 실전에서 이런저런 실수를 저지르기도

했지만, 그래도 나치고는 잘한 편이었다.

……뭐, 내가 이런 식으로 교훈적인 무언가를 생각할 때는 대체로 웃지 못할 일에 처했을 때다.

다른 사람이 보기에는 아주 흔하고 시시한 일일지도 모른다. 하지만 나한테는 시시하지도 않았고, 당사자들도 몹시 진지하다. 진지하게……라고 해도, 남들이 보기에는 단순히 노닥거리는 것으로 보일지도 모르지만.

어쨌든 나나미의 몸이나 그런 행위에 익숙해지는 연습이니까.

언젠가 그때가 반드시 올 것이다. 나나미와의 관계를 더 깊게 하기 위해서는 몹시 중요한 일이지만, 공개적으로 말할 수 있는 내용은 아니다.

생각해 보자, 면접 같은 데서 무엇을 열심히 했냐고 물었을 때 여자친구와 스킨십하는 걸 열심히 했습니다, 라고 대답하는 모습을.

그 어떤 면접에서도 떨어지지 않을까? 물론 남들에게는 말하지 않을 거지만.

"연습…… 연습이라."

연습의 성과를 확인하듯 나는 어깨를 안마했을 때의 손 모양을 다시 만들어 보았다.

그 후 곰곰이 생각해 보니 내가 나나미를 만진 곳은 그렇게 많지 않았다. 얼굴을 만지고, 손을 잡고, 등도 만졌다.

심지어는 배도 만졌다.

하지만 어깨를 안마하는 것은 아마 처음일 것이다.

보기와는 달리…… 나나미의 어깨는 상당히 뭉쳐있었다. 어깨가 결린다고는 해도 그렇게 심하지 않을 줄 알았는데, 상상 이상이었다.

나나미의 몸에 이렇게 단단한 부분이 있나 하고 깜짝 놀랐을 정도다. 본인한테는 말하지 않았지만.

그 놀라움 때문인지 나나미의 어깨 안마는 수월했다. 이런저런 목소리를 듣거나 해서 조금 휩쓸린 느낌은 있지만, 무사히 마쳤다고 말해 두고 싶다.

그리고 우리는 앞으로도 서로 마사지를 계속하자고 약속했다.

그건 좋았다. 교육적으로는 별로 좋지 않을지도 모르지만, 이대로 연습을 진행하면 분명 실전에서도 자신감이 붙을 것이다.

……문제는 다른 쪽에 있었다. 나나미와 연습을 하게 되면서 혹시 그쪽도 연습하는 편이 좋지 않을까 하는 생각이 든 것이다.

친구를 만드는 방법 말이다.

아니, 정말 어떻게 하면 동성 친구……를 떠나서 친구를 만들 수 있는 거지? 라는 의문이 들 정도로 대책이 없었다.

평범한 대화는 할 수 있다. 상대가 말을 걸면 대답도 할 수 있고, 아침 인사도 할 수 있다. 같이 돌아가는 것도 할 수 있다.

하지만 내가 먼저 말을 걸 수는 없다.

무슨 말을 하면 좋을지를 모르겠다. 상투적인 날씨 이야기를 꺼냈다가 대화를 이어가지 못한 적도 있다.

자신의 커뮤니케이션 능력이 얼마나 형편없는지를 다시 절감했다.

역시 '친구를 만들자'라는 감정의 동기가 불순해서 그럴까?

애초에 내가 친구를 사귀자고 마음먹은 이유는 소문 때문이다. 하렘 소문을 불식하기 위해 친구를 만들자고 생각했다.

그건 사실상 친구를 이용하는 게 아닐까? 친구는 노력해서 만드는 게 아니라 자연스럽게 생기는 관계가 아닐까? 원래 친구란 그런 게 아닐까?

그런 생각이 들다 보니 자연스레 몸이 움츠러들었다. 좀 더 말하자면 죄책감이다.

……그런 건 친구를 사귄 뒤에 고민하라는 말을 들으면 할 말이 없지만.

"복잡한 얼굴이네. 무슨 일 있어?"

"꾸엑……."

그런 생각을 하느라 침묵하고 있었더니 나나미가 뒤에

서 날 안았다.

"그, 친구가 쉽게 안 생겨서……."

"아직도 고민하고 있었어?!"

아니, 그렇게 놀랄 일인가?

이건 나에게 현재 가장 중요한 문제다.

나나미는 나를 끌어안고 앞뒤로 몸을 흔들었다. 그런 생각을 할 바에는 차라리 나랑 놀아줘~ 라면서 나나미는 마치 업힌 아이처럼 내게 몸무게를 실었다.

일단 이대로 이동할까. 나에게 안겨 있는 나나미를 질질 끌며 나는 걸음을 옮겼다.

그것이 즐거운지 나나미가 꺅꺅거리면서 웃었다.

"애초에 친구라는 건 그냥 바로 생기는 거 아냐?"

"우와, 여유를 가진 자의 발언이네."

내가 의자에 앉자, 나나미가 내 등에서 떨어졌다. 처음에는 책상 위에 앉으려고 했는데 그렇게 하면 여러 가지로 보이기 때문에 하지 않았다.

그러고 보니 나나미를 처음 의식했을 때도 교실에서 책상 위에 앉아 있었나. 의외로 나나미는 그런 걸 좋아하는 걸까?

"참고로 지금 뭐 하려고 했어?"

"책상에 앉아서 다리를 요신 어깨에 걸치려고 했어."

"응, 안 돼."

기껏해야 목마 같은 자세를 상상했는데, 아무리 그래도 그건 위험하다. 한번 해 보고 싶긴 하지만, 지금은 안 된다.

"친구는…… 어떻게 만드는 거야?"

"글쎄? 생각하고 만든 적은 없어서……. 그냥 같이 놀면 친구 아냐?"

역시 강자의 발언이다.

나에게는 그게 어려운데……. '참 쉽죠?'라는 대사와 함께 어떤 영상이 떠올랐다.

전혀 쉽지 않아요.

이것도 꾸준한 연습만이 살길이라는 걸까. 하지만 이걸 무슨 수로 연습하지?

"으음, 친구를 소개하려 해도, 여자애들밖에 없으니……."

"여기서 더 여자애들을 소개받는 건 곤란하지 않을까?"

"난 남자애 중에서는 친한 애들이 없으니까."

"그건…… 나로서는 지금 그대로가 좋을 것 같은데."

여자친구에게 여자친구를 소개받다니 대체 무슨 남자친구인가. 남자인 친구를 소개받는 것보다는 덜 불편할 것 같긴 하지만…… 그래도 아웃이다.

무엇보다 이상한 소문이 나 있는데, 여자애들과 더 친해지면 역효과가 아닌가.

"나도 요신에게 내 친구를 소개하고 싶지 않아. 나 말고 요신을 좋아하게 되는 애가 늘어나는 것도 싫고."

나나미가 귀여운 말을 했다. 괜찮아, 내가 좋아하는 건 나나미뿐이니까! 라며 나도 모르게 여기서 끌어안을 뻔했다. 다행히 누군가의 제지 덕분에 직전에 멈추었다.

"너희들, 여기 교실이야……."

나도 나나미도 서로 얼굴을 마주 본 채 수줍게 눈을 내리깔았다.

그랬습니다. 점심시간이라 아직 사람은 적지만, 여기는 교실이다. 쓸데없는 생각을 하고 있느라 까맣게 잊고 있었다.

그나마도 어느새 사람들이 돌아오고 있다. 이제 곧 점심시간도 끝이라는 건가.

교실에 돌아온 이들이 우리를 바라보고 있었다. 미적지근한 시선, 혹은 질투 섞인 시선 등 반응이 다양했다. 그 시선이 점점 우리를 부끄럽게 만들었다.

"다, 다음은 집에서 할까?"

"그, 그럴까?"

그 한마디에, 거기서 뭘 할 생각이냐는 놀림이 돌아왔다. 아뇨, 아무것도 못 합니다. 아무것도 못 하니까 이것저것 하는 겁니다.

……혹시 이것은 연습의 폐해가 아닐까. 거리가 가까워진 나머지 분별력이 사라져 버릴지도 모른다. 앞으로 해결해야 할 과제였다.

나는 연습의 중요성과 어려움을 실감했다.

참고로 이건 나중에 들은 이야기인데, 나나미의 친한 남자애가 없다는 발언에, 스스로 나름 친하다고 여겼던 남자애들이 충격을 받았다고 한다.

그런 식으로 혼자 충격을 받을 수도 있구나. 하지만 미안하다 얘들아. 나나미에게 이성 친구는 당분간은 필요 없어.

이것 참, 속박하는 남자친구 같은 생각이네.

◇◇◇◇◇◇◇◇◇◇

"그럼 홈룸을 시작할게. 오늘의 의제는 학교제에서 무엇을 할지에 대해서야."

교단에 두 인물이 서 있었다. 한 명은 남자고 또 한 명은 여자…… 시리시즈 씨다. 시리시즈 씨가 갸루로 변한 뒤 첫 학생 주도 홈룸이 시작되었다.

다들 희미하게 당황하고 있는 것이 공기로 느껴졌다.

하지만 겉모습이 화려하게 변했어도 시리시즈 씨는 여전히 쿨한 느낌이었다. 이것이 평소와 같은 모습인지 어떤지는 기억이 안 나서 모르겠지만, 아마 평소와 같은 모습이 아닐까.

"뭔가 하고 싶다는 의견이 있을까? 일단 참가할 수 있는 종류는 크게 이 정도야."

그런 교실의 공기나 반 아이의 호기심 섞인 시선을 눈치 챈 것인지 아닌지, 크게 개의치 않는 시리시즈 씨의 진행으로 홈룸은 조용히 시작되었다.

여담이지만 우리 학교의 반장은 남녀가 한 명씩 총 두 명 있다. 그래서 마음이 맞아 커플이 되는 남녀도 있다고 한다.

어쩌면 옆의 남학생도 그걸 의식하고 있는 것일까, 시리시즈 씨를 힐끔힐끔 쳐다보며 뺨을 붉히고 있다. 움직임도 좀 어색하다.

"왜?"

"아, 아니, 아무것도 아니야."

고개를 갸우뚱한 시리시즈 씨의 모습에 당황한 남자아이가 그대로 칠판에 참가 종류를 적어나갔다. 말하는 것은 시리시즈 씨, 판서는 남자아이인 모양이다.

종류는 크게 네 가지. 무대, 음식점, 전시, 이벤트였다.

가장 인기 있는 것은 이벤트였고 그다음이 음식점이다. 반대로 별로 인기가 없는 것은 무대 쪽이었다. 아니, 인기가 없다는 건 표현이 좀 그런가?

무대 쪽은 준비도 힘들고, 모두의 앞에서 선보인다는 점에서 허들이 상당히 높았다. 연습 같은 것도 힘들 것이고.

연습…… 여기서도 또 연습이다.

그래서 뭐, 매년 이벤트 항목에 인기가 몰려 제비뽑기가 되기 일쑤다. 거기서 제외된 반은 다른 것을 해야 한다.

특히 귀신의 집은 매년 반드시 제비뽑기가 된다고 한다. 그만큼 인기 있는 기획이다.

그래서 대체로 무대극은 1순위로 뽑지 않는다. 무대극을 고려하더라도 2순위 정도. 처음부터 의욕에 불타 무대를 선택하는 사람은 그쪽 동아리 사람들 정도다.

나 같은 경우는 모든 반이 각자 원하는 것을 하면 좋지 않을까 생각했지만, 아무래도 그렇게 말처럼 쉽지는 않은 모양이다. 어려운 이야기다.

수업이 없다는 이유로 은근슬쩍 땡땡이치는 학생도 있고, 행사를 좋아하는 인싸 군단은 적극적으로 참가하고, 나와 같은 아싸 군단은 적당히 참가해 조용히 넘어가고…….

그런 다양한 사람들이 참여하는 이벤트, 그것이 우리 학교제다. 어디든 비슷하겠지만.

뭐, 아는 척 떠들어대고 있지만, 전부 나나미에게 들은 말이다.

1학년 때 있었던 학교 행사는 전혀 기억이 안 난다. 1학년 때는 아마 전시 같은 걸 했던 것 같은데. 좀 뻔한 내용으로…….

그러니까 다시 말해 의욕이 없는 반이었다는 거겠지.

나나미네는 뭘 했을까? 전에 동물 카페를 했다고 했었나?

아니, 그건 다른 동급생이랑 나눈 이야기였나?

나랑 나나미의 자리는 떨어져 있어서 이럴 때 말을 못 거는 것이 좀 아쉬웠다. 달아오를 만한 화제가 있어도 뒤로 넘어가버리니까.

……이번 자리 바꾸기에서는 옆자리가 되면 좋겠다.

"다들, 뭔가 희망하는 게 있을까?"

이럴 때 처음 발언하는 사람은 긴장되는 법이다. 그래서 필연적으로 모두가 침묵한 채 누군가가 먼저 발언하기를 기다리게 되는 경우가 많다.

딱히 처음에 발언한다고 해서 뭔가가 달라지는 것은 아니지만, 나도 그런 건 긴장되는 쪽이라서 심정은 이해한다.

나 같은 경우는 희망하는 것이 아무것도 없어서 침묵하는 것에 가까웠지만.

묘한 긴장감과 팽팽한 공기로 인해 교실 안의 분위기가 이상하게 무거워졌다. 그 기묘한 공기는 마치 결투를 앞두고 총잡이가 총을 뽑기 직전의 분위기와도 흡사했다. 과연 누가 먼저 나올까…….

그 침묵은 의외의 인물로 인해 깨졌다.

"다들, 내 의견 좀 들어볼래?"

판서를 하던 남자 반장이 마치 교사처럼 교단에 두 손을 얹고 입을 열었다. 자연스럽게 모두의 시선은 그에게 집중되었다.

침묵의 기류가 변하며 이번에는 다들 반장이 무슨 말을 할지 기다렸다.

모두가 조용해질 때까지……라고 말할 필요도 없이 교실 안은 이미 조용하다. 그래서 반장이 뭘 기다리고 있는지 모르겠지만, 그는 마치 뭔가를 기다리고 있는 것처럼 보였다.

눈을 감고, 심호흡하고…… 그리고 다시 한번 입을 열었다.

"무대, 해 보지 않을래?"

스스로 쓴 무대라는 글자에 빨간 분필로 동그라미 표시를 했다.

다들 입 밖에 내지는 않았지만, 왜 굳이? 하는 표정이 되었다. 어쩐지 아까와는 다른 의미에서 무거운 공기가 만들어졌다.

"왜 그런 생각을 했어?"

그런 공기 따위는 조금도 개의치 않고 시리시즈 씨가 파트너인 반장의 다음 말을 재촉하기 위한 질문을 던졌다.

나도 이유가 궁금했다.

"이건 내, 지극히 개인적인 생각이다만."

그렇게 서두를 꺼낸 뒤, 그는 강하게 쥔 주먹을 모두에게 보여주듯 가슴에 얹었다.

"……고등학교 2학년 문화제에서, 청춘다운 추억을 갖

고 싶어, 나는."

추억?

나는 나도 모르게 고개를 갸우뚱했다. 둘러보니 나 이외의 몇몇 사람들도 고개를 갸우뚱하며 머리 위에 물음표를 띄우고 있었다. 나나미도 마찬가지다.

"학교제는 고등학교 생활에서 3번밖에 없어. 하지만 나는 1학년 때 의욕 없는 사진 전시로 끝나버려서 아무런 성취감도 없었어……!"

마치 내리칠 듯한 기세로 주먹을 치켜든다. 하지만 교단 위에 아주 천천히 내려놔서 쿵 하는 소리는 나지 않았다.

"그러니까 두 번째인 이번, 이번에는 반성하는 의미로 다 같이 청춘을 불태울 수 있을 만한 걸 하고 싶어! 동창회에서 만났을 때, 그런 일을 했구나 하고 다 같이 웃을 수 있는 추억을 갖고 싶어!"

동창회라니, 굉장히 미래의 이야기가 나왔다. 졸업 후의 이야기보다 더 앞서간 이야기다.

하지만 뭘까, 이야기를 듣고 있으니…… 이상하게 나도 주먹에 힘이 들어가는 기분이……. 아니, 깨닫고 보니 실제로 주먹을 쥐고 있었다.

"근데 왜 하필 무대인데? 그런 거라면 음식이나 이벤트라도……."

"그건 인기가 많아서 경쟁률이 높으니까. 그러니 매년

확실하게 할 수 있는 무대를 첫 번째 희망으로 정해두고 한발 앞서 준비해 두고 싶어.”

“전시는…… 1학년 때 해 봐서 하고 싶지 않은 거구나.”

그 말에 남자 반장은 크게 고개를 끄덕였다.

“굉장히 개인적인 이유라 미안해. 하지만 난 청춘을 불태우고 싶어……!”

그렇구나……. 하긴 나도 1학년 때 추억이 될 만한 일은 거의 없었다. 하지만 그렇다고 해서 2학년이 되면서 그런 생각을 하지는 않았다.

그러니까 심정을 이해하는 것은 아니다. 하지만 아까의 나는 그 말을 듣고 분수에 맞지 않게 뜨거운 기분을 느꼈다는 것만은 확실했다.

게다가 나나미와의 추억 만들기에 무대는 딱 좋은 기회일지도 모른다.

뭐, 나는 물론 보조에 그치겠지만.

“어때……?”

불안이 섞인 물음이 교실 안에 울려 퍼졌다.

그것을 계기로 갑자기 교실이 소란스러워졌다. 모두가 제각각 대화를 시작했기 때문이다. 다만 소란스러워졌다고 해도 작은 소리였기에 무슨 대화를 하고 있는지까지는 알아들을 수 없었다.

웅성웅성, 술렁술렁, 하는 소리만이 귀에 와닿았다.

문득 주위를 둘러보다가 나나미와 눈이 마주쳤다.

나나미는 어떻게 생각하나 궁금해서 어떻게 할 거야? 라는 뜻을 담아 제스처를 하자, 나나미도 손가락으로 동그라미를 만들어 보인다.

긍정이 담긴 그 미소를 보고 내 마음에도 더욱 불이 켜졌다.

지금부터 나는 평소라면 절대 하지 않을 짓을 할 것이다.

하지만 뭔가, 여기서 하지 않으면 후회할 것 같은 기분이 들었다.

"나는 거기에 찬성……이야."

교실의 시선이 나에게 쏠렸다.

말해 버렸다. 어울리지 않은 짓을 해 버렸다. 설마 이렇게나 주목을 받을 줄은 몰랐다. 경험해 보지 못한 시선이다.

하지만 주사위는 던져졌고, 더는 되돌릴 수 없다. 한 번 내뱉은 말은 취소할 수 없다. 후회할 바에야 처음부터 하지 않았으면 좋았겠지만, 그래도 조금 말한 것을 후회했다.

하지만 나는 계속 말을 이었다.

"그게…… 나도, 모처럼이니까 좋은 추억을 만들고 싶다고…… 생각했는데……. 네, 죄송합니다……."

적어도 끝까지 다 말하지는 못했다. 후반에는 완전히 말소리가 작아져서 점점 페이드 아웃되었다.

아무리 익숙하지 않다고는 해도 한심하다.

내가 페이드아웃하자, 마치 뒤바뀌듯 주위의 와글거리는 소리가 다시 조금씩 커졌다.

서서히 커지는 그 목소리를 듣고 나는 부끄러움을 느꼈다.

이상한 땀까지 난다. 으아, 괜히 말했다.

난처한 기분에 문득 나나미를 보자, 나나미가 나에게 윙크했다. 그리고 기운차게 손을 들더니 “나도 찬성이야~” 라고 했다.

나나미가 찬성하자, 남자 반장이 격하게 동조했다.

“미스마이, 고마워! 그렇지, 너도 1학년 때 의욕 없는 전시라 아쉬웠구나! 같은 반이었으니 이해해 줄 거라고 생각했어!”

뭐? 나랑 1학년 때 같은 반이었어?!

나는 멍한 표정으로 고개를 살짝 끄덕였다. 미안합니다, 같은 반인 줄 전혀 몰랐습니다.

그리고 지금 깨달은 건데……. 반장, 나한테 자주 말을 걸어줬던 남자다. 나한테 동정? 이라고 물었던 남자다.

혹시 말을 걸어줬던 게 1학년 때 같은 반이라서?

지금까지 명확하게 찬성 의향을 낸 것은 나와 나나미뿐이다. 주위에서는 웅성거리는 목소리는 들리지만, 뚜렷한 찬성의 소리는 들려오지 않았다.

“에이, 그럼 난 식음료 쪽 하고 싶어! 사진 예쁘게 나오는 게 좋아~!”

"나는 무대 같은 거 잘 못하니까 추억을 만든다면 이벤트가 좋아. 보조로 돕고 싶어."

"우리 반에 귀여운 애들 많으니까 섹시한 코스프레 시키고 싶다~!"

"동아리 활동에서 춤출 예정이라 무대 말고 다른 게……."

나의 발언이 계기가 된 것인지, 반 여기저기에서 다양한 목소리가 들려왔다. 다들 각자 하고 싶었던 것이 있었는지 아까까지의 침묵이 거짓말 같았다.

"오오, 그렇구나! 미스마이! 무대파가 우리밖에 없어! 가세해 줘!"

"어?!"

갑자기 손을 잡힌 나는 하필이면 교단으로 끌려가고 말았다. 갑자기 그런 장소에 끌려가서 당황했다.

덥석 그가 어깨동무하자 반 아이들의 시선이 쏠렸다. 인생에서 처음으로 받아보는 주목 방식에 발끝이 저리는 감각이 들었다.

"자, 미스마이! 무대파를 늘리자! 우리끼리 프레젠테이션을 하는 거야!"

"잠깐만, 뭘 해야 하는데?!"

갑자기 그런 말을 들어도 곤란하다. 나는 그냥 찬성한 것뿐이지 그렇게 높은 뜻이 있었던 것은 아니다.

허둥지둥하며 당황하는 나를 쳐다본 반 아이들이, 어째서인지 손을 들고 나에게 질문을 던져왔다. 아니, 어째서?!

"미스마이, 무대에서 뭘 하고 싶어?"

"아, 아니. 딱히 생각한 건 없는데."

"왜 무대에 찬성했어? 하고 싶은 게 있어?"

"그건…… 나도 1학년 때는 제대로 참여하지 못했으니까, 추억을 만들고 싶어서."

"나나미랑 같이? 아, 나나미랑 어디까지 갔어? 그것도 했어?"

"대답할 리가 없잖아?!"

"그런 거면 딱히 무대가 아니더라도 청춘은 불태울 수 있으니까 다른 것도 상관없지 않아?"

"음, 그것도 그렇네."

"미스마이?! 다른 파에 끌려가면 어떡해?!"

뭔가 여러 질문이 연달아 쏟아져서 나는 크게 당황하면서도 조금씩 대답했다. 그보다 아무 관련도 없는 나나미와의 진도 이야기까지 듣고 말았다. 대부분 대답할 수 없는 것뿐이지만.

찬성한 것, 무대에 관한 것, 나나미에 관한 것, 좋아하는 만화, 애니메이션, 게임, 평소 데이트는 어디로 가는지, 좋아하는 음식은 뭔지, 첫사랑은 누군지. 갸루가 취향인지 등등…….

정말 이것저것 캐묻는다는 느낌이었다. 난처함에 힐끔

곁눈질로 나나미를 보자 뭔가 즐거운 얼굴로 웃고만 있다.

웃지 말고 도와줘……! 그렇게 귀엽게 손만 흔들지 말고!

그리고 나에게 질문이 쏟아지는 것과 비슷한 페이스로 모두의 의견이 칠판에 차례차례 적혀 나갔다. 어느 틈엔가.

참고로 남자 반장이 하고 싶었던 것은 연극인 모양이었다. 자연스럽게 칠판 맨 앞쪽에 무대 연극이라고 적혀 있다.

연극, 메이드 카페, 코스프레 전시회, 야키소바 가게, 귀신의 집, 미로, 보물찾기, 타피오카 가게, 치즈 핫도그, 테이블 토크 RPG…… 다양한 의견이 적혀 있다.

뭔가 이렇게 시끌벅적하게 떠들며 다 같이 의견을 말하고 있는 느낌은, 무척 피곤하지만 동시에 조금은 즐거웠다.

1학년 때는…… 기억에 없다는 건 애초에 참가하지 않았다는 뜻이겠지.

그렇게 생각하면 이렇게 교단에 서서 모두에게 질문 공세를 당하는 것도 참여하고 있다는 느낌은 들었다. 응, 피곤하지만.

뭔가 굉장히 이상한 의견도 나오고 있었는데, 어쨌든 의견으로 나온 건 모두 다 적고 있는 느낌이었다.

칠판에 의견이 전부 나왔을 무렵에는 나는 내 자리로 돌아와 책상에 엎드려 있었다. 피, 피곤해……. 솔직히 말하자면 엄청나게 피곤하다. 평소에는 아무런 교류가 없었으니까.

"다양한 의견이 나왔네."

"그러게. 잠깐, 갸루 카페는 누가 낸 의견이야?"

"아하하, 요신도 갸루 차림 해 볼래?"

"내가 해도 안 어울릴걸. 어, 나나미?"

……잠깐, 어? 나나미의 목소리가 들린다.

시선을 옆으로 돌리자 어느새 내 옆에 나나미가 앉아 있었다. 대화가 정상적으로 진행되길래 도중까지 눈치채지 못했다.

어라? 아까까지 본인 자리에 있지 않았어, 나나미?

"와 버렸어~."

생글생글 웃은 나나미가 양손으로 브이자를 그렸다.

주위를 둘러보니 여러 의견을 주고받던 때 이후부터인지, 모두가 원하는 자리로 이동해 제각각 의견을 교환했다.

나나미에게 시선을 돌리자, 그녀는 옆자리에 앉아 턱을 괴고 나를 빤히 보고 있었다. 옆자리에…… 나나미가 있다.

조금 전에 언젠가 옆자리가 되면 좋겠다고 생각했던 것이, 일시적이긴 해도 이뤄지고 말았다.

기쁜 마음에 미소를 짓자, 나나미도 빙긋 웃어준다. 이건…… 수업에 전혀 집중하지 못할 것 같다.

"그래서 요신은 어떤 걸 하고 싶어? 역시 연극?"

"아니 뭐, 다른 좋은 게 있으면 딱히 무대가 아니라도 상관없을 것 같아."

교단에서도 그런 질문을 받았지만…… 무대에 찬성한다고 한 것은 어디까지나 참가해서 추억을 만들고 싶다는 의미에서 한 찬성이었다.

무대를 자주적으로 하고 싶은 것도 아니었기에 이렇게 후보가 많이 나오면 마음이 흔들리고 만다.

개인적으로는…….

힐끔 나나미를 바라보았다. 역시 나나미와 많은 추억을 만들 수 있는, 그런 것을 하고 싶다는 마음이 제일 강했다.

학교제 때 같이 다니자고 이야기는 했지만, 그것을 준비하는 것도 또 특별한 경험이 될 것이다.

그렇게 되면 역시 식음료 쪽이 좋지 않을까?

"아, 메이드 카페도 괜찮겠다. 뒤에서 크레이프를 만드는 것도 재밌을 것 같아."

"어? 그러면 나나미는 메이드복 안 입어?"

무심코 입을 열어 나온 말 한마디에 나나미가 두 눈을 크게 뜨며 놀랐다. 나는 나대로, 무심코 꺼내버린 한마디가 머릿속을 계속 맴돌았다.

아니, 나나미의 메이드복인데?

보고 싶은 게 당연하잖아? 하지만 그걸 이 자리에서 말해버리는 것도 좀 아닌 것 같아서 나는 그대로 굳어 버렸다.

한동안 나도 나나미도 서로 얼굴을 마주 본 채 굳어 있었다.

이윽고 나나미는 스윽…… 표정을 되돌려 평정을 되찾고는 몸을 일으켰다. 그대로 두 손으로 책상을 조금 드는가 싶더니 내 옆에 책상을 딱 붙인다.

살짝 떨어져 있던 책상 사이의 공간이 채워지면서 단숨에 제로가 되었다.

그대로 아무 말도 하지 않은 채 나나미는 내 옆에 털썩 앉았고, 턱을 괸 채 내 쪽으로 다시 시선을 돌리며…… 씨익 입꼬리를 올렸다.

보란 듯이 다가와, 내 코앞에서, 나나미는 나를 놀리듯이 미소 지었다.

"메이드복…… 보고 싶구나?"

히죽히죽 웃고 있는 나나미의 그 표정만으로도 볼이 붉어지고 말았다. 여기서 부정하는 것도 이상한 이야기였기에 나는 작은 목소리로 당연히 보고 싶다며 긍정했다.

내 긍정의 말을 들은 나나미는 점점 더 즐거운 표정을 지으며 기뻐했다.

지금이 만약 홈룸 시간이 아니었다면 분명 끌어안았을 것이다. 끌어안고 그대로 몸을 비벼왔겠지.

……안 하겠지? 수업 중이니까?

"그래서 요신은 어떤 메이드복이 좋아?"

"어? 어떤 메이드복이라니……."

"왜, 미니스커트 메이드도 있고, 클래식도 있잖아. 일본풍 메이드도 귀엽고, 섹시한 종류라면 바니 메이드나, 수영복 메이드……."

나나미의 입에서 메이드복의 종류가 술술 튀어나왔다.

미니스커트와 클래식 정도는 나도 알고 있었지만, 바니라든가 일본풍 같은 건 떠올리지 못했다.

"어떻게 그런 메이드복을 잘 알아……?"

"예전에 하츠미네랑 어떤 메이드복을 입어야 남친이 기뻐할까, 하는 화제가 나왔거든. 그래서 좀 알아봤지."

어떠한 경위로 그런 화제가 나온 것일까. 굉장히 궁금한 이야기이긴 하지만 나나미가 잘 알고 있었던 이유는 이해했다. 그래서 술술 나왔던 거구나.

"참고로 오토 오빠는 바니 메이드, 슈 오빠는 일본풍 메이드를 선호한다는 결론이 나왔어."

아는 사람들의 취향을 듣는다는 것은 왜 이런 미묘한 죄책감을 불러일으키는 걸까. 근데 뭔가 이미지와는 맞는 느낌이다.

나나미라면…… 둘 다 잘 어울리겠다.

"그래서 요신의 취향은 어떤 메이드야?"

"그걸 이 타이밍에 물어보는 거야?"

메이드복의 취향은 별로 생각해 본 적이 없지만, 적어도 나나미의 이미지에 맞는 메이드복이 좋을 것 같다. 역시 미니스커트…….

"역시 요신이라면 수영복 메이드가 좋겠지?"
"잠깐만, 왜 그렇게 되는데?"
생각을 앞서가듯 나나미가 내가 좋아할 만한 메이드복을 입에 담았다. 아니 하지만, 응…… 확실히 제일 좋을지도, 수영복 메이드.
세간에서는 과한 노출은 별로라든가 너무 노출이 높으면 반대로 흥이 식는다는 등의 의견도 있다.
하지만 나는 확실히 말하고 싶다.
적나라한 노출, 엄청나게 좋다.
나는 처음에 나나미의 이미지에 어울릴지 안 어울릴지를 기준으로 생각했다. 그것을 도외시한다면 메이드복으로서는 비주류일지도 모르지만…… 그것이 좋다.
좋잖아. 인간, 정직하게 살아도 되잖아.
"……꽤 좋아합니다."
"밝히긴."
생글생글 웃은 나나미가 내 배 언저리를 톡톡 찔러왔다. 지금이 소란스러운 상태라서 다행이다, 조용했다면 이런 이야기는 할 수 없었겠지.
응, 역시 내가 나나미 옆자리가 되면 수업에 집중하지 못할 것 같다. 지금 다시 한번 깨달았다. 만약 앞으로 그렇게 되면 의식적으로 수업에 임하려는 태도를 가지도록 노력해야겠다.

"뭐, 이제부터 결정할 테니까, 제대로 고민해 봐야겠네."

"그러게. 그런데 연극이라고 해도, 구체적으로는 뭘 하는데?"

"작년에 했던 건 만화를 활용해 만든 연극이 있었던 것 같아."

그렇구나. 작년에 나는…… 무대도 보지 않고 일찍 귀가했던 것 같다. 전혀 참여를 안 했구나.

만화는 비교적 연극으로 만들기 쉬울 것 같다. 주인공을 맡는 사람들은 쉽지 않겠지만.

"그런데 켄부치 군, 연극이라고만 적혀 있는데, 뭘 하고 싶은 거야?"

"응? 그야 연애물이지. 극 중에서라도 여자아이와 연인다운 스킨십을 해 보고 싶어……!"

"조금은 욕망을 자제해……."

시리시즈 씨도 궁금했는지 딱 좋은 타이밍에 남자 반장에게 그렇게 물었다.

그 대화는 우리의 귀에도 닿았고, 딱 맞아떨어진 타이밍에 나도 나나미도 얼굴을 마주 보며 미소를 지었다.

그건 그렇고 남자 반장 이름은 켄부치라고 하는구나. 작년에도 같은 반이었다는데, 지금까지 전혀 몰랐다. 반 아이들 이름도 좀 더 외워야겠다.

"연애물 연극은 주로 어떤 내용인데?"

"일단 이야기니까, 우리 같은 평범한 연애랑은 좀 다르지 않을까?"

그 순간, 그렇게나 떠들썩했던 교실이 갑자기 고요해졌다.

갑작스러운 정적에 나는 무슨 일인가 하고 주위를 둘러보았다. 기분 탓인가 나한테…… 아니, 나와 나나미에게 시선이 집중된 느낌이었다.

나나미도 교실의 고요함에 놀라 몸을 들어 주위를 둘러보았다.

어? 멀리서 오토후케 씨랑 카모에나이 씨가 뭔가 멍한 얼굴을 하고 있다.

그리고 정적 후, 한발 늦게 나온 말이 교실을 진동시켰다.

"너희들의 어디가 평범하단 거야?!"

생각지도 못한, 반 아이들 전원의 총공격이었다.

갑자기 날아온 그 말에 나도 나나미도 몸을 뒤로 젖히고 말았다.

그리고 주위의 모습을 빙 둘러보았다. 다들 당황한 표정이었고, 그에 전염되듯 나 역시 당황했다.

한 번 눈을 감고, 잠시 고민하다가…… 나는 천천히 입을 열었다.

"평범하지 않아?"

"아니, 대체로 평범하지 않아."

우와, 오토후케 씨에게 한 번 더 지적당했다. 다들 응응, 하며 고개를 끄덕였다. 아니, 그럴 리가……. 보통…… 아니야?

응, 뭐…… 어렴풋이 알고는 있었지만. 시작도 특수했고 여러 가지로 하루하루가 태클의 연속이었고. 요새도 그런 게 많았고. 역시 평범하진 않았던 건가.

하지만 평범하다고 생각하는 것 정도는 괜찮지 않나?

살짝 어깨를 떨구자, 나나미가 내 쪽에 손을 얹고 토닥토닥 두드렸다.

"괜찮아, 요신. 평범하지 않아도."

"뭐, 나나미가 그렇게 말한다면 상관없지만……."

"게다가, 평범하지 않다는 건 특수한 걸 여러 가지로 할 수 있다는 뜻이기도 하고……."

"잠깐만, 뭘 하려고?"

조용하던 교실 안이 다시금 술렁이며 시끄러워졌다. 말할 것도 없이 나나미의 이 말이 원인이었지만, 나나미는 누가 무슨 말을 하든 조금도 개의치 않았다.

그보다 이거, 어쩌면 속으로는 신경 쓰고 있다가 나중에 둘이 남았을 때 쑥스러워하는 패턴일지도 모르겠네.

전에 내가 살짝 무시당했을 때도 친구에게 의미심장한 발언을 하지 않았나? 뭐, 결국은 그 뒤로 아직 키스도 안 했다는 사실이 밝혀져 버렸지만.

그 후 교실 안에서 그런 종류의 이야기는 하지 않았기 때문에 아마 반 안에서 우리는 키스도 아직이라는 정보에서 멈춰 있을지도 모른다.

……어라? 그렇다는 건, 앞으로 더한 질문이 날아오는 건 아닐까?

그것을 깨닫자, 주위의 시선이 호기심 어린 시선으로 바뀐 것 같은 느낌이 들었다. 지금의 어수선한 상태라면 바로 우리에게 질문이 쇄도해도 이상하지 않았다.

다행히 나의 그런 걱정은 기우에서 끝났다. 교단 쪽에서 지금의 분위기를 바꿀 한마디가 들려왔기 때문이다.

"그럼 이제 결정을 내려볼까? 희망도 다 나온 것 같고."

시리시즈 씨가 짝, 하고 크게 손뼉을 쳤다.

그녀가 손뼉을 치자, 그때까지의 분위기를 단번에 바꾸는 듯한 메마른 소리가 교실 안에 울려 퍼졌다. 반 아이들 전원이 일제히 시리시즈 씨에게 주목했고 더 이상 우리에게는 시선을 돌리지 않았다.

나와 나나미도 그녀에게 시선을 돌리자, 시리시즈 씨가 작게 브이자를 만들어 보였다. 아무래도 우리에게 더 이상의 질문 공세가 오지 않게 도와준 것 같다. 고마워.

완전히 분위기가 바뀌며 다들 일어나 각자 자신의 책상으로 돌아갔다. 나나미도 책상을 떼고는 나중에 보자며 손을 작게 흔들고 자신의 자리로 돌아갔다.

"그럼…… 결정할게."

그리고 무엇을 할지에 대한 최종 결정이 시작되었다.

……어? 나나미랑은 메이드복 얘기만 하고 결국 어느 것으로 할지에 대해서는 전혀 얘기하지 못한 것 같은데. 역시 메이드 계열로 하는 편이 좋을까.

학교제에서는 뭘 하게 될까. 그런 고민을 하면서도 나는 최종적으로 하고 싶은 것에 손을 들었다.

◇◇◇◇◇◇◇◇◇◇

자신의 한계는 의외로 본인도 잘 모르는 경우가 많다. 그렇기에 한계는 갑자기 찾아오고, 그때야 비로소 한계였다는 것을 깨닫는다.

그리고 한번 한계가 오면 쉽게 회복되지 않는다. 유비무환이라는 선인의 옛말에서 깨달음을 얻어야겠지만, 그것도 말처럼 쉬운 일은 아니다.

어리광을 부린다는 말을 들으면 할 말이 없지만 말이다.

그러니까 무슨 말을 하고 싶으냐면, 나는 한계를 맞이했다.

그리고 한계를 맞이한 나는 나나미에게 위로를 받았다.

구체적으로 말하면, 그녀를 끌어안은 상태로 쓰다듬을 받고 있었다. 왠지 이미 아이 같지만, 정신적으로 한계에 내몰렸던 나에게는 무엇보다 큰 위로가 되었다.

나나미의 품에 안긴 채로 그녀에게 등 토닥임을 받고 있었다.

"요신이 이렇게 된 건 처음 아니야?"

"처음인 것 같아. 한계였나 봐."

하렘 소문에 동성 친구 만들기, 나나미와의 연습, 계속되는 아르바이트, 학교제의 일까지……. 특히 오늘은 처음으로 반 아이들과 대화도 했다.

단기간에 노도와 같은 일이 벌어졌다.

소위 말해 할 일이 너무 많은 상태였다. 지금까지의 나라면 생각할 수 없는 일이다. 일부는 내가 스스로 원했던 거지만.

"한동안 연습…… 쉴까?"

"그건 좀, 힐링도 되니까 쉬지는 말자."

토닥토닥 등을 두드리며 나나미가 나에게 다정하게 물어왔다. 나나미가 말하는 연습이란 단둘이 하는 바로 그것이다. 그건 쉬고 싶지 않다.

아니, 야한 걸 하고 싶다는 의미가 아니다. 여러 가지로 몸을 맞대는 것은 심신 안정에도 좋다는 이야기를 들은 적이 있다.

조금이라도 스트레스를 줄일 기회를 버릴 순 없지.

"키스할래?"

"빈 교실이라도 그건 좀……."

맞아, 우리는 빈 교실에서 이러고 있었다.

홈룸은 무사히 끝났고 학교제에서 뭘 할지도 정해졌다. 만약 겹쳤을 경우에 '제비뽑기'가 남았지만, 어쨌든 무사히 결정됐다.

우리 반의 의견은 결국 코스프레 카페로 잠정 결정되었다. 음식을 먹고 싶은 사람이 많았다는 것과 다양한 의상을 입고 싶은 사람들 사이의 절충안이었다.

요즘 이런 문화제에서는 사진 촬영이 중요한지, 인싸들은 저마다 사진을 예쁘게 찍어 인터넷에 올린다고 한다.

나는 사진 찍기는커녕, 흔히 말하는 SNS도 거의 하지 않기 때문에, 떠올리지 못한 발상이었다. 아저씨 같은 생각일지도 모르지만.

그리고 무대를 하고 싶어했던 켄부치는 거의 울 것 같은, 피눈물을 흘릴 것 같은 표정을 짓고 있었다. 잠시 찬성했던 입장으로서 좀 가엽다는 생각이 들긴 했다.

하지만 코스프레 카페로도 청춘을 불태울 수 있다고 이내 곧 기운을 차렸다……. 하긴, 그걸로도 청춘은 보낼 수 있겠지.

그런데, 이 코스프레 카페…… 테마 카페라고 봐야 할까? 사실 이것도 썩 준비가 쉬운 행사는 아닌 것 같다.

하지만 추억을 만들자며 분위기가 달아오른 반 아이들

을 멈출 방법은 없었고, 결국 그 제안으로 결정되었다. 뭐, 제비뽑기에서 탈락하면 다시 원점이지만.

그런 식으로 반 아이와 거의 첫 교류를 마친 나는, 방과 후에 한계가 찾아왔다.

말로 잘 표현할 수는 없지만, 이게 바로 감정의 실이 뚝 끊어지는 감각인 걸까. 가슴 언저리에 괴로운 무언가가 가득 들어찬 기분이었다.

교단에 서서 모두와 이야기하며 한계까지 긴장했던 것이 방아쇠가 된 것일지도 모른다. 물론 나도 잘 모르겠지만.

하지만 내 마음의 용량이 설마 이렇게 작을 줄이야. 이 기분을 주체하지 못하고 있으니, 나나미가 손을 내밀었다.

"요신, 이쪽으로."

"어?"

나나미는 대답할 새도 없이 손을 꽉 잡더니 성큼성큼 앞으로 나아갔다. 도중에 내가 무슨 말을 해도 대답이 없었다.

그대로 아무도 없는 빈 교실에 들어가더니 교실 구석 창가까지 가서야 손을 놓아주었다.

"나나미……?"

그녀는 허리에 손을 얹은 채 무언가를 생각하고 있었다.

뭔가 실수한 걸까…… 라는 생각을 하면서도 나는 나나미의 행동을 그저 가만히 바라보았다. 그 후 그녀는 납득한 얼굴로 몇 번 고개를 끄덕이더니 책상을 창가에 붙였다.

그대로 책상 위에 앉더니 내 쪽을 향해 손을 뻗어온다.
“이리 와.”
그뿐이었다.
그 말을 들은 순간, 나는 빨려 들어가듯 천천히 다가가 그녀를 끌어안았다.
내가 나나미에게 품에 안기자, 그녀는 감추듯이 우리를 커튼으로 감쌌다. 이러려고 창가에 책상을 붙였구나 하고 뒤늦게 이해했다.
그리고 지금의 자세가 된 것이다.
교실인데도 커튼으로 막을 치니 시선을 피한 것 같아 묘한 안정감은 있었다. 누군가가 교실을 들여다보면 이상하다고 생각하겠지만.
“나나미…… 그…… 어떻게 알았어?”
내가 그렇게만 묻자, 나나미는 다시 아이를 달래듯 내 등을 토닥거렸다. 일정한 리듬으로 아주 부드럽게.
나나미는 키득키득 웃더니 내게 부드럽게 속삭였다. 그것은 마치 따스한 햇살 같았다.
“어쩐지 느낌이 그랬어. 게다가 만약 틀렸다고 해도 요신을 끌어안을 뿐이니까 나쁠 건 없지.”
나는 그것에 대답하지 않고, 끌어안은 손에 힘을 주는 것으로 대답을 대신했다.
“나도 말이지, 여러 일이 한 번에 들이닥치면 다 놓아버리고 싶을 때가 있어. 그럴 때면 엄마가 늘 이렇게 해 주셨지."

"그렇구나. 근데 왜 이 타이밍에……?"

"그냥 놔두면 요신이 무리할 것 같아서. 집에 돌아가기 전에 해 주고 싶었어."

그 말에, 어쩐지 눈시울이 뜨거워졌다.

울지는 않았다. 그 정도는 아니다. 그저 눈물이 날 뻔했다는 것이다. 눈물을 흘리지 않았다는 건 중요한 부분이다.

하지만 뭔가 말로 내뱉으면 그대로 감정이 터져 나올 것 같아 나는 그대로 입을 다물었다.

꽉, 하고 그녀를 다시 끌어안자, 내 귀에 키득거리며 웃는 나나미의 목소리가 들려왔다. 표정은 보이지 않았지만, 분명 나나미는 못 말린다는 얼굴을 하고 있겠지.

그래, 정말 나는 못 말린다. 그녀에게 응석을 부리는 건 괜찮지만, 그녀 앞에서 우는 건 안 된다. 그것만은 자존심이 쉽게 허락하지 않는다.

애초에 나나미 앞에서 운 적이…….

어, 있었나?

하지만 오열하며 운 적은 없었다. 요새는 낡은 가치관일지도 모르지만, 남자는 눈물을 보여선 안 된다는 생각이 내 안에 있기 때문일지도 모른다.

나나미는 내가 울어도 받아들여 줄까? 아니면 어이없어 할까? 일반적인 사람들은 어떤 반응을 보일까?

그런 생각을 하면서, 나나미에게 어리광을 부리듯 눈을 감았다.

나나미의 손은 등에서 천천히 내 머리로 이동했다. 그리고 조금 힘을 줘서 내 머리를 한층 더 가슴에 꾹 눌렀다.

가슴에 안겨 있던 상태에서 가슴에 끼인 상태로 변화했다.

어…… 이럴 생각까지는 없었는데? 엄청나게 부드럽고 기분도 좋은데…… 나는 이래도 되는 걸까?

“심장 소리는 마음을 진정시켜 주니까……. 이거, 전에도 해 준 적이 있었나?”

쿵, 쿵…… 나나미의 고동이 들려왔다.

당황해서 움직일 새도 없이, 곧 나는 그 소리에 귀를 기울였다. 안정적인 리듬이 내 귓가에 닿자, 그 소리가 기분 좋아서 그대로 잠들고 싶은 기분이 들었다.

나를 가슴 깊이 안은 채로, 나나미는 내 등을 다시금 토닥여 주었다.

이것과 비슷한 것은 전에 받은 적이 있지만…… 설마 학교의 빈 교실에서 받게 될 줄은 꿈에도 생각지 못했다.

나나미의 가슴 사이에 끼어있지만, 야한 기분은 들지 않았다. 그럴 상황도 아니고. 아직 학교이기도 하고.

그대로 나와 나나미가 한동안 서로 끌어안고 있는데…….

드르륵, 하고 문이 열리는 소리가 났다.

책상 위에 앉아 있던 나나미가 몸을 크게 움찔했고, 나도 몸을 크게 떨었다. 조금 전까지 안정적이었던 심장 박동이 급격히 속도를 올렸다. 내게서도 나나미에게서도 땀이 쭉 배어 나왔다.

"청소하기 귀찮아…… 내 교실도 아니라서 더 귀찮아~."

"됐으니까 적당히 하고 빨리 돌아가자. 어?"

"왜 그래?"

"누가…… 있나?"

커튼이 있어서 보이지는 않겠지만, 교실에 들어온 침입자가 경악한 것이 고스란히 느껴졌다. 아니, 우리야말로 침입자인가.

고개를 든 나는 커튼 안에서 나나미와 눈을 마주쳤다. 나나미도 초조한 듯 눈이 굴리다가 나를 보고 좀 진정됐는지 입을 일자로 꾹 다문다.

이제 어쩌지?

"……나나미, 그대로 나가자. 아무것도 하지 않았다는 느낌으로, 아주 자연스럽게."

"……그래, 당당하게 가자. 불순한 짓은 아무것도 안 했으니까."

작은 소리로 확인하고, 서로 얼굴을 마주 보며 고개를 끄덕인다. 맞아, 우리는 불순한 짓은 하지 않았다. 그냥 좀 위로받은 것뿐이다.

그리고…… 천천히 나나미에게서 떨어져서, 서로 커튼

안에서 나란히 섰다.

준비됐다는 듯 서로 눈을 마주치고, 커튼을 요란하게 휘날리며 펼쳤다.

마치 영화의 등장 장면처럼 후광을 등에 진 우리들은 당당히 한 걸음을 내디뎠다. 그래, 우리는 아무것도 하지 않았으니까.

얼이 나가 있는 학생들…… 어쩌면 1학년일지도 모른다. 그런 그들의 시선을 받으며 나와 나나미는 그들과는 반대쪽 문으로 걸어 나갔다.

"청소하느라 수고가 많아."

"힘내."

새침한 미소와 함께 우리는 교실을 나갔다. 남자애들은 멍하니, 여자애들은 볼을 물들인 채 입가를 가리고 있었다. 역시 여자애들은 금방 눈치채는구나.

우리가 교실을 벗어나자마자 꺄악~ 하는 새된 소리가 들려왔다.

우리는 가능한 한 빨리, 한시라도 빨리 교실에서 멀어지기 위해 걸음을 재촉했다.

"다, 당황했다……."

"그, 그러게……."

이상한 오해를 샀을지도 모르지만, 나쁘지 않은 대응이었다고 생각한다.

이름도 대지 않았으니 학교 괴담이나 도시 전설 같은 이야기가 생길지도 모르겠다. 하지만 구설수에 오르는 것보다는 나았다.

이것만큼은 운을 하늘에 맡길 수밖에 없겠지.

"그럼 오늘은 돌아갈까?"

"그러게…… 아, 가방 두고 왔다."

아, 그랬구나. 갑자기 끌려가서…… 그, 그러고 있느라 잊고 있었다.

"이제 괜찮아?"

나나미가 내 손을 살짝 만지며 웃는 얼굴로 물었다. 나는 내 가슴에 손을 얹고 심호흡을 반복했다.

응, 기분이 제법 편안해졌다.

"괜찮아졌어. 고마워."

온화하게 감사를 전하자, 반대로 나나미는 조금 불만스러운 얼굴로 입술을 삐죽였다. 동그랗게 볼을 부풀린 모습이 알기 쉬운 사인이 되어주었다.

"이럴 때는 좀 더 하고 싶다고 말해야 하는 거 아냐?"

"……또 해 줄 거야?"

"물론이지."

나나미는 쑥스러운 듯 손을 뒤로 돌리고는 혀를 쏙 내밀며 장난스럽게 웃었다. 내가 괜찮아진 것을 보고 이런 말을 해 주는 것이겠지.

또 부탁한다고 하자 나나미는 기쁘게 팔을 휘감았다. 이제 곧 교실인데…… 뭐, 반 애들한테는 새삼스러운 일이겠지.

그렇게 생각하고 교실 문을 열었는데…….

"어?"

교실 안에는 거의 아무도 없었다.

정확하게 말하면 교실에는 딱 한 사람밖에 없었다.

뭐, 그런 일도 있을 수 있겠지 싶어 나는 내 자리에서 가방을 가지고 돌아가려다가…… 깨달았다. 그 사람이 우두커니 앉아 있는 자리가 내 자리였다.

누가 자리를 착각했나 싶었지만, 그건 아니었다. 그 인물은 내 자리에서 팔짱을 낀 채 다리를 쩍 벌리고 당당히 앉아 있었다.

긴 금발에 키가 무척 큰…… 체격 좋은 남자다. 멀리서 얼핏 보기에는 얼굴 생김새도 반듯해 보였다. 근데 진짜로 누구지?

"앗……."

"나나미, 저 사람 알아……?"

"아…… 으음……. 이걸 아는 사람이라고 해야 하나……."

나나미치고는 드물게 말을 주저한다. 내가 알기로 나나미가 이 학교에서 아는 남자는 달리 없을 텐데……. 아, 혹시……?

"그, 전에 고백받은 적이……."

나나미는 미안한 얼굴로 내 자리에 앉아 있는 남자와의 관계성을 알렸다. 하긴, 그거라면 말하기 어렵겠지.

대체 무슨 볼일이지? 나나미와 관련된 건 아닐 것 같은데. 막 연인이 됐을 무렵이면 모를까, 지금은 너무 새삼스럽다.

어쨌든 가방을 가져와야 하니 마주치는 건 피할 수 없다.

"나나미는 여기서 잠깐 기다려."

"아, 응……."

나는 나나미와 떨어져 내 자리로 향했다. 그렇게 넓지 않은 교실이라 금방 도착했다. 그동안에도 나는 내 자리에 앉아 있는 남자를 관찰했다.

긴 머리에 금발…… 일부분은 검은색이었다. 몸집도 크고 근육도 있지만 마초라고 할 정도는 아니다. 눈썹은 염색하지 않았지만 아주 얇게 다듬어져 있다. 눈은 날카롭고, 힘을 주고 있는지 미간에 주름이 잡혀 있다. 언뜻 보기에는 무척 심기가 불편해 보여 선뜻 다가가기 어려운 인상이었다.

마치 야생동물과 정면에서 마주친 기분이다. 눈을 피하면 그 순간 주먹이 날아올 것 같은 긴장감이 내 안을 파고들었다.

노려보는 듯한 날카로운 눈빛이 내게 닿자, 그것만으로

치명상을 입을 것 같았다. 판타지나 배틀 만화에서 살기만으로 공격하는 것처럼.

그리고 나는 드디어 내 자리에 도착했다.

앉아 있는 그와 바로 지척에서 시선이 교차했고, 나는 그 시선을 정면으로 받았다. 받았……지만, 그대로 내 자리에 매달려 있는 가방을 손에 들었다.

시선을 맞춘 채 엉거주춤하게 가방을 드는 모습은 좀 꼴사나워 보였을지도 모른다. 나는 시선을 마주한 채 뒤로 물러났다.

책상에 부딪히지 않도록 천천히 뒤로 걸어가기 시작했다.

"아니, 이렇게 대놓고 있는데, 보고도 그냥 가면 어떻게 해……."

나를 만류한 건 그 한마디였다.

내 의자에 앉아서 누군가를 기다리고 있을 가능성도 있으니 말없이 가려고 했는데, 역시 내게 용무가 있는 모양이었다.

아니, 아직 모르잖아. 나는 포기하지 않겠다.

"누군가 기다리시는 거죠? 전 이제 돌아가니까 신경 쓰지 말고……."

"아니, 널 기다린 건데."

틀렸다. 역시 날 만나러 온 건가.

"……나는 테시카가 타쿠미라고 한다. 미안하지만 미스

마이, 잠깐 시간 좀 내주겠어?"

이건 그거다, 시간을 내 달라는 의문형이지만 나에게는 거부권이 없는 타입의 질문이다. 뭔가 이렇게 '고오오오……' 하는 의성어가 표시되어 있을 것 같은 위압감이 있었다.

솔직히 무섭다.

하지만 나나미와 관련하여 내게 용건이 있다면, 그 부분은 물러설 수 없었다. 너무 무서워서 몸이 떨릴 것 같지만.

나나미한테 위로받아서 천만다행이다. 아까 나한테 이런 일이 벌어졌다면 아마 엄청난 패닉에 빠졌을지도 모른다.

"괜찮긴 한데, 나나미를 말려들게 하고 싶지는……."

"아아, 바라토와는 상관없는 이야기야. 나와 너 둘이서만…… 남자 대 남자로 대화하고 싶어."

어? 나나미랑 상관이 없어……?

그렇게 되면 나로서는 반대로 이 사람…… 테시카가……씨? 선배인가? 뭐, 어쨌든 이 사람의 이야기를 들을 이유가 없어지는데.

빨리 같이 돌아가고 싶은데…….

아니, 잠깐만. 이런 점이 나의 안 좋은 점이 아닐까? 이런 상황에서도 이야기를 듣는 게 어쩌면 친구를 만들기 위한 올바른 마음가짐 아닐까.

이게 변화를 위한 첫걸음이 될지도 모른다. 무엇보다 괜찮다고 말해 버렸으니, 거절하기도 어렵다.

좋아, 무슨 말을 하는지는 들어볼까?

"그럼 빨리 끝내주실 수 있을까요? 나나미와 함께 돌아갈 예정이라서요."

나나미의 이름을 대자 테시카가 씨의 몸이 움찔 떨렸다. 상관이 없는데도 반응을 보인 것은 과거에 고백한 것과 관련이 있는 걸까.

"빨리 끝날지 어떨지는 모르겠는데."

"그런가요? 그럼 이야기는 여기서?"

"아니, 여기선 하기 어려우니까…… 뒤로 가자."

……이것은 혹시 불량 만화에서 가끔 있는 교사 뒤편으로 불려 가는 장면 아닌가? 설마 실재할 거라고는 생각하지 못했는데.

불온한 상황임에도 어쩐지 살짝 두근거리는 것은 왜일까.

"나나미, 잠깐 얘기 좀 하고 올 테니까, 여기서 기다려 줄래?"

"아, 응……. 요신, 괜찮겠어?"

"괜찮아, 괜찮아. 여차하면 달려서 도망칠 테니까, 그 후에 같이 돌아가자."

걱정하는 나나미에게 가벼운 어조로 그렇게 말하는데, 내 등 뒤에 테시카가 씨가 우뚝 서 있었다. 어느 틈에…….

그보다 정말로 크네, 이 사람.

쇼이치 선배와 비슷할지도 모른다. 왜 내 주위에는 나보다 훨씬 더 키 큰 사람이 이렇게나 많은 걸까…….

"거친 짓은 안 해, 약속해……."

"그렇군요. 그럼 갔다 올게, 나나미."

그리고 내가 막 걸어가려는 참에 나나미가 나에게 다가왔다. 그리고 그대로…… 내 뺨에 키스한다.

"잘 다녀와."

작게 손을 흔드는 나나미에게 나는 다시 다녀오겠다며 손을 흔들어 주었다.

이따 돌아오면 다녀왔다는 의미로 나나미의 볼에 키스를 해 줄까, 하는 생각을 하면서.

앞으로 할 이야기에 용기를 얻은 기분이다. 지금의 나는 무적이다. 기분만큼은.

"……사이가 좋군."

"뭐, 사귀는 사이니까요."

"그런가."

무뚝뚝한 대화 후 우리는 그대로 말없이 걸어갔다. 교사 뒤편까지는 그리 먼 거리가 아니었는데 공기가 무거워서 그런지 발걸음도 무겁게 느꼈다.

그건 그렇고, 나는 교사 뒤편과 인연이 많네.

나나미의 고백이나 시리시즈 씨 일도 그렇고 여러모로.

하긴 비밀 이야기를 나누기에 최적의 장소이긴 하다.

머지않아 우리들은 교사 뒤에 도착했다.

왠지 좀 평소와 같은 느낌마저 든다, 이 장면. 아무도 없는 단둘뿐, 지금부터 뭔가 시작될 것 같은 이 느낌.

"그래서 하실 말씀이라는 건……."

"아, 그 전에 한 가지 괜찮을까? 우리 동갑이니까 존댓말은 안 써도 돼."

어, 동갑이었어? 키가 크길래 선배인 줄 알았네.

굳이 끈질기게 물고 늘어질 의미도 없었고, 빨리 본론으로 들어가고 싶었기에 나는 그 말에 순순히 따르기로 했다.

"……알았어. 할 이야기라는 게 뭐야?"

처음 봤을 때 연상이라는 이미지를 가져서 그런지 반말하는 것에 묘한 위화감이 들었다. 금세 익숙해지겠지만.

테시카가 씨, 아니, 테시카가는 내가 말투를 바꾸자, 어딘가 안심한 듯 숨을 한번 내쉬었다.

그리고 무어라 나에게 말하려다가…… 다시 멈췄다. 기세를 올리기 위함인지 팔을 크게 올렸는데, 그 기세도 딱 멈춘다.

……뭐지?

한동안 테시카가는 무슨 말을 하려다가 멈추는 행동을 반복했다. 그렇게나 말하기 힘든 일인가?

표정을 잔뜩 구기고 머리를 쥐어뜯으며, 또 한 번 큰 심호흡을 하고…….

그는 자기 뺨을 있는 힘껏 주먹으로 때렸다.

그 광경에 놀라 말을 잃은 나를 힐끗 보더니, 그는 작게 뭐라고 중얼거리며 주먹을 더욱 강하게 쥐었다.

……나도 맞는 건가?!

"……에 관한 이야긴데."

나도 모르게 머리를 감싸 쥐고 쪼그리고 앉아 완전 방어 자세를 취하기 직전, 그의 힘없는 목소리가 들려왔다.

아까까지의 박력 있던 행동과는 다른, 작은 목소리.

"그…… 안 들렸는데?"

"……시리시즈에 관한 이야기인데."

이번에는 가냘프게나마 목소리가 들렸다. 근데, 시리시즈 씨에 관해서? 그걸 왜 나한테 이야기하지?

내가 맥을 짚지 못하고 있으니 테시카가가 뚫어질 것 같은 날카로운 눈빛을 보내왔다.

"너, 바라토와 시리시즈, 두 사람과 동시에 사귀고 있다는 게 사실이야?"

"……뭐?"

"시리시즈의 분위기랄까, 갑자기 복장이 바뀌어서 놀랐는데, 설마 네 취향이냐? 네가 시리시즈와 양다리 걸친 걸, 바라토도 알고 있어? 이게 그 요즘 유행하는 세컨드야?"

"자, 잠깐잠깐잠깐! 갑자기 무슨 말이야?! 설마 그런 소문이 났어?!"

연이어 쏟아지는 질문에 나는 다급하게 그의 말을 가로막았다.

소문은 알고 있었지만, 하렘이 아니라 설마 양다리라는 소문이 돌고 있었을 줄은 몰랐다. 말도 안 돼. 자칫하면 하렘 소문보다 더 위험하다.

하렘을 만들고 있다는 소문도 당연히 문제이지만, 그건 현실감이 없는 소문이다. 소문을 이야기하는 사람들도 우스갯소리로 넘길 수 있다.

하지만 양다리는 아니다. 현실감이라고 할까, 생생함이라고 할까, 가능하다는 생각이 들 수도 있다.

나로서는 상상도 못 할 일이지만, 실제로 양다리를 걸치는 사람들이 있으니까. 소문을 듣는 사람들도 양다리라면 가능할지도…… 하고 생각할 수도 있다.

"그래서, 양다리인 거야? 알려줘."

"아니, 그건……."

시리시즈 씨를 바꾼 건 제 여자친구입니다.

절대로 말할 수 없다.

나나미에게 피해가 가는 것만은 피해야 한다.

그렇다고 내가 바꿨다고 하면 또 내가 표적이 된다. 그것이 가장 좋은 해결책일 수도 있지만, 그렇게 되면 나한테 무슨 일이 생겼을 때 나나미가 나를 걱정할 것이다.
그것도 좋지 않았다. 하지만 어떻게 설명해야 할지…….
내가 대답 못 하고 당황하고 있으니, 문득 신발이 바닥을 미끄러지는 소리가 들려왔다. 마치 누군가가 뛰어오는 듯한 소리.
호랑이도 제 말 하면 온다더니.

"……지금 뭐 하는 거야?"
목소리는 조용하지만, 강력한 위압감이 느껴졌다. 등줄기에 오한이 느껴졌다.
목소리의 주인이 천천히 다가왔다. 나를 힐끔 쳐다보더니, 나를 감싸듯이 중간에 끼어들었다.
시리시즈 씨였다.
그녀가 내 옆을 스칠 때, 그녀의 이마에 맺힌 땀방울이 보였다. 얼굴도 붉고, 숨도 약간 거칠었다.
그녀는 호흡을 가다듬으며 눈앞의 테시카가를 싸늘하게 노려보았다.
"코, 시리시즈, 네가 왜 여기에……."
"교실에서 나나미한테 들었어. 타쿠…… 테시카가 군, 미스마이 군을 불러내서 뭘 어쩌려고? 설마 나랑 관련 있어?"
시리시즈 씨의 추궁에 테시카가는 허둥지둥하더니 결국

침묵했다. 분한지 시선을 피한 채 입매를 일그러뜨렸다. 시리시즈 씨도 그 이상은 추궁하지 않았다.

이건 무슨 상황인가 하고 있으니 또다시 누군가가 찾아왔다.

"코토하, 다리…… 엄청 빠르네…… 하아…… 후우……."

나나미도 달려왔는지 두 손을 무릎 위에 올리고 몸을 굽힌 채 숨을 헐떡였다.

어깨를 천천히 오르내리는 그녀에게 나는 황급히 달려갔다. 솔직히 나나미가 곁에 있으니 무척 안심이 되었다.

"나나미, 괜찮아?"

"아, 요신……. 교복을 입으니까…… 달리기 힘드네…… 오랜만에 달렸다……."

후우후우, 하고 연신 숨을 헐떡이는 나나미의 땀을 나는 들고 있는 손수건으로 닦아주었다.

눈을 감고 땀을 닦아주는 내 손길을 받는 나나미는 쑥스러움 반, 기분 좋음 반 같은 표정이었다.

나는 땀을 닦아주면서 왜 이런 일이 벌어진 것인지 들었다.

우리가 자리를 비우고 나서 교실에 찾아온 시리시즈 씨가, 웬일로 나나미가 혼자 있는 걸 보고 가볍게 말을 걸어왔다고 한다.

나나미는 대수롭지 않게 테시카가가 나를 데리고 갔다

는 사실을 전했다. 정말로 별생각 없이 뱉은 말이었다.

하지만 그 말을 들은 시리시즈 씨는 안색이 단숨에 창백해지더니 이곳까지 단숨에 달려왔다. 나나미의 말도 안 듣고, 정말 한순간에.

덕분에 영문도 모르고 놀란 나나미도 황급히 뒤를 쫓아 여기까지 왔다.

"하아, 하아……. 코토하가, 엄청 당황하던데, 무슨 일이야?"

공교롭게도 나도 아직 상황을 모른다. 다만 저 두 사람에게 답이 있을 거라는 사실은 상상하기 어렵지 않았다.

마치 영화에서 강적과 대치하듯, 두 사람은 서로를 바라보며 움직이지 않았다.

다만, 서로를 바라보는 눈빛은 전혀 달랐다.

화가 난 듯한 시리시즈 씨와 달리, 테시카가는 겉모습에 어울리지 않게…… 겁먹은 건가? 어쨌든 불량한 남자가 흔히 지을 법한 표정은 아니었다.

결국 침묵을 견디지 못했는지 테시카가가 먼저 입을 열었다.

"걱정……했어. 갑자기 네가 그런 차림을 하고 와서……."

"딱히, 테시카가 군과는 상관없잖아."

"상관없지는……. 아니, 확실히 그럴지도 모르지만."

"내 친구에게 난폭한 짓을 할 생각이라면, 이번에야말로 용서하지 않을 거야.”

또다시 침묵이 흐르며 두 사람의 시선이 교차했다. 시선 싸움에 진 건 이번에도 테시카가였다.

그것을 본 시리시즈 씨는 빙글 발길을 돌려 걷기 시작했다. 그리고 시리시즈 씨가 내 옆을 지나간 순간, 그녀의 목소리가 아주 조금 들려왔다.

“……타쿠 이 바보.”

타쿠……? 그러고 보니 아까도 그렇게 불렀었지. 시리시즈 씨의 표정은 보이지 않았지만, 뒷모습이 우는 것처럼 보이기도 했다.

우리는 그대로 시리시즈 씨의 등을 배웅했다. 박력이 느껴지는 등에 한 발짝도 움직이지 못했기 때문이다. 나나미는 조금 무서웠는지 나한테 딱 붙어 있었다.

그리고 그녀가 떠난 후, 마치 둔기 같은 뭔가가 부딪힌 것 같은 둔탁한 소리가 주위에 울려 퍼졌다.

나와 나나미가 놀라서 뒤돌아보니, 테시카가가 무릎을 꿇은 채 주저앉아 있었다. 그러고는 그대로 바닥에 엎어졌다.

몸을 부들부들 떨고 있다. 갓 태어난 작은 동물처럼 두 손으로 상체를 일으켰지만, 살짝만 건드려도 맥없이 쓰러질 것 같았다.

“크윽…… 죄송합니다…….”

테시카가가 중얼거린 그 목소리는, 그의 몸보다도 더 떨리고 있었다.

"한심한 꼴을 보였군……."

말투는 조금 전으로 돌아왔지만, 테시카가는 그 큰 몸을 쭈그린 채 무릎을 끌어안고 앉아 있었다. 이른바 쪼그려 앉은 자세인데, 갭이 심각하다.

겉모습이 불량해 보여서 그런지 하나도 어울리지 않는다. 하지만 안 어울리면서도 묘하게 잘 어울렸다. 모순이지만, 그렇게밖에 표현할 수 없었다.

시리시즈 씨가 떠난 뒤 나와 나나미는 황급히 테시카가에게 달려갔다. 갑자기 바닥에 쓰러지는데 걱정하지 않을 수가 없다.

조금 전까지의 불량스러운 모습은 전혀 없었다. 위압감이라고는 조금도…… 아니, 내가 멋대로 그렇게 단정 지은 것뿐, 어쩌면 처음부터 그런 것은 없었을지도 모른다.

표정도 눈썹 끝이 축 늘어져 있어 하나도 안 무섭다.

"그…… 테시카가 군, 시리시즈 씨랑은 어떤 관계야……?"

"나랑 코, 시리시즈는 어릴 적부터 알던 소꿉친구야."

아, 그랬구나. 둘의 대화로 이전부터 아는 사이인가 생각은 했지만, 소꿉친구일 줄이야.

그래서 시리시즈 씨도 평소에는 보이지 않는 표정을 짓고 있었던 거구나.

"그래서 시리시즈 씨를 걱정한 거야?"

"……뭐 그렇지."

"그럼 시리시즈 씨를 좋아하는구나."

테시카가의 얼굴이 순식간에 새빨갛게 달아올랐다. 말은 없어도 그 태도가 모든 걸 말해 주고 있었다. 이래서야 그렇다고 대답한 것이나 마찬가지였다.

나나미도 세상에, 하는 얼굴로 두 손으로 입가를 가렸다.

대답이 없는 테시카가를 놔두고, 나는 우선 불려 온 이유를 해결하기 위해 결론을 먼저 전했다.

"그러면 오해부터 풀어야겠네. 나는 시리시즈 씨와 양다리로 사귀는 게 아니야."

"엑?! 양다리라니?!"

이런, 예상치 못한 방향에서 반응이. 나나미도 당연히 소문이라는 건 알고 있겠지만, 그래도 역시 화는 나는 모양이었다.

양다리라는 소문의 생생함이 더욱 그렇게 만든 것일지도 모른다.

나는 나나미를 달래준 뒤 사정을 설명했다. 테시카가는 시리시즈 씨가 갑자기 바뀐 것을 걱정해서 나를 불러낸 것이었다고.

이상한 소문이 난 것과 타이밍이 딱 맞아떨어진 것이다.

"뭐야, 그런 거였구나. 그거라면 딱히 걱정 안 해도 돼. 그 모습은 내가 코디한 거니까."

"그, 그런 거였군."

"잘 어울리지? 게다가 테시카가 군은 그런 차림 쪽이 더 취향 아니야?"

"아, 아니, 그건…… 그렇지는 않아……."

나나미의 말에 나도 약간 고개를 갸우뚱했다. 왜 테시카가의 취향을 아는 것처럼 말하는 거지……?

아아, 그렇구나. 전에 고백받은 적이 있다고 했으니까, 그래서 자신 같은 갸루 스타일의 여자를 좋아한다고 해석한 건가.

어? 아니, 잠깐. 테시카가는 전에 나나미한테 고백했다고 했잖아? 근데 시리시즈 씨를 좋아해? ……이게 무슨 상황이지?

전에 들은 적이 있다. 무언가 의심할 때 사람은 본인이 하는 일을 상대에게 투영하고 있는 경우가 있다고.

그렇다면 이건…….

"테시카가 군, 양다리를 걸치려고 한 거야?"

"아냐! 내가 좋아하는 건……!"

"나(僕)?"

갑자기 1인칭이 바뀌어서 나도 나나미도 무심코 똑같은 목소리를 내고 말았다. 그야, 갑자기 말투가 바뀌었으니까, 어쩔 수 없잖아.

잠시 침묵하고 있던 그는…… 이윽고 체념한 듯 머리를 거칠게 긁었다.

"……나는 원래 몸집도 작고 소심해서, 왕따를 당하던 애였어……. 그걸 도와주던 게…… 시리시즈였고."

그리고 그는 시리시즈 씨와의 추억을 이야기하기 시작했다. 그것은 조금 전까지의 대화에서는 상상도 할 수 없는 즐거운 추억담으로, 그가 시리시즈 씨를 좋아한다는 것이 잘 느껴졌다.

그런 추억담이다. 분명 그것은 그에게도 무척 소중한 거겠지.

"그런 시리시즈에게…… 나는 중학교 때 고백했어."

"어?"

나와 나나미는 나도 모르게 얼굴을 마주 보았다.

이거 설마, 전에 시리시즈 씨에게 들었던…… 친했던 남자에게 고백받은 이야기인가? 하지만 그건 벌칙 게임으로 받은 고백이라고 했었는데?

그 주인공이 테시카가였다고?

"……고백하고, 그리고 내 손으로 망쳐버렸지."

분한 마음에 이를 악물고, 표정을 일그러뜨리고, 몸을

떨면서 주먹을 꽉 쥔다. 움켜쥔 주먹에서는 피가 나지 않을까 싶을 정도로 손가락이 깊게 파고들어 있었다.

무슨 일이 있었는지 그는 말하지 않았지만, 그 표정이, 과거를 뉘우치는 그 표정이…… 언젠가 본 나나미의 표정과 겹쳐 보였다.

"나는 끔찍한 짓을 저질렀어. 그래서 적어도…… 적어도 그 녀석의 행복을 위해서 뒤에서 도와줘야겠다고 생각했어. 소문을 듣고 교실을 몰래 들여다봤고, 다섯 명이 어딘가로 가고 있는 걸 보고 확신했지."

그건…… 다 같이 카페에 갔을 때의 이야기인가. 설마 보고 있었을 줄은…….

우리는 뭐라 말을 걸어야 좋을지 알 수 없었다. 테시카가는 곧 몸을 일으키더니 우리에게 등을 돌리고 걷기 시작했다.

"미안하다, 괜한 일에 시간을 뺏어서. 오해였던 것 같으니까……. 나는 이만 갈게."

어깨를 축 늘어뜨리고 떠나는 그 모습과 아까 보았던 표정이 나나미와 겹쳐 보인 탓일까. 나는 그 쓸쓸해 보이는 등을 향해 말을 걸었다.

"잠깐, 테시카가 군."

무시당할 줄 알았는데, 그는 그 자리에서 딱 멈췄다. 돌아보지는 않았지만 들어준다면 그걸로 충분하다.

"사람은 반성할 수 있고, 얼마든지 다시 시작할 수 있어. 적어도 나는 그렇게 생각해. 지금부터라도 늦지 않았다고."

아무런 마음의 위안도 되지 않는, 남의 일이니까 말할 수 있는 대사였지만, 나는 반성하고 다시 시작한 사람을 알고 있다.

그래서 무책임할 수도 있지만, 그럼에도 그렇게 말하지 않을 수 없었다.

내 말이 그에게 닿았는지는 모르겠지만, 잠시 멈춰 있던 그는 조금 고개를 들고 다시 걸음을 옮기기 시작했다.

그가 떠날 때 '고마워'라는 말이 희미하게나마 들려왔다.

"요신, 수고했어."

"고마워. 하지만 이걸 수고했다고 할 수 있을까……. 소문이 한 번 붙으니 생각보다 성가시네."

설마 이제 와서 시리시즈 씨의 과거까지 엮일 거라고는 생각지도 못했다. 그래도 테시카가가 이성적인 사람이라 다행이었다.

그렇게까지 심각하게 생각하지 않았는데, 소문에 빨리 대처하지 않으면 나나미에게도 위험이 미칠지 모른다.

"내가 좋아하는 건 나나미뿐인데……."

"가, 갑자기 무슨 소리야……?!"

"아니, 소문을 어떻게든 없앨 수 없을까 하고. 학교제에서 커플 콘테스트 같은 게 있다면 참가해서 소문을 없앨 수 있을 것 같은데…….”

나답지 않게 나나미에게 그런 제안을 해 보았다. 만화 같은 곳에서는 제법 있지, 커플 콘테스트. 하지만 실제로는 그런 것도 없을 테고…….

“……그, 그럼…… 둘이 나가볼까?”

“어……? 있어?”

기대에 찬 눈빛으로 나를 바라보는 나나미에게, 차마 콘테스트가 정말 있을 줄은 몰랐다고 말할 수 없었다.

커플 콘테스트. 정식 명칭은 베스트 커플 콘테스트.

학교제에서 매년 개최하는 무대 행사 중 하나다. 어느 동아리에서 진행하는 것으로, 그 동아리의 전통 행사라고 들었다.

1학년 때는 그런 것도 있구나…… 정도의 인식이었다. 무대도 언뜻 본 정도고 자세히는 모른다.

하지만 지금은 봐뒀다면 좋았을걸, 하는 후회가 조금 들었다. 설마 요신이 참가 의사를 보일 거라고는 생각도 못 했으니까.

뭐, 요신이니까 콘테스트가 있는 줄도 몰랐다는 패턴이겠지만.

『그래서 시치미, 커플 콘테스트에 나가는구나.』

"으음, 나가고는 싶은데."

나는 그 일을 귀가한 뒤 피치에게 보고했다. 이렇게 인터넷 너머로 이야기하는 건 좀 신기한 기분이다.

『좋겠다. 우리 학교에서도 커플 콘테스트가 있긴 하지만 나랑은 인연이 없으니까.』

"피치네 중학교에도 있구나?"

『응. 커플룩으로 나오기도 하도, 남장 여장을 하고 나오기도 하고, 인형 옷이나 이상한 차림을 하고 나오기도 하고, 다들 여러 가지로 많이 하고 있어.』

내가 나간다면…… 커플룩 정도일까? 아니, 요신을 여장시키는 것도 재밌을지도 모르겠다. 그렇지, 그렇다면…… 내 옷을 요신이 입고 요신의 옷을 내가 입는다…….

뭔가 좀 좋은데? 살짝 페티시 같은 걸지도 모르지만.

『그건 그렇고 고등학교 문화제라. 뭘 할 거야?』

"아직 정해지진 않았지만, 코스프레 카페일 것 같아. 귀여운 의상을 입고 하는 거."

『코스프레…….』

그래, 코스프레에서 요신에게 여장을 시켜보는 것도 재미있을 것 같다. 메이드복 취향 이야기가 나왔었는데, 요신한테 메이드복을 입어달라고 한다거나.

요신은 꽤 근육이 있으니까, 몸의 라인이 가려지는 옷이 좋을 것 같다. 그러면 클래식한 옷은 어떨까?

머리도 짧은 편이니까 가발…… 아니, 가발보다 짧은 머리를 좀 다듬어서 단발 스타일로 할까? 얼굴은 조금 어려 보이는 느낌이니까 귀여운 메이드가 될 것 같다.

내가 직접 프로듀스해서 만들어 보고 싶다.

『저기요~, 시치미? 듣고 있어~?』

피치의 그 목소리에 뒤늦게 정신을 차렸다. 아차, 망상에 빠져버렸네.

드물게 피치가 큰 목소리를 냈다. 평소에는 방울 소리 같은 귀여운 목소리인데, 커져도 그것은 변하지 않았다.

아아, 학교제에서 만난다면 재밌을 것 같았는데.

아쉽게도 우리 고등학교의 학교제는 외부 손님은 사절…… 무척 엄격해서 올 수 있는 것은 학생의 보호자나 가족뿐이다. 정말로 아쉬워.

『그러면 시치미도 코스프레 하는 거야? 와아, 보고 싶다.』

"아니, 아직 정해진 건 아니야. 하지만 결정되면 해 보고 싶긴 하네."

처음에는 뒤에서 요리를 할까 생각했지만, 요신이 메이드복을 보고 싶다고 했으니 역시 의상은 입어보고 싶었다.

그래도 수영복……은 안 되겠지. 역시 학교에서 수영복 메이드 같은 것은 무리였다. 섹시 계열이라면 어느 정도는 가능하겠지만, 수영복은 역시 혼날 것 같다.

정석이라면 메이드복, 차이나…… 그리고 다른 학교의 교복도 코스프레 느낌이 나려나? 세일러복 같은 거. 아, 애니메이션 코스프레 같은 것도 좋겠다.

이왕 입는 거 요신이 좋아해 준다면 좋겠는데. 어떤 걸 좋아할까?

학교제에서 함께 돌아볼 땐 그 차림 그대로 돌아보게 될 테니까 함께 입고 걸어도 이상하지 않을 만한 거……. 경찰 코스프레는 어떨까? 바니걸……은 안 되겠지. 혼날 것 같다.

뭐, 그 부분은 정해지면 차차 생각하기로 하자.

『하지만 코스프레 카페는 힘들지 않아?』

"그러게. 역할 분담으로 제비뽑기 같은 걸 할지도 모르겠다."

1학년 때도 분담으로 실랑이가 벌어지면 제비뽑기로 결정했었다. 지금 생각하면 1학년 때도 비교적 즐거웠지만, 이렇게까지 마음이 들뜨지는 않았었다.

역시 요신이 있어서 그런가? 아니면 올해는 반에 일체감이 있기 때문일까?

어쨌든 올해 학교제는 벌써 두근거린다.

두근거리지만, 한 가지 걱정거리도 있다. 그것은 바로 테시카가 군에 관한 일이다. 아마 그 사람이 코토하에게 벌칙으로 고백했다는 사람이겠지.

그때의 코토하는 괴로워 보였는데. 모처럼 즐거운 학교제니까 코토하도 함께 즐겼으면 좋겠다.

어떻게든 도와주고 싶다고 생각하는 건 지나친 참견일까.

"피치. 좋아하는 사람에게 고백했는데, 그걸 오해하는 경우가 있을까?"

『어? 으음…… 글쎄. 별로 감이 안 오는데. 그런 일이 있나?』

"그렇겠지……."

테시카가 군의 말을 듣고 코토하의 과거를 들으니, 왠지 그 두 사람의 인식에 약간의 차이가 있는 것 같은 느낌이었다.

테시카가 군은 자신이 망쳤다고 말했다. 코토하는 고백 후에 벌칙 게임이었다는 사실을 알았다고 했다. 그 부분에서 위화감이 들었다.

……쑥스러움을 감추려고? 그럴 리가 없지. 쑥스러움을 감춘다고 그런 말을 할 리가 없다. 단순히 미움만 받고 끝이다. 그러면 왜 그랬을까?

두 사람의 문제지만, 어떻게든 도와주고 싶은 마음이 들었다.

벌칙 게임이라는 부분에서 내가 테시카가 군에게 조금 공감해서 그런 걸까. 아니면 코토하 쪽에 공감하고 있는 걸까.

음…… 역시 과한 참견일까?

그건 그렇고 오늘 낮에는 정말 놀랐지. 코토하가 그렇게 화낼 때도 있구나. 전에도 단편적으로 본 적은 있지만, 화를 낸 건 아니었으니까.

역시 성실한 아이가 화를 내면 평범한 사람보다 더 무섭다…….

『이번에야말로 용서하지 않을 거야.』

"앗……."

그러고 보니 코토하가 그때 '이번에야말로'라고 했었지. 그렇다는 건, 전의 일은 이미 용서했다는 뜻 아닐까?

중간중간 테시카가 군을 부를 때 옛날 호칭이 나왔었고. 어쩌면 코토하도 화해하고 싶은 게……?

다음에 코토하에게 직접 물어보자. 분명 이런 건 본인한테 물어보는 편이 가장 빠르다. 서프라이즈로 하거나 몰래 돕는 건…… 하지 않는 편이 좋겠지.

테시카가 군은 아무래도 그것을 선택한 것 같지만, 코토하에게는 전혀 전해지지 않았으니까.

응, 요신한테도 상담해 보자. 분명 그도 테시카가 군을 걱정하고 있을 것이다.

『커플 콘테스트에 우승 상품 같은 것도 있나? 우승할 수 있으면 좋겠다.』

"으음, 우승하지 못해도 요신과 함께 추억을 만들 수 있으면…… 아, 맞다. 커플이라고 하니까 떠올랐는데, 궁금한 게 있어."

『응? 뭐야?』

"우리 연애가…… 평범하지 않은 편이야?"

요신의 앞에서는 허세를 부렸지만, 반 아이들에게 평범하지 않다고 생각되는 건 역시 조금 충격이었다.

충격이랄까, 반 아이들 앞에서는 평범한 연애를 하고 있다고 생각했으니까. 그래서 나는 마지막 동아줄을 잡는 심정으로 피치에게 그런 질문을 던졌다.

내 물음에 피치는 후우, 하는 호흡소리를 끝으로 침묵하고 말았다. 그리고 한참이나 입을 다물다가…… 머뭇머뭇 입을 열었다.

『펴, 평범한…….』

“미안, 신경 쓰게 해서…….”

명확한 대답이나 다름없는, 힘겹게 나온 그 말을 나는 받아들였다. 역시 나와 요신의 연애는 조금 특이할지도 모른다는 사실을 새삼 깨달았다.

반에서는 장난으로 그렇게 말했지만…… 차라리 아예 정색하고 좀 특이한 짓을 요신에게 해 버릴까? 그런 것을 남몰래 떠올리는 것이었다.

“요신, 뭘 받고 싶어?”

『무슨 일이야, 아닌 밤중에 홍두깨처럼?』

생각이 들면 바로 실행하라는 말에 따라 나는 요신에게 뭘 받고 싶은지 물어보았다. 아닌 밤중에 홍두깨라니, 여전히 살짝 고풍스러운 표현을 쓰네.

내가 이런 제안을 하는 것은 처음이 아니었기에 요신도

익숙해진 것 같았다. 살짝 어이없어 보이기도 하지만.

『혹시 학교에서 있었던 일을 말하는 거야? 정말로 뭔가 하려고?』

"그것도 있지만, 커플 콘테스트에 나간다면 좀 특이한 걸 해 보고 싶어서."

『아, 응…… 진심이었구나, 그거.』

"에엥, 권유한 건 요신이었잖아?"

알고 있었지만, 나는 굳이 짓궂은 어조로 물었다. 전화기 저편의 요신이 조금 당황하는 것이 느껴졌다.

이런 대화도 좀 즐겁다.

"뭐, 무리해서 안 나가도 괜찮아. 커플 콘테스트가 있는 줄도 몰랐지? 모두의 앞에 서는 것도 긴장될 테니까."

어?

요신이 대답이 없다. 입 다물어버렸다. 무슨 일이지?

그 후 전화기 너머에서 소리가 들려왔다. 소리……라고 할까. 으으음, 하고 신음하는 요신의 목소리였다. 왜 그러지?

한동안 나는 그 신음을 듣고 있었다. 무얼 고민하는 걸까 했는데, 곧바로 대답이 돌아왔다.

『……나가는 것도 나쁘지 않을 것 같아.』

어? 나는 요신의 그 말에 말문이 막혀버렸다. 말이 안 나오는 것뿐만 아니라 머릿속도 새하얘졌다.

어, 나간다니…… 나간다고? 커플 콘테스트에?! 정말?! 핸즈프리로 대화하고 있었는데 나도 모르게 스마트폰을 손에 잡고 말았다.

침대 위에 누워 있던 몸을 튕기듯이 일으키고, 손에 쥔 스마트폰을 천천히 눈앞에 두고, 자세를 바로 하고 정좌로 앉았다.

"어, 어, 어떻게 된 거죠?"

아, 뭔가 자연스럽게 존댓말이 나와 버렸다. 이상하게 생각하지 않을지 신경 쓸 여유도 없다. 다음에 무슨 말이 나올지 묘하게 두근거렸다.

요신은 다시 입을 다물었지만, 아까와 같은 신음은 내지 않았다.

이 침묵이 더욱 나의 두근거림을 가속시켰다. 요신도 두근거림을 느끼는 걸지도 모른다. 어쩐지 침묵이…… 귀에 더 아프게 느껴졌다.

『말 그대로의 의미야. 이상한 소문을 없애기 위해서 뭐가 좋을까 생각해 봤는데, 모두의 앞에서 나나미밖에 없다고 선언하는 게 제일 아닐까, 싶어서.』

"아, 아아…… 그렇구나."

생각보다 냉정한 의견에 나도 조금은 마음이 가라앉아 냉정해질 수 있었다.

하지만 듣고 보니 커플 콘테스트에 나가면 양다리나 하

렘이라고 하는 이상한 소문은 그나마 줄어들 것 같았다.

그래도 조금, 아주 조금 그런 이유뿐이라는 것이 서운했다. 아니, 이기적인 건 안다. 요신이 나를 위해 해 준다는 것도 알고 있다.

……같이 나갈 수 있다는 것만으로 기쁜데, 나도 정말 욕심이 많지.

『그리고…….』

"응? 그 밖에도 이유가 있어?"

『이유라고 할까…….』

말이 또 끊겼다. 또 다른 이유가 있나? 딱히 떠오르는 건 없는데……. 요신에게 뭔가 곤란한 일인 건가?

『결과가 어떻게 되든, 나나미랑 둘만의 추억을 또 만들 수 있을 것 같아서.』

그 한마디에 몸 안이 뜨거워지는 것을 느꼈다.

아, 이거……! 이거다! 몇 번 느껴본 적이 있다. 요신을 향해 느끼는 감정. 아마 이게 설렌다는 감각이 아닐까.

"후후…… 결과가 어떻게 되든?"

『그 콘테스트는 연인 자랑 같아서 나나미도 내키지 않을 거 같았는데, 이런 건 고등학교 때에만 할 수 있는 거잖아.』

"요신은 싫지 않아? 내가 남친 자랑…… 같은 느낌으로 요신을 소개하는 건."

『뭐, 좀 익숙하지는 않은데. 그래도…… 한 번밖에 없는 고등학교 2학년, 나나미랑 그런 추억을 만들면 좋을 것 같아.』

물론 나도 익숙하지는 않지만, 동시에 나가보고 싶기는 했다. 단순히 요신이라는 내 남자친구를 모두에게 보여주고 싶다, 자랑하고 싶다, 그런 속된 마음 때문일지도 모른다.

딱히 좋아하는 방식은 아닌데, 그런 생각이 드는 것은 어째서일까? 요신은…… 어떻게 생각할까?

『……나나미가 이렇게 멋진 여자라는 걸 모두에게 알리고 싶은 마음과 나만 나나미의 귀여운 점을 알고 싶다는 마음이 공존하는 것 같아.』

모순적이라며 요신이 가볍게 웃었다.

둘이 비슷한 생각을 한 것 같아 나도 좀 웃음이 나왔다.

『하지만 뭔가 이렇게…… 당장은 '좋아, 나가자!'라고 결단을 내리진 못하겠어. 좀 한심한 말이지만.』

"뭐, 어때. 참가 신청은 직전까지 가능하니까 같이 고민해 보자."

『그렇지. 같이 생각해 보자.』

"여차하면 직전에 난입해서 주목받자!"

『그건 좀.』

요신은 지금 변하려고 노력하는 거겠지. 그의 말을 들으니 왠지 모르게 그런 생각이 들었다. 분명 전이라면 처음부터 나갈 생각조차 하지 않았을 텐데.

내가 변한 것처럼 요신도 변해간다.

그것은 분명 멋진 일이다. 나도 멋진 방향으로 변해가고 싶다. 그렇게 생각하니 왠지 그의 얼굴이 보고 싶어졌다.

"……저기, 요신. 영상 통화로 바꿔도 될까?"

『상관은 없는데…… 그게 중간에 바꿀 수가 있는 거였구나.』

"바꿀 수 있어~ 그럼 할게~."

나는 침대에 다시 드러누워 스마트폰을 옆에 두고 통화를 전환했다. 조금 후…… 스마트폰의 화면에 요신이 비쳤다.

내가 좋아하는 그의 모습이.

『나나미, 혹시 자고 있었어?』

"아니, 누워 있는 것뿐이야. 언제든지 잘 수 있도록 잠옷은 입고 있지만."

나는 침대 위에서 두 팔을 벌려 요신에게 잠옷을 보여주었다. 오늘은 평소 아끼는 귀여운 잠옷이라 보여줄 수 있어서 다행이다.

귀여워? 귀여워? 하고 조르는 것처럼 묻자, 요신이 귀여운 잠옷이네, 하고 칭찬해 줘서 기분이 들떴다.

"에이? 귀여운 건 잠옷뿐?"

자연스럽게 어조가 달콤해졌다. 아마 주위에서 본다면 어이없다는 반응을 하겠지. 나도 나중에 나를 다시 보면 어이없을 것 같긴 하다.

그래도 지금은 단둘뿐이다. 그래서 마음껏 응석을 부리게 된다. 여자아이는 귀엽다는 소리를 계속 듣고 싶은 법이다.

『……당연히 잠옷을 입고 있는 나나미가 귀여워.』

"으헤헤……."

헤실헤실 미소를 지으며 나도 요신도 둘 다 달콤한 분위기가 되었다. 요신은…… 어딘가에 앉아 있는 것 같았다.

스마트폰을 움직이면서 입고 있는 잠옷을 요신에게 보여주자, 그가 갑자기 획 고개를 돌렸다. 화면에 비친 귀가 약간 붉었다.

『나나미, 조금 벌어졌어…….』

어? 잠옷을 입고 있는데 어디가 벌어졌다는 거지?

나는 누운 채로 고개를 돌려 내 가슴팍으로 시선을 옮겼다.

아아, 그렇구나. 누워 있느라 틈이 생겨서 그 사이로 속옷이 보이고 있었다. 근데 이건…… 어쩔 수 없지…….

"정말, 밝힌다니까……."

『아니, 이건 불가항력이라…….』

"아니. 봐도 괜찮아. 마침 귀여운 걸 입고 있으니까 봐도 돼~."

그 후 한동안 나와 요신 사이에서 약간의 실랑이가 이어

졌다. 봐도 된다고 했는데, 성실하네…….

딱히 이렇게…… 대놓고 앞섬을 펼쳐서 보여주는 것도 아니니까 신경 쓸 필요 없는데. 게다가 이제 와서 새삼스럽지 않나? 수영복 입은 모습도 봤고, 이런저런 모습도 다 봤고…….

아, 남자들은 부끄러워하는 편을 더 좋아하나? 어렵네.

어쩌면 내가 부끄러워하는 요신을 귀엽다고 생각하는 것과 비슷한 마음인 걸까? 그렇다고 한다면 조금 이해가 간다.

부끄러워하는 모습은 귀엽다. 이것은 분명 만인이 가진 감정일 것이다. 분명 그렇다. 과도한 일반화 같긴 하지만, 상관없다.

……그런 생각을 하자 갑자기 이것저것 보여줘서 부끄러워하는 모습을 보고 싶다는 생각도 들었지만, 내 안의 자제심이 얼굴을 내민 덕분에 가까스로 참을 수 있었다.

속옷 화제에서 벗어나야지.

"요신, 지금 뭐 하고 있었어?"

『잠깐 게임하고 있었어.』

"피치네랑 평소에 하는 게임?"

『응. 최근에는 거의 못 하다 보니.』

나와 요신은 그런 소소한 이야기를 이어갔다. 오늘은 서로가 자신의 방에 있어서 그런지 평소의 대화와는 좀 분위기가 다른 느낌이다.

나도 누워 있는 탓에 좀 몽롱하고 말랑말랑한 기분으로 수다를 떨고 있다.

그리고 나와 요신은 정확히 같은 타이밍에 하품했다. 그것이 어쩐지 우스워서, 똑같이 했네, 하며 서로 웃었다.

『나도 슬슬 잘까. 그럼 오늘은…….』

"잠깐, 요신…… 이대로 통화해 줘~."

몽롱한 의식 속에서 아까보다도 더 달콤한 소리가 나왔다. 평소 같으면 절대 내지 않았을 목소리. 왠지 기분 좋다……. 이대로 잠들 것 같아.

하지만 아직…… 조금만…… 아주 조금만 더, 그런 생각을 하면서 끊어질 것 같은 의식을 가까스로 이어갔다.

『이대로라니, 나도 누울 건데?』

"잠들기 전까지 통화하자……, 통화하면서 잠들기……."

내가 듣기에도 말이 늘어졌다. 요신이 뭐라고 하고 있는데 내 귀에는 닿지 않았다. 그가 천천히 이동해서…… 화면 속의 그가 눕는 것이 보였다.

가끔은 좋다…… 이런 것도…….

"우리…… 같이 잔 적은 있어도, 통화하면서 잠드는 건 처음인가……."

『그러네. 뭔가, 평소랑은 좀 다른 느낌이야.』

"헤헤……. 앞으로도…… 정기적으로…… 하고 싶다……."

잠은 오는데 자고 싶지 않아. 옆에서 같이 자는 느낌이라 계속 깨어 있고 싶어진다. 하지만 의식은 머지않아 끊겨버렸다.

안개 속에서 헤매는 것 같은, 의식이 안개처럼 사라질 것 같은…… 그런 감각. 그 감각 속에서 그의 부드러운 목소리가 울려 퍼졌다.

완전히 의식이 사라지기 직전, 잘 자라는 그의 목소리를 들은 기분이 들었다.

오늘은 분명 좋은 꿈을 꿀 수 있을 것 같다.

나는 거기서 이어가던 의식을 내려놓았다.

발상의 맹점이라고 할까, 실제로 해 보면 왜 지금까지 깨닫지 못했을까 싶은 경우가 종종 있다.

요전 날의 나나미와 잠들 때까지 한 통화는 나에게 있어서 맹점이었다. ……좀 과장됐나? 예전에 나나미는 그런 통화를 해 본 적이 있을까 생각한 적도 있을 정도니까.

나에게 있어 맹점이었던 것은 영상 통화 쪽이었다.

나나미와는 거의 매일 전화로 대화하고 있었지만, 그것은 음성뿐이었다. 그리고 내 안에서 잠들 때까지 통화하기의 이미지는 잠잘 때까지 전화로 이야기하는 것뿐이었다.

얼굴을 보고 이야기를 한다는 발상은 전혀 하지 못했다. 기능 자체는 알고는 있었지만, 해보자는 발상은 하지 못했다.

그런데 결국 그 가능성을 깨닫고 말았다. 그 결과 무슨 일이 생겼냐면, 나와 나나미는…… 그 후로 자주 잠들 때까지 영상 통화를 하게 되었다.

아니, 거의 매일 하고 있다.

지금까지는 전화로 이야기하다가, 졸리면 잘 자라는 인사를 하고 전화를 끊었다. 그런 생활을 하고 있었는데, 그것이 완전히 바뀐 것이다.

단 한 번 잠들 때까지 했던 통화로 매일의 루틴이 바뀌었다.

밤에 내가 침대 위에 누워 있으면 나나미도 누워 있다. 그대로 별 주제 없는 이야기를 이어가고, 어느새 잠이 들고……. 그리고 아침이 된다.

이것의 놀라운 점은 실수로 통화 상태가 이어져서 아침에 일어나면, 나나미의 잠든 얼굴이 바로 눈앞에 있는 상태가 벌어진다는 점이었다.

대부분은 어느 한쪽이 먼저 잠들고 어느 한쪽이 통화를 끊기 때문에 거의 일어나지 않는 일이지만…… 충전도 해야 하고.

그런데 그런 일이 딱 한 번 있었다.

정말로 단숨에 잠이 깼다.

놀랐다는 말로는 다 표현할 수 없을 정도의 충격이었다.

어젯밤에 나나미가 자고 갔나 하는 영문 모를 생각을 하기도 했다. 깨우면 미안하니 조용히 스마트폰에 눈을 둔 채 그대로 아침 속 나나미의 잠든 얼굴을 바라보았다.

통화가 끊기지 않아 그대로 이어졌고, 한동안 나나미의 얼굴을 보고 있었는데…… 천천히 그녀의 눈이 떠졌다. 두근거리는 마음으로 그 눈꺼풀이 서서히 열리는 것을 바라보았다.

아마노이와토*가 열릴 때 이런 기분이었을까.

딱히 나나미의 눈꺼풀은 열리지 않는 것은 아니지만, 그래도 지금까지 닫혀 있던 것이 열리고, 그녀의 눈동자가 드러났다.

내가 좋아하는, 나나미의 예쁜 눈동자.

잠에 취한 눈이지만, 그 맑은 빛은 건재했다. 어딘가 졸린 얼굴로 눈을 뜬 나나미는 나를 보자마자 배시시, 잠에 취한 미소를 지었다.

누운 채로 졸린 얼굴을 한 나나미는 웃으며 나에게 좋은 아침, 하고 중얼거렸다.

나도 그녀에게 좋은 아침이라고 대답해 주자, 그대로 나나미는 중력에 저항하지 못하듯 눈꺼풀을 한번 감더니 침대에 힘없이 가라앉았다.

희미한 숨소리가 잠시 들리다가, 이내 멈췄고, 나나미가 번쩍 눈을 떴다.

"어……?!"

눈앞의 스마트폰을 알아차리고는 주위를 둘러본다. 그리고 다시 나에게 시선을 돌린다.

"으…… 아아, 보고 있었어?"

천천히 몸을 일으킨 나나미는 그대로 수줍게 이불 속으로 몸을 숨기며 스마트폰과 거리를 벌렸다.

그대로 몇 번 눈을 깜빡이더니 마음이 가라앉았는지 조

---

*일본의 태양신이 잠시 들어가 있었다고 하는 동굴.

금 못마땅한 듯 볼을 부풀렸다.

아무래도 내가 먼저 일어나서 나나미를 보고 있었던 것이 마음에 들지 않은 모양이다.

그 후 우리는 좋은 아침이라며 아침 인사를 나누고, 소소한 이야기를 주고받았다.

그렇게 아침부터 행복한 날이었다. 그리고 그날을 기점으로 꿈속에서도 나나미가 나오게 되었고, 요 며칠 간은 꿈인지 현실인지 구분하기 어려운 나날이 이어졌다.

그래서 근래에는 매일 제대로 자고 있는데도 잠이 부족했다. 잠들 때까지 통화하느라 얕게 자는 걸지도 모르지만…….

여러 가지로 위험하다는 생각도 들었지만, 멈출 수가 없었다. 의존증에 걸릴 것만 같다.

좀 자중해야 하나…….

"후암……."

나나미도 잠이 부족했는지 자주 하품을 하게 되었다. 나도 따라서 하품했고, 어떨 때는 똑같은 타이밍에 하는 경우도 있었다.

둘 다 졸리네……라고 말했다가 반 아이에게 놀림을 받았다. 얼마 전까지만 해도 대화해 본 적 없는 반 아이들한테도.

"뭐야, 뭐야. 두 사람, 사이 좋네. 똑같이 수면 부족이야?"

놀리려는 의도가 느껴지는 말투이긴 했지만, 그 외에 딱히 비웃는다거나 하는 부정적인 이미지는 느껴지지 않아 조금 안도했다.

그런데 뭐라고 대답해야 할까. 역시 가벼운 느낌으로 그러게, 라든가 우연이야, 라는 식으로 말하면 좋으려나?

대화의 요령은 이어갈 수 있는 말을 계속하는 것이라고 한다.

여기서 딱 끊길 대답을 하면 대화는 계속되지 않을 거고, 앞으로도 친구는 절대 생기지 않을 것이다. 친구를 만들기 위해서라도 여기서는 최적의 대답을…….

"맞아~ 요신이 재워주질 않으니까~…… 나도 무심코 이것저것 하게 되고……."

아차, 생각하는 사이에 나나미가 먼저 대답했다. 나는 생각이 너무 많은 걸까? 차라리 망설일 시간에 아무 대답이나 할걸.

나나미가 쓱쓱 눈을 비비며 또 크게 하품했다. 그 입에 손가락을 넣고 싶다는 충동이 살짝 들었지만, 학교니까 참아야지.

……왜 다들 그런 눈빛이야?

"오, 오오…… 그, 그렇구나, 재우질 않아서……."

"수, 수면 부족이 될 정도로……? 이것저것……?"

아, 이거 오해한 거 아닌가?

깨닫고 보니 질문을 해온 반 남자애와 여자애가 조금 난처한 얼굴로 얼굴을 붉히고 있었다. 힐끔 나나미와 나 사이에서 눈을 굴리다가, 곧 둘이 얼굴을 마주 본다.

"그런데 전에 키스도 아직이라고 하지 않았었나……?"

어쩐지 여자 쪽이 집요하게 물고 늘어진다. 왜 그걸 물고 늘어지는 거지. 졸려 보이던 나나미는 그 질문에 조금 눈이 뜨인 것 같았다.

그리고 말없이 내 쪽을 바라보았다.

부정도 긍정도 하지 않는다. 다만 조금 뺨을 붉히며 나를 보더니…… 살짝 얼굴을 내 방향에서 떨어뜨렸다. 나 역시 무심코 얼굴을 붉혔고…… 나나미에게서 시선을 돌렸다.

그것만으로 주위는 무엇인가 짐작했는지 일순 술렁인다. 작은 목소리로 '드디어 했구나……'라는 중얼거림이 들려왔다.

우리는 거기에 아무 대답도 하지 않고 침묵으로 화답했다. 마치 그것이 답이라는 듯이.

"나나미, 야한 거 했어?"

그런 와중, 거리낌 없는 시리시즈 씨의 말이 묘하게 울렸다.

그 한마디를 들은 나나미도, 나도, 주위도 말을 잃었다. 아니, 뭔가 오토후케 씨와 카모에나이 씨만이 웃음을 참으며 새빨간 얼굴이 된 게 시야에 들어왔다.

나나미는 고개를 들고 시선을 피하더니…… 두 검지를 맞대며 중얼거렸다.

"……그건 안 했어."

"뭐야, 안 했구나. 그럼 야한 걸 말하는 게 아니었네."

"어? 그건 잠들 때까지 통화했다는 이야기였는데……. 왜 그렇게 돼……?"

거기서 겨우 사고가 또렷해진 것인지…… 나나미는 자기 말을 되새기며 당황한 표정을 나에게 돌렸다. 희미하게 눈이 젖어 있다.

거기서 그런 표정을 지으면 좀 귀엽다고 생각하게 되잖아. 뭔가 가여운데, 귀여워. 자중해라, 나.

주위의 분위기는 잠들 때까지 통화했다는 이야기를 듣자마자 급격히 풀어졌다. 나는 시리시즈 씨에게 남몰래 감사를 전했다. 다만 그 감사는 성급했다는 사실을 직후 깨닫게 된다…….

"그러면 나나미는 아직 야한 건 안 했구나."

"아, 안 했는데? 왜 코토하는 그런 걸 물어보는 거야?!"

"단순히 호기심이야. 나도 해 본 적이 없으니까 어떨까 궁금해서. 아직이라는 건 좀 의외지만."

"하지만 요신이, 손을 안 대니까……."

이런, 나한테 불똥이 튀었는데?

또 주위에서 적의 어린 시선이 오는 건가 싶었는데, 남자애들은 얼굴을 붉히며 우리에게서 얼굴을 돌렸고, 여자애들은 얼굴을 붉히면서도 흥미진진한 표정으로 나나미를 바라보고 있었다.

적의가 담긴 시선이 아니라 다행인데, 이건 조금 예상 외다. 분명 남자애들 쪽이 더 흥미를 보일 거라 생각했는데…….

아니, 근데 이 이상은 위험한데.

그렇게 생각한 타이밍에 마침 종소리가 울렸다.

"자, 그럼 홈룸 시작한다~."

담임 선생님이 교실에 들어오는 것과 동시에 다들 정신을 차리고 제자리를 찾아가듯 빠르게 자신의 자리로 돌아갔다. 그 모습에 아무것도 모르는 선생님은 고개를 갸우뚱할 뿐이었다.

전원이 자신의 자리로 돌아가고, 수업다운 분위기가 된 시점에 선생님이 교단 위에서 짝, 하고 손뼉을 한번 쳤다.

"그럼 홈룸을 시작하자. 오늘은 지난번에 하던 걸 이어서 해 볼까…… 학교제에 대해서. 반장들, 결과를 보고해 줘."

그것만 말하고 선생님이 물러가고 반장들이 나왔다.

오늘은 학교제에서 희망했던 행사…… 그 추첨 결과가 나오는 날이다. 결과에 따라서는 무엇을 할지 다시 결정해야 할 수도 있었다.

제1 희망이 통과되지 않은 반은 한 번 희망을 변경할 기회를 얻게 된다. 뭐, 대체로는 제2 희망으로 정해지지만.

왠지 묘한 긴장감이 감돌았다. 잠들 때까지 통화하는 시간도 아닌데, 왠지 두근거리기 시작했다. 학교 행사에서 이런 느낌을 받다니, 나로서는 처음 있는 일이다.

반장들이 함께 앞에 서고, 그리고…… 켄부치가 한 발 앞으로 나왔다.

그는 일부러 헛기침을 한번 했다. 그리고 크게 숨을 들이쉬는가 싶더니 또렷한 목소리로 선언했다.

"제1 희망, 통과했어!"

그가 두 손을 번쩍 들자, 그에 호응하듯 반 내부에서도 환호성이 울려 퍼졌다. 얼마나 시끄러웠는지 옆 반에서 주의가 왔을 정도다.

조용히 해 달라며 옆 반의 선생님에게 혼났음에도, 기쁨 때문인지 교실 내부는 금세 또 소란스러워졌다.

나도 나답지 않게 양손을 들고 기쁨을 표출했을 정도다. 교실 안이 조금 가라앉은 타이밍에 시리시즈 씨가 입을 열었다.

"무대가 아닌데, 켄부치 군은 이대로도 괜찮아?"

"괜찮아, 괜찮아. 그때는 회의가 진행되지 않을 것 같아서 말한 것뿐이고. 청춘을 만끽할 수 있다면 뭐든 다 좋아. 이 반이면 재밌을 것 같거든."

"그래?"

"우리 반 여자 애들, 귀여운 애들도 엄청 많으니까…… 코스프레……!"

"……그래."

같은 '그래'인데, 의미가 전혀 다른 울림이었다.

하지만 나도…… 솔직히 그 의견에는 찬성한다. 나 같은 경우는 귀여운 아이라기보단…… 나나미에 한해서지만.

"무슨 일이야?"

어느새 옆에 와 있던 나나미가 내 시선에 고개를 갸우뚱했다.

나나미는 뭘 입을까……. 역시 그때 얘기했던 메이드일까?

"기대된다, 학교제."

"응, 같이 돌아봐야지. 학교제 데이트라니 기대된다……."

데이트…… 그 말을 들으니 좀 민망하네. 근데 그런가, 이것도 데이트가 되나. 데이트라는 건 학교 밖에서 하는 거라고만 생각했는데.

설마 학교 안에서 데이트하다니. 이렇게 되면 평소 학교생활을 하면서도 떠올리게 되지 않을까.

"그럼 할 것도 정해졌으니까 우리 반 실행위원을 정할게. 두 명을 뽑을 테니까 지원하고 싶은 사람이 있으면……."

소란 속에서 시리시즈 씨가 설명을 이어갔다. 실행위원이라…… 그런 것도 있구나. 힘들겠다.

당연히 지원하는 사람은 없었다. 그렇게 소란스러웠던 반 내도 급격히 조용해져서 조금 전까지의 열기가 거짓말 같았다.

어떤 걸 하는 걸까? 조금 관심은 가는데…….

"실행위원이라고 해도 메인인 문화제 실행위원은 이미 있으니까 오늘 결정하는 건 반 대표야. 문화제의 관리는 하지 않을 거고……."

무척 상냥하고 정중한 말투로 설명이 이어졌다. 모두에게 '그러니까 안심하고 입후보해도 된다'라고 말하는 듯한 미소와 말투.

이런 상황이 아니었다면 홀린 듯이 들었을 정도로 안정감이 느껴지는 목소리였지만……. 그럼에도 지원자는 나타나지 않았다.

"칫…… 안 되나."

조용하던 교실 안이 술렁거렸다. 아니, 나도 깜짝 놀랐다. 시리시즈 씨, 혀를 차거나 하는 캐릭터였어……? 아, 뭔가 켄부치가 안절부절못하고 있다.

"시…… 시리시즈 씨, 그런 캐릭터였나요?"

"응? 이제 얌전한 우등생은 그만하려고. 질리기도 했고."

연극적인 몸짓으로 웨이브진 머리를 들어 올린 시리시즈 씨는 어딘가 요염한 미소를 지으며 지나가는 투로 말했다.

그 말에 모두가 당황했다. 그 자세와 모습이 너무나도

자연스러워서.

"좋아……."

거짓말이지? 켄부치가 뺨을 물들이며 금세 시리시즈 씨에게 함락당했다. 하지만, 그럼에도 지원자가 손을 드는 일은 없었다.

학교제 준비는 즐겁지만, 분명 다들…… 그런 위원은 하고 싶지 않겠지. 이것만은 어쩔 수 없다.

"……잠깐 괜찮을까?"

분위기가 아주 조금 가라앉은 단계에서 켄부치가 손을 들었다. 시리시즈 씨의 재촉을 받아 그는 조용히 교단에 손을 얹었다.

"이건 본인 의사에 달렸겠지만……."

그렇게 서두를 꺼낸 켄부치는 힐끔 나를 바라보았다. 진지한 눈빛에 움찔 놀란 나는 살짝 몸을 뒤로 뺐다.

그리고 그는 잠시 심호흡하더니, 반이 아니라 나를 향해 말을 걸었다.

"미스마이, 실행위원 해 보지 않을래?"

"어?"

뜻밖의 제안이었다. 아니, 이 경우는 추천이 맞는 표현인가. 그건 그렇고 왜 내게 제안이 온 거지?

당황하여 대답하지 못하는 나에게 그는 말을 이었다.

"미스마이는 처음에 내 생각에 제일 먼저 찬성해 줬잖아.

그때 너, 추억을 만들고 싶다고 말하지 않았어? 실행위원이라면…… 좋은 추억을 만들 수 있을 것 같아서.”

예전에 했던 말을 기억해 준 건가. 분명 그렇게 말하긴 했지만…… 갑자기 책임자를 맡는 건 너무 어렵지 않나?

“게다가…….”

도중에 말을 멈춘 켄부치는, 잠시 고개를 젓고는 똑바로 나를 응시했다.

그리고 자기 가슴을 크게 내밀며 강하게 툭 친다.

“물론 너 혼자 하라고 강요하진 않아. 나도 최선을 다해 반장으로서 서포트할게. 그러니까 저기…… 해 보지 않을래?”

마지막은 조금 장난스럽게 말하며 켄부치가 나를 향해 미소 지었다.

학교제를 준비할 때부터 살짝 생각한 건데, 그는…… 무척 열정적인 남자 같았다. 나와는 정반대라 그 모습이 조금 눈부시게 느껴졌다.

자신이 먼저 솔선수범해서 무언가를 말한다. 학급의 분위기를 좋은 의미에서 바꾸고자 노력한다.

살짝 자신감이 과해지기도 하지만, 그것 또한 그의 매력일지도 모른다.

주위에는 어느 쪽이든 상관없다는 분위기가 흐르고 있었다. 그러니 이 감각은 분명 나와 그만의 감각이겠지.

입장이 반대라면 나도 누가 되어도 상관없다고 생각한다. 심지어 나는 평소 반에 거의 참여하지도 않았다. 그 감각은 어쩌면 당연했다.

이렇게 되니까…… 지금까지 아무것도 해 오지 않다가 갑자기 친구를 사귀려고 했던 스스로가 부끄러워지네.

어떤 순간에도 적극적으로 반에 참여하려 하지 않았던 내가, 어설픈 생각으로 그런 것이 가능할 리가 없지 않은가. 얼마나 자기중심적인 생각이었을까.

천 리 길도 한 걸음부터, 로마는 하루아침에 이루어지지 않았고, 시작이 반이라는 말도 있다. 과거 선인들의 말에서도 알 수 있듯이 우선은 시작하는 것부터다.

나나미를 향하던 것과 같은 마음으로, 그 마음을 아주 조금만 다른 것에 향해 보자.

여기서부터다. 나는 여기부터 시작하는 것이다.

"……내가 할 수 있을진 모르겠지만, 해 볼게."

좀 약한 말도 나오긴 했지만, 그건 봐줬으면 좋겠다. 어쨌든 처음 있는 일이다. 위원을 적극적으로 받아들이는 것도, 해 보겠다고 누군가에게 말하는 것도.

그래도 해 보고 싶으니까. 나는 그 제안에 고개를 끄덕였다.

켄부치와 시리시즈 씨는 어째서인지 기쁜 얼굴로 웃고 있었다. 주위에서는 결정됐구나, 하는 안도 섞인 공기가 감돌았는데, 그것만으로 왠지 받아들이길 잘했다는 생각이 들었다.

그리고 즉각 옆에서 소리가 들려왔다.

"그럼 또 한 명은 나네."

나나미였다. 나나미가 기쁘게 손을 번쩍 들자, 켄부치는 결정되었다는 듯 칠판에 나와 나나미의 이름을 적었다.

브이자를 그린 나나미가 나에게 미소를 보냈다.

"괜찮아, 나나미? 내가 멋대로 하겠다고 한 것뿐인데."

"뭐야, 요신은 나랑 같이 하고 싶지 않아?"

"아니 그야 당연히…… 같이 하면 좋지."

"그렇지? 이걸로 준비하는 동안에도 같이 있을 수 있겠네. 같이 힘내보자."

나나미는 베시시 치아를 드러내며, 장난꾸러기 아이처럼 천진난만하게 웃었다. 나도 따라서 함께 웃는데…….

"로맨스 영화 찍냐!"

태클이 날아왔다.

실로 지당한 태클이 아닐 수 없다. 창작물에서는 정석이다. 사귀기 전의 남녀가 실행위원이 되면서 사이가 가까워진다.

그것과의 차이점이라면 나와 나나미는 이미 사귀고 있다는 점이다.

"뭐, 학교제 커플은 금방 헤어진다고 하지만, 이미 사귀고 있다면 그럴 걱정도 없겠지. 적임 아니야?"
"이 부부가 어떤 위원을 할지 기대되긴 하네."
"미스마이, 나나미한테 질리면 내가 도와줄게."
"누구야?! 요신을 유혹한 녀석! 용서 못 해!"
누가 말했는지도 모를 야유에 즉각 나나미가 분노했다. 그런 분위기도 어쩐지 조금은 즐거워서, 나는 나도 모르게 웃고 말았다.
"괜찮아. 내가 나나미에게 질릴 리가 없잖아."
일어나서 여자들을 위협하는 나나미에게 나는 안심하라고 말했다. 나나미는 조금 불만스러운 모습이었지만, 한숨을 내쉬며 의자에 앉았다.
"요신은 치사해."
"그런가?"
본심인데 말이지. 나나미와 함께라면 매일 즐겁고, 분명…… 계속 질리지 않고 함께 있을 수 있을 거라고 생각한다.
나나미는 어떨까. 나는 그녀에게 있어 질리지 않는 남자일까?
"어쩐지 무설탕 커피가 당기네."
느닷없이 누군가가 내뱉은 그 한마디에 많은 이들이 고개를 끄덕였다.
아차, 교실 안에서도 평소와 같은 분위기를 내 버리고

말았다. 이상한 분위기를 내서 그런지 묘하게 볼을 붉힌 사람들이 많아졌다.

"자자~, 그만 노닥거리고…… 실행위원 두 사람은 앞에 나와서 인사해 줘."

짝짝, 하고 시리시즈 씨가 손뼉을 쳤다. 그거 꼭 해야 하는 건가?

나나미는 망설임 없이 앞으로 나섰다. 발걸음도 가볍고, 앞으로 나가는 것에 조금도 거부감이 없는 모습이다. 나는 한심하게도 주저했다.

그런 나를 보고 나나미가 상냥하게 손짓했다.

……응, 그렇지. 여기서부터라고 결정했잖아. 이게 내 첫걸음이다.

긴장으로 쉽게 움직이지 않는 몸을 억지로 움직여서, 나는 그대로 앞으로 걸어갔다. 이상하게 주목받는 기분이 들어 어쩐지 몸이 따끔따끔했다.

손끝도 차갑고, 이상한 땀이 배어 나온다. 나나미가 상냥하게 손짓하지만, 이것만큼은 멈출 수가 없었다.

힘내라, 나. 힘내!

그대로 빙글 몸을 돌린 나는 교단에서 교실을 둘러보았다. 저번에도 교단에 있었지만, 그때는 소란스러웠고 주위를 둘러볼 여유도 없었다.

냉정하게 바라보니, 사람들이 주목하는 것이 조금 무

섭다.

하지만…….

"음…… 미스마이 요신입니다. 이번에는……."

나는 그렇게 횡설수설하면서도 처음으로 사람들 앞에서 인사를 했다.

마치 모두에게 처음 인사하는 것처럼.

"마이, 학교제 실행위원이 됐다며? 잘 됐네, 잘 됐어~. 나나도 같이 다닌다니 좋겠네~. 완전 좋겠다아~."

"유우 선배, 놀리지 마세요……."

오늘은 여름 방학이 끝나고 첫 아르바이트가 있는 날이다.

오랜만이라 뭔가 별다른 일은 없었냐고 물어오기에 학교제에 관해 이야기하니 유우 선배의 텐션이 크게 올라갔다.

눈을 반짝반짝 빛내고, 기분이 좋은지 걸음걸이도 가볍다.

난 오랜만의 아르바이트인데, 생각보다 긴장감이 들지 않는 자신에게 조금 놀라고 있었다.

처음에는 쇼이치 선배의 헬퍼로 여름 방학 동안만 해 달라는 이야기였지만, 감사하게도 괜찮으면 계속해달라는 말을 들었다.

요즘 뉴스에서도 일손 부족이 자주 회자되고 있고, 분명 일할 사람은 조금이라도 확보해 두고 싶은 거겠지. 내가 도움이 될지 어떨지는 모르겠지만.

시험 때는 아르바이트를 쉬어도 괜찮고, 나나미의 존재도 알고 있어서 시프트 같은 것도 유연하게 조정할 수 있게 해 준다고 하니 거절할 이유도 없었다.

수입원은 있으면 있을수록 좋다. 나로서는 더 바랄 것 없는 상황이었다. 또 알바를 구해야 할 필요도 없고.

지금은 주말 낮에만 하고 있지만 조만간 평일 밤에도 하고 싶다는 생각은 있었다. 고용해 준 것에 대한 감사한 마음 때문이기도 하지만, 순수한 호기심 때문이기도 했다.

준비 시간이 끝나면 조금 뒤 개점……. 여름 방학 기간이 아닌 토, 일요일은 처음인데 쉬는 날은 얼마나 붐빌까?

그 부분은 조금 걱정되네.

"참고로 나나는 오늘 안 와? 남친이 알바하는 곳에 놀러 온다든가……?"

완전히 나나미가 마음에 들었는지 유우 선배는 양손 검지를 세우며 그것을 좌우로 흔들었다.

그것이 뭘 의미하는 건지는 모르겠지만, 손가락을 흔들더니 그걸 딱 붙여서 하트 모양으로 만들고는 나한테 들이댄다.

"네, 오후에 와요. 알바가 끝나면 같이 학교제 준비를 하려고요."

"흐에, 실행위원은 고생이네."

"아, 아뇨…… 제가 학교제에 대해 잘 몰라서요. 데이트 겸 필요한 걸 구경하거나 뭘 팔지 먹어보고 결정하자는 얘기가 나왔거든요."

"뭐야, 러브러브 데이트였네."

퉁명스러운 말투와는 달리 유우 선배의 얼굴은 히죽히죽 웃고 있었다.

맞아, 준비를 빙자한 학교제 데이트다. 카페에서 뭘 팔지 함께 조사할 예정이니 100% 노는 것은 아니다.

……조사라고 하면서 이것저것 먹어볼 예정이긴 하지만.

"좋겠다, 좋겠다~. 나도 나나 같은 귀여운 애랑 데이트 하고 싶다아……."

유우 선배는 개점 준비를 하며 부럽다는 듯이 상체를 붕붕 좌우로 흔들었다. 나도 같이 준비하고 있긴 하지만, 역시 스피드는 현저하게 달랐다.

문득 쳐다보니 유우 선배는 몽롱한 표정으로 귀여운 아이와의 데이트를 상상하고 있는 것 같았다. 어? 유우 선배는 여자애를 좋아한다고 했었나?

아니, 여자의 우정은 유사 연애 감정과 비슷하다고 들은 적이 있는데…… 혹시 그런 부류인가?

"유우 선배, 남친은 안 만들고 싶으세요?"

전에 물어봤을 때 때 선배는 남자친구가 없는 나이가 곧 자신의 나이라고 했었다. 그런 의미에서 선배는 남자친구를 원할 거라 생각했는데…….

선배는 양손을 깍지 낀 채 으음…… 하고 복잡한 표정으로 신음했다.

“남친 말이지이. 귀여운 남자라면 만나고 싶어. 아, 얼굴은 딱히 잘생기지 않아도 돼, 그런 건 좀 질렸으니까. 반응이 귀여운 남자가 좋아.”

유우 선배는 수줍은 어조로 말했지만, 꽤 의외의 정보다. 아니, 그 편린은 나나미랑 처음 만났을 때 보여줬었나?

그때도 선배는 귀여운 반응을 보인 나나미를 자기한테 달라고 했었지. 아니 뭐, 나나미는 여자애니까 조금 다를지도 모르지만…….

“하지만 귀여운 여자애와 데이트하고 싶은 마음도 똑같고…… 혹시 나, 귀여우면 양쪽 다 가능한 걸까?”

“뭐죠, 그 새로운 발견 같은 발언은.”

우헤헤헤, 하고 보란 듯이 사악하게 웃은 유우 선배가 나에게 마치 아저씨 같은 리액션을 보여주었다.

“나도 나나랑 놀고 싶다아……. 있지, 다음에 둘이 놀게 해줘. 이상한 짓 안 할게. 절대로 이상한 짓 안 할게.”

“아니, 그렇게까지 강조하면 허락할 수 없어요.”

“쳇…… 그럼 그거, 나도 남친 만들어서 더블데이트하자.

남친이라…… 음…… 새로운 발견도 했으니, 여친을 만들까아?"

뭔가 이상한 고민을 안은 유우 선배를 힐끔 보고 나는 개점 준비를 계속했다. 연신 신음하면서도 준비 순서는 흔들림 없이 완벽한 게 오히려 굉장하네…….

그리고 개점 시각이 되자 잡담 시간도 끝났다. 이날의 아르바이트는…… 그렇게까지 바쁘지는 않았다. 여름 방학에 비하면 손님들은 드문 편이었다.

나나미가 오니까 다행이라고 하면 다행이었다.

그러고 보니 직원으로 나나미랑 만나는 건 처음 아닐까? 예전에는 손님으로 같이 왔던 것뿐이니까.

……새삼스럽게 좀 긴장된다.

내가 그것을 자각한 것과 동시에 딸랑딸랑…… 하는 금속음이 가게 안에 울려 퍼졌다.

안 돼, 일단은 일을 열심히 해야지. 나는 손님에게 늘 하던 인사를 건넸다. 누구인지 확인하기도 전에 입을 열었다. 활기차게…….

하지만 이번에는 그 목소리가 막혀버렸다.

"어섯……?!"

그곳에 있던 사람은 나나미다.

오늘은 조금 어두운 색감의 꽤 헐렁한 오버사이즈 팬츠에 흰 셔츠, 스웨터 같은 아우터를 걸치고 있었다.

좀 쌀쌀해졌으니까…… 그래도 아직 두껍게 입을 정도는 아니었기에 노출과의 적절한 밸런스를 고려한 코디 같았다.

오랜만에 안경을 쓰고 작은 가방을 어깨에 걸치고 있다. 보디백이라는 건가? 그 안경 속의 눈이 생글생글 웃고 있었다.

유쾌한 미소를 띤 나나미에게 나도 냉정하게…… 냉정하게 미소를 지었다.

"어서 오세요, 한 분이신가요?"

"아니요, 3명이에요~."

……셋?

웃는 얼굴을 유지한 채 속으로 물음표를 띄우자, 그 말이 마치 신호가 된 것처럼 다시 문이 열렸다. 딸랑딸랑 소리를 내면서 나타난 것은…… 오토후케 씨와 카모에나이 씨.

이쪽도 엄청나게 웃는 얼굴이다.

오토후케 씨는 원숄더에 배꼽이 보이는 상의와 딱 달라붙는 바지 차림, 카모에나이 씨는 하늘거리는 오프 숄더에 반바지다. ……춥지 않을까?

"……어서 오세요."

"어서 왔습니다~"

세 사람 모두 한목소리로 나의 어서 오세요, 라는 말에 화답해 왔다. 완전히 방심하고 있었다. 설마 셋이 올 줄은 몰랐는데.

“세 분이시군요, 알겠습니다. 자리로 안내하겠습니다.”

나는 놀란 마음을 최대한 표정에 드러내지 않기 위해 애쓰면서 그녀들을 자리로 안내했다. 세 사람 모두 “오오……” 하는 감탄 섞인 소리를 내고 있다.

“이쪽 자리에 앉으세요.”

“네에~.”

세 사람을 창가 자리로 안내하고 뒤로 돌아와 물을 준비하고 있자…… 유우 선배가 테이블을 보면서 작은 소리로 말을 걸어왔다.

“마이…… 뭐야, 저 엄청 귀엽고 야한 갸루 군단은. 어깨가 완전히 다 드러나 있잖아…… 와아, 굉장해…….”

“남의 여친이랑 그 친구들을 야하다는 말로 묶지 마세요, 선배.”

“아니, 하지만…… 와아…… 안경 쓴 나나 귀여워! 뭐야, 저거…… 끝내준다!”

선배는 안경 쓴 나나미에게 집착하고 있었다. 개인적으로는 나나미 이외의 두 사람에게 흥미를 보였으면 좋겠는데……라는 조금 불손한 생각을 하고 만다.

아니, 아까 그 말을 들으니까 안심이 안 돼서…….

“혼자였던 마이한테 이렇게나 친구가 생기다니, 이 엄마는 기쁘구나…….”

"뭐죠? 그 연극은……."

우는 흉내를 내면서 재밌다는 듯이 웃고 있는 선배. 하지만 유우 선배와 만난 것은 여름 방학 이후부터니까 그렇게 오래 알고 지낸 것도 아닌데. 나는 어이없다는 얼굴을 했다.

그보다 이 상황, 혹시 의외로 귀찮은 상황 아닐까? 밖에서 3명, 안에서 1명…… 저마다가 나를 보며 웃고 있는데…….

일단 우는 흉내를 내는 선배는 그대로 놔두고 나는 평소대로 일을 하기 위해 나나미 곁으로 갔다.

"오래 기다리셨습니다. 주문은 다 결정하셨는지……."

메뉴판과 눈싸움을 벌이고 있는 세 사람에게 물을 건네주고 평소와 같은 접객을 하자, 세 사람이 감탄한 얼굴로 나를 바라보았다.

"뭐야, 제대로 접객하고 있잖아."

"맞아, 미스마이는 의외로 뭐든 요령 있게 해내는 스타일인가~?"

오오, 칭찬받았다. 칭찬은 기쁘지만, 이럴 때는 어떤 반응을 하면 좋을까. 아르바이트하는 곳에 친구가 왔을 때……. 어떻게 대해야 하지……?

예상외의 일이 벌어졌을 때 바로 몸이 굳는다는 건 응용력이 없다는 뜻이겠지. 이런 부분에서 내가 레벨이 낮다는 사실을 실감했다.

학교제 실행위원을 하면서 이런 쪽의 약점을 극복해 나가고 싶다.

“아니, 필사적으로 하는 거야…….”

그렇게 대답하는 것이 고작이었다. 일하는 중이니까 너무 수다를 떨면 안 되겠지만, 아무런 말을 안 하는 것도 쌀쌀맞아 보일 테니까.

근데…… 나나미가 아무 말도 안 하네?

두 사람도 그 사실을 눈치챘는지 메뉴판에서 시선을 떼고 나나미를 응시했다. 나나미는 메뉴에 시선을 두면서도 나를 힐끔힐끔 쳐다보고 있었다.

흐음?

“왜 그래, 나나미?”

“아니, 그…….”

나나미는 마치 숨는 것처럼 파묻힌 채 들여다보던 메뉴판을 테이블에 올려두더니, 눈을 감고 크게 심호흡했다.

그리고 내 쪽을 보면서 마치 무언가를 견디는 것처럼 두 손으로 자기 뺨을 누른다.

“앞치마를 입고 일하는 요신이 귀엽고 멋있어서…….”

“어…… 음…… 그, 고마워…….”

설마 시간차를 두고 그런 말을 들을 줄은 몰랐던 나는, 그렇게 대답하는 것이 고작이었다.

◇◇◇◇◇◇◇◇◇◇◇

학교제 준비는 순식간에 진행되었다. 실행위원 일은 생각보다 더 힘들었지만, 주위 사람들의 도움을 받으면서 어떻게든 해 나갈 수 있었다.

학교에 낼 제출물, 안전 대책, 음식 관련, 재료 준비, 메뉴 결정 등등 평소에는 하지 않는 일을 하는 것은 정신적으로도 소모가 컸다.

정신적인 피로는 나나미와 서로 위로하면서 준비를 진행해 나갔다.

"그러면 오늘은 학교제의 메뉴 시식회를 진행하겠습니다."

내 선언으로 교실에 남아 있던 아이들이 짝짝 박수를 보냈다. 선언한 대로 오늘은 방과 후에 메뉴 시식회를 할 예정이었다.

우리가 배정받은 교실은 비교적 넓은 빈 교실인데, 전에 나나미와 서로 껴안고 있던 그 교실이다. 이 무슨 우연인지.

이곳저곳에 학교제 장식이 되어 있어 준비의 진행 상태를 보여주고 있었다.

"오, 이거 맛있다. 집에서도 할 수 있겠는데."

"응, 응. 간단하고 좋지?"

"나는 이건 좀 별로야……."

여기저기서 소감이 들려왔다. 대체로 호평인 것 같아 다행이다…….

"그래그래, 준비가 순조로운 것 같아 다행이네. 이거 맥주가 당기는걸."

선생님도 함께 있다. 학교제에 술은 내놓을 수 없었기에 주스뿐이었지만.

우리가 카페에서 팔 메인 메뉴는 팝콘이다.

우리 학교제는 불을 쓸 수 없지만 핫 플레이트 같은 것은 사용할 수 있다. 하지만 만들 수 있는 메뉴는 한정되어 있었고, 만에 하나라도 식중독 같은 사태는 일어나면 안 된다.

신고나 식중독 문제를 내지 않기 위해 학교에서 엄격한 지도를 받고, 나아가 메뉴의 심사도 진행된다.

게다가 다른 반과 겹쳐서 메뉴를 변경하게 되는 케이스도 있었다. 그런 여러 가지 단계를 클리어하고 겨우 도달한 것이 팝콘이었다.

"팝콘은 뭔가 옛날에 유행하지 않았었나?"

"생쥐 테마파크에서는 단골이라더라. 가본 적은 없지만."

"유행이랑 상관없이 영화관에 가면 나도 모르게 먹게 돼."

다들 다양하게 맛에 변화를 준 팝콘을 시식하며 소감을 말한다. 소금, 캐러멜, 버터, 콘소메, 카레, 초콜릿, 간장…….

갓 만든 팝콘에 맛은 나중에 내는 것이니 식중독 걱정도

줄일 수 있다. 나도 할 수 있을 정도니까 그렇게 어렵지도 않고.

"요신, 좋은 아이디어를 떠올렸네."

"그게 완전한 내 공은 아니지만 말이야. 바론 씨한테도 도움을 받았고."

맞아. 이번에는 바론 씨가 학교제 준비를 도와주었다. 주로 계획이나 사전 준비 부분에서.

처음부터 그럴 생각이었던 것은 아닌데, 학교제의 위원이 되었다는 사실을 전하자 아무렇지도 않게 그런 제안을 받은 것이다. '괜찮다면 계획 세우는 걸 좀 도와줄까?' 하고.

처음에는 망설였지만, 중학교와 고등학교 1학년 때까지 제대로 된 청춘을 보내지 않았으니 모두에게 폐를 끼칠지도 모른다는 생각에 도움을 받기로 했다.

『그 캐니언 군이 이렇게 훌륭하게 크다니…… 이 아저씨는 기쁘다.』

뭔가 유우 선배랑 비슷한 말을 들어 버렸다. 그보다 그 표현, 유행하고 있는 건가?

팝콘만 있으면 좀 질릴 것 같아서 그 밖에도 와플이나 완성된 과자 같은 것도 함께 장식해서 사진을 찍기에도 좋게 제공한다.

핫 플레이트로 만들 수 있는 요리도 더 생각했는데, 너무 많아져도 대응하기 어렵고 힘들 것 같아서 이번에는 그만뒀다.

학교제는 어디까지나 축제다. 즐겨야 한다. 다행히도 우리 학교는 학교제의 행사들에 순위를 매기거나 하지는 않는다.

아, 나도 팝콘을 먹어볼까? 근처에 있던 팝콘을 손에 들어 입에 가져갔다. 응, 맛있네.

팝콘도 엄청나게 오랜만에 먹는 것 같은…… 아니, 먹어본 적 있었나? 아무리 그래도 있겠지.

"나도 먹어야지. 아~, 오랜만이다. 캐러멜 맛있어~."

"나나미는 캐러멜 맛이 좋아?"

"으음, 달콤한 건 대체로 다 좋아해. 너무 많이 먹으면 바로 살찌겠지만……. 가슴 쪽도 계속 커지고……."

"……그건 힘들겠네."

아니, 힘들다고 해도 되나? 훌륭하다고 말하는 것도 뭔가 이상하니까, 아마 이렇게 대답하는 게 맞는 거겠지.

나나미는 마지막 가슴 이야기는 내게만 들릴 작은 목소리로 중얼거렸다. 귓가에 가까이 오지 않은 건 분명 교실이기 때문이겠지.

방과 후 학교에서 다 같이 모여서 왁자지껄 떠들며 뭔가를 먹는 건 조금 이상한 기분이었다.

기분이 들뜬다고나 할까? 축제 준비라는 건 이런 느낌이구나.

"그러고 보니 첫 데이트에서 영화 보러 갔을 때, 팝콘은 안 샀었지?"

"아, 듣고 보니 그랬네. 그때 우리 음료수도 안 샀었지?"

"그게, 첫 데이트라서 긴장했으니까……."

"나도 긴장했어. 다음에 갈 때는 뭔가 사 먹어볼까?"

나나미는 좋은 생각이라면서 팝콘을 입으로 가져갔다. 단것을 먹은 후라 짠 것이 먹고 싶은 것인지 이번에는 콘소메 맛을 먹고 있다.

모두에게 좋은 반응을 받아서 다행이다.

나나미가 팝콘을 손에 들고 무언가 중얼거렸다.

"다음에 요신 방에서 같이 영화 볼 때 준비해 볼까?"

"오, 그것도 재밌겠다."

확실히 방에서 같이 영화를 본 적은 없었다. 근데 방에서 같이 영화를 본다고 하면 방의 불은 어떻게 해야 하지?

역시 깜깜하게 하는 편이 좋을까? 집에서 영화 볼 때 불은 안 끄지만.

"으음…… 자, 요신. 이 맛은 어때? 아 해 봐."

"음?!"

영화 화제로 살짝 쑥스러워하던 나나미가 그 민망함을 얼버무리기 위해 팝콘을 손으로 집어 내게 먹여주려 했다.

이 향기는, 카레맛인가? 특이한 팝콘이다.

나나미가 먹여주는 건 처음이 아니니까 괜찮은데, 문제

는 거리다. 나와 나나미의 거리가 아니라, 음식과 나나미의 손가락 사이의 거리를 말하는 것이다.

팝콘은 손가락으로 직접 집는다.

그것을 먹여주려면……. 아니, 그래도 거절하면 나나미가 충격받겠지. 응, 그냥 받아먹자.

나는 나나미의 손가락에서 팝콘을 입으로 받아먹었다. 역시 나나미도 내 입속에 손가락을 집어넣지는 않았지만, 그래도 내 입술이 나나미의 손가락에 닿았다.

작은 소리와 함께 내 안에 팝콘이 들어왔다.

카레맛 팝콘이 묘하게 달콤하게 느껴졌다. 나나미는 자기도 하고 싶다는 듯이 팝콘이 든 용기를 내밀었고…….

결국 제삼자에게 저지당하고 말았다.

"너희, 적당히 해라……."

옆에서 그런 목소리가 들려와 나도 나나미도 흠칫 놀라 그쪽으로 시선을 돌렸다. 그곳에는 숨을 죽인 채 우리들을 지켜보는 반 아이들의 모습이 보였다.

여자들은 볼을 물들이고 무척 진지한 표정으로 우리들을 응시하고 있었다. 개중에는 두 눈을 가린 채 그 틈 사이로 보고 있는 사람도 있었다.

남자들은 황당함과 질투, 분노 등 여러 감정이 담긴 시선을 나에게 보내고 있었다. 오로지 나에게만.

선생님도 어이없다는 얼굴을 하고 있다.

"하츠미, 저 두 사람은 평소에도 저래?"

"음, 뭐…… 그렇지. 저게 보통이야. 위험할 땐 더 위험하지만."

"얘기는 들었지만 설마 이 정도일 줄은……. 완전히 둘 다 푹 빠졌잖아……."

"심지어 저 상태에서도 아직 선을 안 넘었다니……."

"아니, 그건 거짓말이겠지……. 거짓말이지?"

오토후케 씨, 카모에나이 씨, 자세한 설명을 할 게 아니라 좀 도와줘. 아니아니아니, 거짓말 아니거든. 우리 아직 아무것도 안 했다고.

오토후케 씨 일행 주위로 우리들의 이야기에 관심을 가진 아이들이 와글와글 몰려들었다. 그런 건 본인에게…… 아니, 물어봐도 곤란한가.

누구야, 지금 팝콘 안주로 딱이라고 말한 사람. 보통 거기서는 술안주라고 해야 하는 거 아니야? 미성년자라서 못 마시지만.

엄청나게 민망한 상황이지만 나로서는 어떻게 할 수도 없는 상황이었다. 여기서는 차라리 다시 시작하는 게 낫지 않을까.

"그럼, 나나미. 자, 아 해."

"계속하는 거야?!"

"뭔가 매듭을 짓지 않으면 수습이 안 될 것 같아서……."

"그런 건 신경 안 써도 돼!"

아니, 뭐 그렇긴 하지만. 나도 수치심에 좀 혼란스러워진 모양이다. 평소 같으면 절대 이런 짓은 안 했을 텐데.

미묘한 시식회가 되어 버렸네……. 뭐, 사진 같은 걸 찍히진 않았으니 그나마 다행이지만…….

"나나미, 아까 둘이 꽁냥거리던 사진 올려도 돼?"

"절대 안 돼!"

결국 찍었구나. 나도 그것만큼은 사양하고 싶다.

나나미는 여자애들 무리로 돌격하더니, 꺅꺅거리며 스마트폰을 향해 오는 그녀들과 알 수 없는 몸싸움을 벌이기 시작했다. 이럴 때 남자는 끼어들지 않는 편이 좋겠지.

아, 오토후케 씨와 카모에나이 씨도 조용히 관전하고 있다. 뭔가 엄마 같은 자애로운 눈빛으로 나나미를 바라보는 것 같긴 한데.

"나나미가, 나나미가 남친 때문에 여자애들이랑 싸우고 있어……!"

"성장했구나……! 이 언니는 기뻐……."

보란 듯이 손수건을 눈가에 얹고 두 사람 다 우는 흉내를 내고 있다. 잠깐, 역시 그 표현 유행하는 거야? 우연의 일치야?

"어휴! 오늘은 이거 말고도 할 게 있잖아! 의상 입어볼 거 아냐?!"

홍당무처럼 새빨개진 나나미가 여자애들의 중심에서 소리쳤다.

나나미의 목소리에 모두가 그제야 떠올랐다는 듯 놀란 표정을 짓는다. 그랬었지, 참. 완전히 잊고 있었는데, 오늘은 시식회도 하고 의상도 임시로 입어보기로 했었다.

의상은 개인적으로 가지고 있는 사람은 그걸로, 없는 사람은 학교제 비용으로 구매하거나 만드는 식으로 각자 준비했다.

이번에 우리는 코스프레 카페를 한다. 다양한 의상을 준비하여 화려하게 모두를 맞이할 예정이었다.

테마를 결정해도 좋았겠지만, 코스프레는 코스프레대로 하나의 테마라고 생각한 것이다. 제대로 된 가게라면 테마를 따로 정하는 편이 좋겠지만 말이다.

여럿이서 시끌벅적하게 즐기는 것뿐이라면 분명 이것만으로도 충분하다. 아, 하지만…… 곧 핼러윈이라 장식으로 그런 요소를 좀 넣기는 했다.

"그럼 일단 여자애들 먼저 갈아입고 올게. 요신, 기대해."

"응, 다녀와."

몸을 일으킨 나나미에게 이끌리듯 여자애들이 탈의실로 이동했다. 학교제가 가까워서 그런지 장식된 복도가 열린 문틈 사이로 살짝 엿보였다.

그럼 나나미가 돌아오기 전까지 뭘 하면 좋을까…… 그

렇게 고민하고 있는데 내 옆에 남자아이 한 명이 털썩 앉았다.

켄부치다. 응, 바로 얼마 전이라 나도 이름을 기억하고 있다.

"어? 켄부치 군. 무슨 일이야?"

"미스마이, 고마워."

옆에 앉자마자 켄부치는 나를 향해 감사의 말을 던졌다. 딱히 감사를 받을 만한 일은 안 했는데?

당황스러움이 담긴 내 표정을 읽은 것인지, 켄부치가 손에 든 팝콘을 먹으면서 말을 이어갔다.

"처음부터 내 의견에 찬성해 주고, 실행위원까지 맡아줬잖아."

"아아, 아니야. 별로 대단한 걸 한 것도 아닌데. 그리고 내가 선택해서 한 행동이니까."

앗, 이 말투는 좀 너무 쌀쌀맞았나? 아니, 나로서는 전혀 그럴 생각은 없었는데, 달리 어떻게 말해야 좋을지…….

너무 쌀쌀맞지 않았나 싶어 내심 초조해하는데, 켄부치는 그런 내게 상쾌한 미소를 되돌려주었다.

"그래도 나는 완전 기뻤어. 1학년 때부터 아무와도 안 어울리고 무슨 생각을 하고 있는지 잘 모르겠다는 느낌이었는데, 막상 얘기해 보니까 의외로 재미있네."

작년의 나는 그런 평가였구나. 근데 이건 전혀 반론할

수가 없다. 모든 평가가 다 지당한 말이었다.

"그러니까 학교제, 신나게 즐기자. 모두와 멋진 추억을 만드는 거야!"

그가 나에게 슥 손을 내밀었다. 이렇게 대화하고 손을 내밀어 오는 경우는 처음인데.

하지만 나는 자연스럽게 켄부치가 내민 그 손을 잡았다. 어쩐지 나나미랑 손을 잡았을 때와는 또 다른 긴장감이 들었다.

악수한 손이 묘하게 뜨거운 느낌이었다.

"그러자. 잘 부탁해, 켄부치 군."

"뭔가 서먹하네. 군도 굳이 붙일 필요 없고, 편하게 이름으로 불러줘. 아, 나도 요신이라는 이름으로 불러도 될까?"

"어? 그, 그래, 상관없어……. 으음……."

……이름, 이름이라……. 이름…….

……켄부치의 이름이 뭐였지?

악수한 채로 굳은 내게서 단숨에 폭포수 같은 땀이 훅 뿜어져 나왔다. 켄부치는 내 표정을 읽었는지, 진지한 표정으로 입을 열었다.

"미스마이, 설마…… 1학년부터 같은 반이었던 내 이름을…… 모르는 거야?"

"아, 저기…… 그러니까, 으음……."

나는 결국 변명도 못 하고 고개를 작게 끄덕였다. 어쩔 수 없다. 정말 미안한데, 모르는 걸 안다고 할 순 없잖아.

꽉 쥐고 있던 손을 부들부들 떤 그가 천천히 내게서 손을 떼더니, 그대로 휙 몸을 돌렸다.

"젠장! 미스마이 따위 완전 싫어어어어어어!"

"으에에에에에엑?!"

질주한 그는 반에서 뛰쳐나가버렸다. 악수를 위해 들었던 손은 그대로 갈 곳을 잃은 채 그의 등을 쫓듯 허공에 걸렸다.

친구가 생긴 줄 알았는데, 그 사람은 울면서 뛰쳐나가버렸습니다.

이건 따질 것도 없이 내 잘못이지.

달려갔던 켄부치는 곧바로 돌아왔다. 놀랍게도 언제 울고 있었냐는 듯이 헤실거리는 미소를 지으면서.

어찌나 헤실헤실 웃는지. 돌아온 그는 내게 어깨동무하더니 "뭐, 그럴 수도 있지"라는 소리를 하지 않나, 그러더니 또 금세 내게서 떨어진다.

왜 저렇게 기분이 좋아졌나 했더니, 교실 문이 활짝 열리고 옷을 갈아입으러 나갔던 여자들이 우르르 돌아왔다.

"자, 남자들이여! 코스프레 여자들의 행차다! 길을 열어라!"

이른바 반의 인싸 여자애들이 갖가지 코스프레 차림으로 교실에 들어왔다. 다들 평소에는 학교에서 입을 수 없는 의상이라 그런지 굉장히 들떠 보였다.

복장도 화려하다. 간호사복, 경찰복, 수녀복, 메이드복, 강시 옷, 유치원생 옷……. 각자의 개성이 뚜렷했다.

전에 나나미에게 스티커 사진을 찍을 때 코스프레를 해서 별로 저항감이 없다는 말을 들은 적이 있는데, 다들 무척 자연스러웠다.

애니메이션 코스프레를 한 애들도 있는데, 과도하게 노출한 옷은 거의 없었다. 규정을 사전에 말해 둬서 다행이다. 이 정도면 뭐, 괜찮겠지?

어디 보자, 나나미는?

여자들은 현재 남자들에게 옷을 보여주며 꺅꺅 떠들고 있다. 남자들은 여자애들을 향해 찬사를 보내고 있었다.

하지만 그 안에 나나미가 없다. 자세히 보니 오토후케 씨 일행도 없다. 무슨 일 있나?

"고객님, 무슨 일 있으신가요?"

"으헉?!"

나나미를 찾아 두리번거리던 내 등 뒤에서 누군가가 말

을 걸었다. 대체 누구야?

반 애들을 거의 모르긴 하지만, 들어본 적 없는 깨끗한 허스키 보이스였다.

무심코 뒤를 돌아보자 웬 미남이 날 쳐다보고 있었다.

머리는 하나로 묶고 연미복…… 아니, 턱시도? 둘이 같은 건가? 잘은 모르겠지만 집사 같은 의상 차림이었다.

"으음……?"

미남은 왼손을 가슴 앞에 대고 오른손을 뒤로 돌려 우아하게 고개를 숙였다. 동작이 얼마나 아름다운지, 무심코 넋을 잃고 바라봤을 정도였다.

잠깐만……?

"설마, 오토후케 씨?"

"네. 죄송합니다, 나나미 아가씨는 조금 뒤면 오실 테니 잠시 기다려 주시겠습니까?"

꽃미남이다. 굉장한 미성. 자세도 우아하고, 어지간한 남자보다도 훨씬 멋있는 그 모습에…… 당연하다는 듯이 반 여자애들에게서 새된 비명이 터져 나왔다.

"……엄청 멋있네."

"헤헤, 그렇지? 나도 남장해 본 건 처음인데, 꽤 나쁘지 않네."

내가 칭찬하자 오토후케 씨는 하나로 묶은 머리를 손가락으로 튕기면서 자세를 허물었다.

평소의 상태로 돌아왔지만, 복장이 달라서 그런지 여전히 굉장한 미남자로만 보인다. 사람이 이렇게 달라질 수도 있다니.

그 뒤에서 카모에나이 씨가 불쑥 얼굴을 내밀었다. 오토후케 씨에게 주목하고 있느라 있었을 텐데도 전혀 눈치채지 못했다.

"하츠미가 이 정도의 미남이 될 줄은 몰랐어. 뭐, 하지만 의외로 평소에도 여자애들한테 인기가 많으니까~."

"응? 그런 말은 들은 적 없는데."

"숨은 팬들이 많다는 거지~."

카모에나이 씨의 옷은 하늘거리는 소재로, 가슴팍이 훤히 드러나 가슴골이 다 보이는 섹시한 앞치마 드레스 같았다.

오른쪽으로 앞치마의 매듭을 늘어뜨려서 섹시한데도 어딘가 동화 같은 느낌을 주는……. 뭔가 어디서 본 적 있는 것 같은 의상이다.

"카모에나이 씨, 그 의상은 뭐야?"

"아, 귀엽지~. 이거 예전에 데이트로 갔던 페스티벌에서 언니가 입었던 건데~. 입어보고 싶었거든~."

"잘 어울리네."

카모에나이 씨가 두 팔을 벌리고 빙글빙글 그 자리에서 돌았다. 생각났다. 분명히 이거 디른들(Dirndl)이라는 의상이다. 독일 의상. 인터넷에서 본 적이 있다.

이쪽도 꽤 가슴이 패여 있어서 시선은 끌 것 같았다. 이 둘이 나란히 있으니, 메이드와 집사 콤비처럼 보이기도 했다.

"……나나미는?"

"나나미는 입는 데 좀 시간이 걸려. 반장이랑 같이 올 거야."

그렇게 입기 힘든 의상을 입고 있는 건가? 그보다 입기 힘든 의상이 뭐가 있을까. 모두의 앞에서 너무 노출이 심한 옷은 좀…… 그런 생각을 하고 있는데 드르륵 문이 열리며 시리시즈 씨가 들어왔다.

그 모습에 남자들이 모두 흠칫 놀랐다.

시리시즈 씨는 엄청난 기장을 가진 새빨간 상의에, 역시나 엄청난 기장의 긴 바지를 입고 있었다. 가슴팍에는 겉옷으로 보이는 톱을 두르고 있고 그 외의 부분은 다 드러나 있다.

……소위 말하는 특공복 아닐까? 등에 이상한 한자도 적혀 있고.

마치 오래된 소년 만화에서 튀어나온 듯한 모습이었는데, 웨이브진 머리까지 어우러져서 엄청나게 잘 어울렸다.

나도 그렇지만 다른 남자애들도 다들 얼이 나간 얼굴로 시리시즈 씨를 보고 있었다. 선생님은 "무, 무슨 고민이라도 있는 거니……?!" 하며 당황하고 있었다. 이거, 선생님의 근심이 또 하나 늘어나는 거 아닐까.

잘 어울리기는 하지만 너무나도 의외의 차림에 나 역시 어안이 벙벙했다. 시리시즈 씨는 그대로 잠시 얼굴만 교실 밖으로 내밀었다. 누군가와 이야기하는 것처럼 보였다. 나나미인가?

"……다들 상당히 개성이 넘치는데, 나나미는 무슨 차림을 했어?"

다들 분발했다고 생각하면서, 나는 나나미가 어떤 의상을 입고 있을지 기대했다.

그런 나의 반응을 보고 오토후케 씨와 카모에나이 씨가 사악한 미소를 지었다. 뭐지, 저 미소는……? 나나미는 대체 어떤 모습을…….

"놀라지 마. 나나미는 오늘 한정 바니걸이야!"

바니걸?!

설마 그 바니걸? 토끼 귀가 달린 그거? 아, 아니…… 잠깐만!

오토후케 씨의 말에 주위의 남자들이 일제히 긴장한 것이 분위기로 전해졌다. 이건 위험해…… 나나미를 숨겨야 해!

이 두 사람이 그런 초이스를 한 것은 완전히 예상 밖이었다. 틀림없이 나나미라면 노출이 적은 어른스러운 옷으로 할 줄 알았는데……! 바니걸이 노출이 적다고 볼 수 있나?

아니, 그런 것보다도 그런 차림을 한 나나미라니……?! 보고는 싶지만, 그건 둘이 있을 때 입어줬으면 좋겠어……!

그런 나의 갈등 따위는 상관없다는 듯이, 무심하게도 문은 열렸다.

그곳으로 들어온 나나미는…….

"어……?! 왜 다들 이렇게 주목하고 있는 거야?!"

교실에 들어선 나나미는 흠칫 몸을 떨며 한 발짝 뒤로 물러섰다. 나는 전력으로 달려가 그런 그녀의 모습을 숨기려다가 발을 멈췄다.

"……응?"

"어? 요, 요신 왜 그래? 아, 이거 어때?"

나나미는 내게 보여주듯 한 걸음 내디디며 팔을 펼쳤다.

그녀의 몸은 온통 분홍색이었다. 온몸이 복슬복슬한 원단에 쌓여 있어 피부의 노출은 거의 없었다.

……이거, 토끼 인형옷 아닌가?

"젠자아아아아앙!"

갑자기 교실 안에 울려 퍼지는 목소리. 교실 전체가 울릴 만큼의 한탄이었다. 유리창이 부서지지 않을까 싶은 정도였다.

돌아보니 반 남자아이들 대부분이 책상이나 땅바닥에 쓰러져 통곡하고 있었다. 아무래도 나나미의 모습을 보고 통곡하는 것 같았다.

그렇게 충격적이었나 싶으면서도 나는 남몰래 가슴을 쓸어내렸다.

인형 옷 같은 잠옷 계열의 펑퍼짐한 옷이다. 노출된 곳이라고 하면 손끝과 발끝 그리고 얼굴 정도로 피부는 거의 드러나 있지 않았다.

움직임에 대한 편의성은 고려하지 않았는지 나나미의 신체 라인도 전혀 드러나 있지 않았다. 후드에는 귀가 달려 있어 그것도 사랑스럽다.

"응, 귀여워."

"에헤헤, 다행이다."

나나미는 기쁜 듯이 두 손을 입가에 대며 좋아했다. 응, 귀엽다.

"뭐, 이것도 토끼니까 바니걸은 맞고. 거짓말은 아니지."

"아니, 바라토가 바니를 입었다고 하면 당연히 기대하게 되잖아!"

"모두가 보는 앞에서 그런 걸 입을 리가 없잖아……."

여자와 남자가 거침없는 언쟁을 벌였다. 남자는 기대할 수밖에 없다는 의견에는 조금 동감한다.

하지만 나는 나나미의 몸을 모두에게 보이지 않아 다행이라는 안도감밖에 들지 않았다.

그런데 이렇게 되니 한 가지 궁금한 것이 생겼다. 왜 오늘 한정인 거지?

오토후케 씨는 아까 오늘 한정이라고 했다. 즉 그렇다는 건, 실전인 당일에는 다른 의상을 입는다는 뜻인데…… 어째서?

이건 이거대로 귀여운 것 같은데.

"그럼 지금부터 남자애들도 옷을 갈아입자~!"

그 구령에 맞추듯 남자애들이 여자애들에게 어깨를 딱 잡혔다. 몇몇 아이들은 체념한 듯 눈을 감고 있다.

여자들은 즐거워 보였다. 무척 즐거워 보였다. 여러 가지 의상이나 화장도구를 들고 온다.

사실을 말하자면, 코스프레를 하기로 정해진 뒤 남자애들은 어떻게 하냐는 이야기가 나왔다. 기본적으로 여자가 하면 화려하지만, 남자가 하는 코스프레는 수요가 없을 것이라는 의견도 나온 것이다.

나로서도 내가 코스프레를 하는 의미는 거의 없을 것 같았고, 남자애들은 안 해도 되지 않겠냐는 쪽으로 이야기가 기울었다.

여기에 일부 여자아이들이 반발……이라기보단, 그렇다면 자신들이 원하는 대로 입힐 수 있게 해 달라는 이야기가 된 것이다.

참고로 나나미도 반발했다.

이것은 그 예행연습이다. 뭔가 여자애들 손에 메이드복

이나 이런저런 것들이 보이는데 기분 탓일까. 기분 탓이겠지? 기분 탓이라면 좋겠다.

"자, 요신은 이쪽이야."

"어?"

나도 나나미한테 딱 잡혀 뒤쪽으로 질질 끌려갔다. 반 남자아이가 내 이름을 부르는 소리가 들렸고, 나는 그 목소리를 향해 손을 뻗었다.

하지만 뻗은 손은 허망하게 허공을 휘저었다. 저항할 수 없다는 현실을 받아들인 나는 그 손을 힘없이 축 늘어뜨렸다.

딱히 옷만 갈아입는 거라면 교실에서 하면 되지 않나. 왜 일부러…… 나만 다른 장소로 향하는 거지? 그보다 어디로 가는 거야?

우리 학교에는 공용 여자 탈의실은 있지만 남자 탈의실은 없었던 것 같은데. 설마 여자 탈의실에 갈 리는 없고…….

어라? 이 방향은…… 원래 교실로 가는 건가?

"좋아, 도착했어."

"도착했다니, 교실이잖아."

그래, 여기는 익숙한 우리의 교실이다. 오늘은 학교제 준비로 늦게까지 남아 있었기에 더는 아무도 없었다. 불도 켜지지 않아서 무척 어둡다.

이런 어두운 교실을 보는 것은 처음이다. 뭔가 들어가기 어려운 분위기가 풍기네……. 밤의 학교가 무섭다는 말이 충분히 이해가 갔다.

"그럼 요신, 들어와."

"아, 응……."

나나미는 드르륵 하고 문을 열더니 나를 교실로 밀어 넣었다. 불이 꺼진 한밤중의 교실 안이란 정말 어두웠다. 어디가 내 자리지? 평소와 분위기도 달라서 전혀 모르겠다.

그대로 드르륵, 천천히 문이 닫히는 소리가 났다.

불은 켜지 않았다.

대체 뭐지? 어두컴컴한 상태에서 나나미의 발소리와 옷 스치는 소리가 울렸다.

터벅…… 터벅…… 터벅…… 한 걸음 한 걸음, 천천히 나에게 다가온다. 약간 공포 영화 같은 느낌이다. 나나미는 그대로 내 눈앞에서 멈춰 섰다.

"……나나미, 왜 그래?"

"……."

나나미는 말이 없다. 불도 켜지 않아 교실은 어두웠지만, 창문 너머로 비치는 달빛 덕분에 시야를 확보할 수 있을 정도로는 눈이 익숙해졌다…….

나는 불을 켜자는 한마디도 하지 못한 채, 그저 나나미를 바라만 보고 있었다.

그리고 나나미는…….

입고 있던…… 토끼 인형옷을 벗었다.

"?!"

나나미는 앞에 달린 지퍼를 단번에 내리더니 앞쪽을 기세 좋게 활짝 펼쳤다. 그 빠른 움직임에 나는 시선을 돌리는 것조차 잊고 말았다.

인형옷 아래에는…… 검은 옷이 보였다. 검은 옷이라고 할까…… 뭔가 그…… 본 적 있는 슈트라고 할까…….

그대로 나나미는 천천히, 꼼꼼히 인형옷을 벗어 나갔다. 스르륵 모든 걸 내려두고 옷에서 발을 빼는 모습은 이상한 색기마저 느껴졌다.

얼이 나간 내 앞에서 나나미는 천천히 이동하더니 근처에 있던 자리에서 커다란 머리띠 같은 것을 꺼내 머리에 썼다.

그제야 정신을 차린 나는, 지금 나나미가 입은 복장이 무엇인지를 겨우 이해했다.

이건, 바니걸 복장?

어깨를 대담하게 드러낸 레오타드 스타일의 보디 슈트,

목에 감긴 나비넥타이, 양손에는 커프스, 양발에는 망사 타이츠를 입고 있다…….

어, 어째서……?!

혼란스러워하는 나에게 나나미는 허리에 손을 얹고 조금 비스듬히 서서 포즈를 잡았다.

"어때……?"

"그, 그야……!"

근사한 포즈에 섹시한 복장, 귀여운 나나미의 표정…… 모든 요소가 한꺼번에 포함된 복장이었다.

"너무 귀여워. 섹시함과 아름다움도 느껴져. 근데 왜 그런 차림을……?"

"에헤헤……. 귀여워? 다행이다."

바니걸 차림의 나나미는 그대로 폴짝, 마치 진짜 토끼처럼 가볍게 뛰었다. 그리고 자신의 책상 위에 걸터앉더니 마치 성인 잡지의 모델 같은 포즈를 취했다.

나는 잠시도 눈을 뗄 수 없었다.

"음…… 지금이라면, 사진 찍어도 괜찮아……."

……무슨 서비스지. 그리고 대체 무슨 가게인가. 일단 나는 바로 사진을 찍고 싶은 충동을 억눌렀다.

"아니…… 왜 바니걸이야?"

"요신을 놀라게 해 주려고."

놀랐다, 엄청나게 놀랐다. 근데 고작 그것 때문에?!

뭐라고 말해야 좋을까…… 내가 할 말을 잃고 있는데, 나나미는 그 자세 그대로 설명을 이어갔다.

"……지난번에 요신이 알바하는 곳에 갔었잖아."

"아, 응. 그렇지, 왔었지……."

"그때 나오가 알려줬어. 다 같이 위에는 무난한 옷을 걸치고 그 아래에 섹시하고 귀여운 바니걸 옷을 입고 있다가 당일에 벗었다고."

"뭘 알려주는 거야, 그 사람은?!"

설마 아르바이트하는 곳에 왔을 때 그런 걸 배워갔다니. 그러고 보니 뭔가 대화를 하긴 했는데, 그런 이야기일 줄은 상상도 못 했다.

나나미는 폴짝 책상에서 뛰어내리더니 나에게 스마트폰을 보여주었다.

"봐봐, 나오가 입은 거. 엄청 섹시하지? 바니 카페를 했었대."

스마트폰 속에는 바니걸 차림으로 브이자를 하는 유우 선배의 사진이 담겨 있었다. 물론 섹시하긴 한데, 잘도 이런 걸 학교제에서 하려고 했구나.

"무조건 혼날걸……."

"들켜서 엄청나게 혼났대."

역시나. 그렇겠지.

그런데 왜 그런 위험한 짓을, 나나미는 지금 한 거지……?

아니, 나로서는 굉장히 기쁘지만. 이런 차림의 나나미를 볼 수 있어서 너무 좋지만.

"……요신이 여러 방면에서 열심히 준비했잖아. 이런 모습을 보여주면 상이 되지 않을까 싶어서."

내 생각을 아는지, 나나미는 자기 몸을 손으로 매만지며 나를 향해 시선을 돌렸다.

확실히 좋긴 하지만, 설마 눈앞에서 벗을 줄은 몰랐다. 기쁘긴 하지만.

"그런데 왜 불을 안 켜?"

어둠에는 이제 꽤 익숙해졌지만, 아까부터 나나미는 불이 꺼진 교실에서 나에게 바니걸 차림을 보여주고 있었다.

이런저런 포즈를 취하는 걸 보면 보여주려고는 하는 것 같은데…….

그렇다면 불을 켜는 편이 낫지 않을까?

"그, 그건……."

내 말에 나나미가 갑자기 당황한다. 왜 그러는 걸까 싶어 바라보자, 나나미는 좀 수줍은 얼굴로 내게서 시선을 돌렸다.

"바, 밝은 곳이면…… 너무 잘 보여서 부끄럽잖아……."

……와아, 엄청나게 귀여운 반응. 학교인데 나도 모르게 안아버릴 뻔했다. 분명 그녀의 뺨은 분홍색으로 물들어 있지 않을까.

뭐, 어두워도 달빛으로 어느 정도는 보이니까 이걸로 참자……라고 생각했는데.

달칵.

돌연 그런 소리가 내 귀에 들려왔다. 스위치가 켜지는 무기질적인 소리가.

그리고 세계가 빛에 휩싸였다.

아니, 뭐야 이 중2병 같은 표현은. 누군가가 교실의 불을 켰다.

조금 전까지 어둠 속에 있어 선명하게 보이지 않았던 나나미의 바니걸 차림이 내 눈 안에 정확하게 들어왔다.

그저 밝기만 달라졌을 뿐 나나미의 복장이 아까와 달라진 것은 아니다. 그런데 왜 이렇게 느껴지는 자극이 다를까?

찰나의 틈이 있었지만, 나나미는 이내 두 손으로 자기 몸을 숨기듯이 감쌌다.

"힉……?!"

비명을 지르면 어떻게 될지 알 정도의 냉정함은 남아 있는 것 같지만, 그래도 새빨갛게 달아올라 소리가 되지 못한 비명을 질렀다.

그 모습을 정면에서 본 나는 나나미의 모습을 기억 속에 남겨두고 문 쪽으로 시선을 돌렸다.

"……왜, 불을 안 켜고 있어?"

시리시즈 씨였다. 그녀는 전기 스위치에 손을 얹은 채

나와 나나미의 모습을 보고 굳어 있었다. 나나미도 시리시즈 씨에게 시선을 돌리더니…… 감추고 있던 손을 원래대로 되돌렸다.

"코토하, 무슨 일이야……?"

"너희들이 좀 늦길래 상황을 보러 왔어. 어두워서 없는 줄 알고 킨 건데……."

거기까지 말하고 시리시즈 씨는 깜짝 놀란다.

그리고 나와 나나미를 번갈아 바라본다. 그러고는 무언가를 알아차린 것인지, 미안한 듯 눈썹을 축 늘어뜨리고 한 손을 든 채 머뭇머뭇 입을 열었다.

"호, 혹시, 방해했어? 그…… 교실에서 하려고 한 거야?"

"아냐, 아냐! 하려고 한 적 없어!"

나도 나나미도 똑같이 시리시즈 씨의 말을 부정했다. 아무리 그래도 교실에서 한다니 말도 안 되는 상급 코스다. 그런 짓을 하려고 한 것은 아니다.

끌어안을 뻔하기는 했지만, 이성의 끈은 끊어지지 않았다.

"어? 나나미가 이렇게나 야한 바니걸 차림인데……? 미스마이, 정말로, 정말 아무것도 안 했어? 하려고 안 했어?"

"……아무리 그래도 교실에서는 안 해."

나는 은연중에 교실 이외…… 방이었다면 위험했다는 뜻을 담아 말했지만, 내 말을 믿기 힘든 것인지 시리시즈 씨는 그래도……라며 쉽게 납득하지 않았다.

어째서인지 시리시즈 씨는 "이래도 안 되는 건가?"라는 말까지 꺼내온다. 어? 설마 이 차림에 시리시즈 씨도 조언을 보탰다거나? 유우 선배뿐만이 아니라?

"뭐, 학교에서는 적당히 해 줘. 조금 있으면 돌아온다고 모두에게 말해 둘 테니까."

결국 그녀는 납득한 건지 아닌지 모를 모호한 말을 남기고 떠났다. 나나미가 선명하게 보이도록, 불을 켜 둔 채로.

교실에는 다시 나와 바니걸 차림의 나나미만 남았다.

뭔가 급격히 피곤해졌다……. 나는 적당한 자리에 앉았고, 나나미는 그 옆자리에 앉았다.

나나미는 그대로 책상에 엎드리더니 내 쪽으로 고개를 돌렸다. 바니걸 차림의 나나미가 책상 위에 엎드려 있는 모습이 비현실적으로 느껴졌다.

"……결국 다 보여줘버렸네."

곤란한 듯 눈썹을 찡그린 나나미가 유혹하는 것 같은 요염한 미소를 지었다. 그 미소 지은 얼굴에 나는 아까 나나미의 모습을 선명하게 봤을 때보다 더 큰 두근거림을 느꼈다.

"……당일에는 하지 마."

역시 이런 모습의 나나미를 다른 사람들 눈에…… 아니, 나 말고 다른 남자의 눈에 보여주는 것은 싫다. 독점욕이

나 질투심 같은 감정으로 엉망이 될 것 같았다.

내 말을 들은 나나미의 미소가 조금 달라졌다. 조금 전까지는 고혹적인 미소였는데, 지금은 천진난만하게 기뻐하는 소녀 같은 미소다.

"왜? 질투 나서?"

"당연히 나지. 나 이외의 남자가 그 모습을 보는 건…… 용납이 안 돼."

내 말에 나나미의 미소가 점점 더 깊어졌다. 나는 그 모습을 보고 쓴웃음을 지었다.

"걱정하지 마, 이건 요신한테 보여주고 싶었던 것뿐이니까. 당일에는 다른 걸 입을 거야."

나나미는 다시 일어나 제자리에서 빙글 회전했다. 부끄러움도 사라졌는지 나에게 온몸을 드러낸다.

……의외로 앞쪽보다 뒤쪽이 더 파괴력이 엄청난데? 엉덩이 부근이라든가…….

아니, 안 돼. 참아라, 나.

오늘만이라 다행이다. 만약에 나나미가 이 모습을 실전에서도 보여줄 생각이었다면 나는 전력으로 말렸을 거다. 무슨 짓을 해서라도 막았을 거다.

나나미의 이런 모습은, 나만 알고 있으면 되니까.

"……그런데, 그런 옷은 어디서 가져온 거야?"

"나오한테 빌렸어. 이번 반 애들 의상에도 도움을 많이 줬고.”

그래서 다들 다채로운 의상을 입고 있었던 거구나. 종류도 굉장히 다양하더니만……. 그보다 유우 선배, 왜 그런 의상을 갖고 있는 거지?

“뭔가 ‘미래에 남친이 생겼을 때를 대비해 준비했다’고 하던데? 나오라면 금방 남친이 생길 것 같은데.”

유우 선배도 상당히 취향이 확고한 모양이다. 겉보기엔 뭐든 좋다고 할 것 같은 흑갸루인데.

“그러면 당일엔 어떤 옷을 입으려고?”

“그건 당일이 됐을 때의 즐거움으로 남겨둬. 뭐, 전날에는 알아차리겠지만.”

후후후…… 하고 입 안에서만 작게 웃은 나나미가 크게 몸을 뻗었다. 몸을 늘리자, 몸의 라인이 선명하게 드러나서…… 어쩐지 제정신으로 있기 힘들었다.

“자, 그러면 요신도 갈아입혀 볼까!”

그러고 보니 내 옷은 나나미가 고르기로 했었지.

나는 문득 나나미 말이 생각나서 등골이 오싹해졌다. 아까 ‘의상에도 도움을 줬다’라고…….

“그, 나나미? 혹시나 해서 묻는데, 내 의상을 어떤 옷으로 하려고?”

불길한 예감을 느끼면서도 더듬더듬 떨리는 목소리로 묻는 나의 말에, 나나미는 조금 수줍은 얼굴로 명랑하게 대답했다.

"그건 말이지, 이거야……!"

그것은 좀 큰 사이즈의, 하늘거리는 프릴이 무수하게 붙은 사랑스러운…… 메이드복이었다.

학교제는 준비할 때가 가장 즐겁다는 말을 들은 적이 있는데, 내가 생각해도 그런 것 같다.

작년 학교제 준비보다도 올해는 특히 더 즐거웠다.

그건 역시 요신이 함께라서 그런 거겠지? 나는 혼자서 헤실헤실 미소 지었다.

"어, 나나미, 남편은 어딨어?"

"그이는 필요한 신청서를 내러 갔어. 조금 있으면 돌아올 거야."

"와, 설마 했는데, 이걸 받아주네."

이런 놀림은 이미 익숙한걸. 그보다 오히려 남편이라는 말을 듣는 건 기쁘다. 얼마 전이었다면 민망함에 어쩔 줄 몰라 했을지도 모르지만.

학교제의 준비도 거의 끝나고, 세팅도 완료했고…… 드디어 실전을 하루 앞두고, 방과 후에 반 애들이 모였다.

전부 다 끝났는데 굳이 모여서 무엇을 하느냐 하면…… 바로 전야제다!

전야제라고 해도 학교 주도의 전야제는 아니다. 우리 학교에 전야제는 없다. 있는 것은 후야제뿐이다.

전야제는 각반이 자율적으로 진행한다. 자율이라고 해도, 일단 별도로 신청해야 하지만…….

준비가 늦어진 반은 오늘도 준비 작업을 하고, 제시간에 끝낸 반은 자체 전야제를 할 수 있다.

다른 반도 대부분 전야제를 하고 싶어서 준비를 일찍 끝냈다. 우리 반도 다행히 늦지 않게 시간을 맞출 수 있었다.

"야아, 그건 그렇고 나나미가 입은 옷 야해네. 눈이 즐거워……."

"어디가? 노출도 적고 평범하잖아?"

"봐봐, 가슴이 엄청나게 강조됐잖아. 입체 그림책처럼 튀어나와 있다고. 괘씸하게. 이 언니는 용서 못 한다. 용서할 거지만."

"그림책?!"

나는 손가락에 찔린 가슴을 숨기면서 그대로 몸 전체를 가리듯 몸을 비틀었다. 그 말을 들으니까 괜히 더 신경 쓰이잖아.

그렇게나 야한가?

나는 내 몸을 내려다보았지만 딱히 그렇게 보이지는 않았다. 오히려 노출도 별로 없고, 귀여워서 마음에 들었다. 치마는 짧지만.

지금의 나는 메이드복을 입고 있다. 가장 정석적인 디자인이다. 요신이 마음에 든다고 한 옷이다.

물론 좀…… 앞치마가 가슴 아래로 내려와서 강조된 것처럼 보일지도 모르지만. 그래도 나보다 노출이 심한 메이드복을 고른 애들도 많고, 그게 더 야하지 않나?

"가터벨트가 또 욕망을 자극하지."

"아니, 나는 가터 없는 검은색 스타킹을 포기할 수 없어."

"에이, 흰 스타킹이 더 야하지 않아?"

"니삭스의 절대 영역도……."

뭔가 다들 메이드복…… 아니, 이건 메이드복이 아니라 다리에 관한 이야기다. 왜 그런 남자 같은 이야기를 하는 거지?

"요신은 이게 귀엽다고 했으니까, 나는 이거면 됐어."

"그래, 그래, 남친이 있어서 좋겠네~."

"그거 입고서 할 거야?"

"안 해!"

빌린 옷이라는 말은 차마 할 수 없었다. 마치 빌린 옷이 아니라면 하겠다는 것처럼 들리기 때문이다. 스스로 무덤을 파는 꼴이다.

애초에 처음 할 때는 좀 더 평범한 옷이……. 아니, 이 생각은 여기서 하지 말자.

"……나나미도 변했네."

내가 끙끙거리며 고민하고 있자, 어딘가 절절함이 담긴 중얼거림이 들려왔다. 변했다니, 내가? 나는 그런가 싶어 고개를 갸우뚱했다.

요신이랑 사귀기 시작한 거 말고는 딱히 뭔가 달라졌다는 느낌은 없는데.

"이렇게 남자에 대해 얘기하는 나나미, 얼마 전까지는 상상도 못 했을 일인데 말이야."

"맞아, 맞아. 소개팅에 권유해도 매번 안 왔잖아."

"나나미가 안 오면 대놓고 다들 실망한다니까. 여자의 자존심이 상한다고."

"하츠미랑 아유미의 가드도 굉장했지. 고백할 때는 늘 대기하고 있었고."

"야한 이야기에 관심이 있어 보이는데, 매번 관심 없는 척했지. 새빨갛게 된 건 귀여웠지만 말이야."

차례차례 나오는 과거 나의 평가……를 넘어서서 나도 몰랐던 이야기까지 나오고 있다.

아니, 뭐 남자를 어려워했으니까 어쩔 수 없잖아. 지금은 다소 나아졌지만, 요신 이외의 남자는 여전히 좀…… 그런 느낌이고.

하지만 그렇구나, 나는…… 변했구나.

"전의 내가 좋았어?"

"아니, 지금의 나나미가 더 좋아. 귀엽기도 하고."

새삼스럽게 들은 변했다는 말에 그것이 좋은지 아닌지 스스로 판단할 수 없어 물어보자, 모두에게서 곧바로 그런 대답이 돌아왔다. 그것이 무척 기뻤다.

"그러고 보니 반장은 괜찮은 거야?"

코토하? 왜?

"아, 반장 엄청나게 귀여워졌지. 뭔가 미스마이한테는 마음을 허락하는 느낌이고. 여름 방학에 무슨 일이 있었나?"

"근데 뭔가 무방비해서 보고 있으면 조마조마하지. 그런데 그런 무지라고 할까, 무관심한 점이라고 할까……. 노리는 남자 늘지 않았을까?"

귀여워진 건 동의하지만 왜 요신이 나오지?

"하지만 미스마이가 갸루를 좋아하는 걸 알고 이미지 변신한 거잖아? 관심을 끌려고."

"아, 그런 소문도 있긴 했지."

"뭐?"

뭐야, 그 소문은? 내가 들었던 소문이랑은 좀 다른데? 코토하가 요신의 관심을 끌기 위해 그렇게 꾸몄다니, 그렇게 꾸며준 건 나인데?

솔직히 소문 그 자체에 대해서는 별로 신경 쓰이지 않았고, 아무래도 상관없다는 게 본심이었다.

하지만 그 소문을 들으니, 모두가 어떻게 생각하고 있는지에 대해서는 조금 신경이 쓰였다. 내 평가보다도 요신이 어떤 시선을 받을지가 신경 쓰였다. 이미지가 나빠지는 건 좀 싫은데…….

"요신이 양다리를 걸치고 있다거나 하는 소문은 들은 적 있는데……. 다들 그런 소문은 어떻게 생각해?"

내가 조심스럽게 그 소문을 꺼내자, 전원이 입을 다물고 침묵했다.

시간으로 따지면 몇 초 정도인데, 그 침묵이 조금 무서워서 핏기가 싹 가시는 느낌이 들었다. 하지만…….

다음 순간 모두가 크게 폭소했다.

"어?"

다들 웃고 있다. 하지만 비웃거나 무시하는 느낌은 아니고, 그냥 우스워서 웃는 것 같았다.

왜? 내가 혼란스러워하자 다들 소문에 대한 의견을 말한다.

"뭐야, 나나미. 그런 바보 같은 소문을 신경 쓰고 있었어? 귀엽다니까, 정말~."

"내 말이, 미스마이가 양다리라니, 어딜 어떻게 보면 그런 발상이 나와? 적어도 우리들은 안 믿어. 미스마이가 양다리라니, 그럴 수가 없잖아."

"그보다 그렇게나 나나미에게 찰싹 붙어서 꽁냥거리고 있는데 양다리였다고 하면, 나 남자는 더 이상 못 믿을 것 같아."

"맞아, 내 남친이 양다리 걸쳤을 때랑 전혀 달랐으니까. 아니, 세 다리인가?"

잠깐, 마지막 얘기. 그거 괜찮은 거야?

하지만 아무래도 양다리에 관한 소문에 대해서는 다들 조금도 믿지 않는 것 같았다. 모두가 웃으며 요신이 얼마나 나에게 반해 있는지 제삼자의 시선으로 알려주었다.

……그런 이미지구나, 요신은.

그 말을 들은 나는 기뻤다. 다행이다, 요신을 보는 사람들은 그가 그런 사람이 아니라는 걸 알아줘서. 내 일처럼 기뻤다.

"그러니까 뭐, 그런 거지. 아무리 미스마이가 갸루 취향이라고 해도 반장한테 승산은 없다는 거야."

잠깐, 요신이 갸루 취향이라는 소문은 믿고 있어? 왜?!

"저기, 코토하의 코디는 내가 해준 거야."

"엥, 그랬어? 나나미, 라이벌한테 도움을 주면 어떡해~."

"라이벌이라니, 그런 거 아니야. 코토하는 좋아하는 사람도 따로 있는 것 같고."

짐작이지만……. 어디까지나 내 예상이지만.

내 설명에 다들 눈을 동그랗게 뜨고 있다. 그리고 약간 기대했던 것과는 다른 것을 들은 사람처럼 보이기도 했다.

"뭐야, 삼각관계처럼 흥미진진한 전개일 줄 알았는데, 아니었구나."

"아니야! 진짜 화낸다?"

아무래도 막장 연애 이야기를 다들 좋아하는 모양이었다.

내가 살짝 볼을 부풀리자 다들 꺅꺅대며 겁먹은 척을 했다. 하여간 다들…….

그때 요신이 교실로 돌아왔다.

그 모습을 발견한 나는 그에게 종종걸음으로 다가갔고, 그는 조금 멋쩍은 얼굴로 웃어 보였다.

메이드복 차림으로.

귀엽다……! 귀여워, 요신! 전야제니까 입어서 익숙해지라고 입혔는데, 입히길 정말 잘했다. 정말로 잘했어.

……지금 생각한 건데 잘도 그 차림을 하고 교무실에 다녀왔구나. 옷 갈아입기 귀찮다고 말하긴 했지만.

"남편분, 미안해~. 우리가 잠깐 아내를 빌렸어."

"정말 남편에게 사랑받는구나. 부러워라. 아주 한 쌍의 잉꼬부부야."

"저렇게 달려와주는 아내가 있다니, 남편이 사랑받고 있네~."

어느새 등 뒤로 다가온 모두가 놀리듯이 곁에서 떠들어댄다.

정말, 또 그거야?! 아내라니…… 나는 기쁘지만, 요신을 그런 식으로 놀리는 건 처음 아니야?! 모두를 향해 불평하려는 타이밍에…….

요신에게서 예상치 못한 말이 튀어나왔다.

"아뇨, 저희 아내가 여러분께 신세를 졌네요."

온화하게 또박또박 그렇게 말한 요신과는 정반대로, 공간에 금이 가는 듯한 소리와 함께 시간이 멎은 듯 모두가 그대로 멈춰버렸다.

갑작스러운 요신의 그 대답에 조금 전까지 나를…… 우리를 놀려대던 아이들도 할 말을 잃었다.

그건 나도 마찬가지였다. 이런 말을 할 거라고는 생각도 못 했다. 지금까지도 확실하게 아, 아내라든가, 아내라든가! 그런 단어를 입에 올린 적은 없지 않았어?!

"으흠……."

요신이 난처한 듯 경직된 미소를 지으며 볼을 긁적였다. 그런 말을 해놓고 갑자기 톤이 바뀐다.

"재미없었나? 이렇게 대답하는 게 더 재밌지 않을까 싶어서 한 건데. 역시 사람은 익숙하지 않은 건 하는 게 아닌가 봐."

발언을 잘못했다고 생각한 것인지 그의 뺨은 창피함으로 붉어져 있었다. 둘러대듯 아하하 웃더니 이제는 덥다면서 파닥파닥 옷을 펄럭이고 있다.

나는 어떤 반응을 해야 하는 거지?

"……미스마이, 혹시 4차원?"

"의외로 천연 쪽인가?"

"생각보다 귀여운데? 메이드복 효과인가?"

그 말에 굳어 있던 나는 뒤늦게 정신을 차렸다. 요신을 향한 모두의 평가가 올라간 것까진 좋았지만, 뭔가 답답했다.

답답함을 느낀 나는…….

"요, 요신은 내 거야!"

어째서인지 요신을 끌어안고 모두의 앞에서 내 것이라고 선언해 버렸다.

금세 머리가 식으면서 냉정해졌고, 마치 폭탄이 펑 폭발한 것 같은 감각이 나를 덮쳤다. 이게 무슨 소리야! 무슨 소릴 한 거야?!

주위는 잠시 멍한 얼굴을 했다가, 금세 비정상적으로 후끈 달아올랐다. 심지어 우리들 주위뿐만 아니라 반 전체가 이쪽을 주목하고 있었다.

몸이 움직이지 않아서 움직일 수 있는 것은 목 정도다. 어, 어쩌지.

황급히 사람들과 요신의 얼굴을 번갈아 바라보았다. 사람들은 웃고 있었고, 요신은 쓴웃음을 짓고 있었다.

"괜찮아, 괜찮아, 안 뺏을 테니까. 안심해."

"불안해하는 나나미, 귀여워~."

"아, 그렇게 걱정되면 그거 나가면 되잖아, 그거!"

"그거? 그게 뭔데?"

"그거, 학교제의 베스트 커플 콘테스트! 거기 나가서 모두의 앞에서 키스하면 이상한 소문도 한 번에 사라지겠지."

"어떻게 해 그런 걸?!"

입술을 내밀며 나를 끌어안아 오는 반 아이들을 제압하며 나는 전교생 앞에서 요신과 키스하는 자신을 떠올렸다.

……아니, 무리다. 그리고 역시 혼날 것 같다.

"자자, 애들아. 나나미가 곤란하니까, 그 정도만 해."

소란을 들었는지 하츠미가 뒤에서 모두를 끌고 갔다. 집사 차림으로 여자들에게 둘러싸여 환호받고 있었는데, 이제야 풀려난 모양이다.

아유미는 아유미대로, 남자들에게 여자로서 보여야 할 행동거지를 실제 예시와 함께 아직도 설파하고 있었다.

남자 대부분이 여장을 당했다. 어울리는 남자, 어울리지 않는 남자, 정색한 남자, 부끄러워하는 남자 등, 반응은 다양하지만, 모두가 아유미를 잡아먹을 듯이 쳐다보고 있었다.

아마 디른들을 입고 있어 다른 의미로 열심히 보는 것 같기도 하지만. 아유미는 기본적으로 슈우 씨 이외에는 시선을 받아도 전혀 개의치 않으니까…….

"그럼 이제 전야제를 시작해 볼까?"

화제를 바꾸는 듯한 요신의 말에 나는 그와 함께 칠판 앞에 섰다. 드디어 전야제구나. 기대된다.

"미스마이, 건배사 좀 해줘."

"엑, 그 어려운 걸?"

갑자기 나온 장난 섞인 요청에 요신은 헛기침을 한 번 하고는, 조금 수줍어하면서도 말을 시작했다.

"……아, 다들, 요 며칠간 준비하느라 고생 많았어. 난 이런 걸 해 본 적이 없어서 매우 서투른 위원이었지만, 너희 모두의 노력 덕분에 여기까지 준비할 수 있었고……."

"너무 딱딱하다! 왜 이렇게 진지해!"

그런 태클에, 주위에서 웃음이 터져 나왔다. 듣고 보니 좀 딱딱했구나 싶어 나도 조금 쓴웃음을 지었다. 요신은 어쩐지 즐거운 얼굴로 웃고 있었다.

"……솔직히 말하자면, 나는 반에 전혀 적응하지 못했어. 계속 혼자였고, 그런데도 그걸 딱히 외롭다고 생각하진 않았어."

주위의 공기가 조금 달라졌다.

"그런 내가 나나미랑 만나서 여러 가지 것들을 경험하고, 계기는 그…… 좀 이상할 수도 있지만, 반의 모두와 함께 학교생활을 즐기고 싶다고 생각하게 됐어."

한마디 한마디, 마치 소중한 것을 실어 나르듯이 말을 고른다.

"그동안 계속 무관심하게 보내왔지만, 이 학교제를 통해서 반의 모두와 대화하면서, 조금이나마 가까워졌다면 기쁠 것 같아."

조금 눈물이 날 것 같았다. 하지만 울진 않았다. 아직 전야제니까.

"내, 내일 있을 실전도 다 함께 즐기자, 건배!"

그의 건배사 이후 한 박자 늦게 모두가 건배를 외쳤다. 그대로 마시는 줄 알았더니, 다들 마치 짠 것처럼 종이컵을 책상 위에 내려두고 박수를 보냈다.

요신은 쑥스러운 얼굴로 연신 고개를 숙였다. 나도 함께 모두에게 인사했다.

"결국 바라토와의 연애 자랑이냐! 부럽다!"

"메이드복 입고 멋진 대사 날리지 마라! 어색하다!"

"왜 얼굴은 미묘하게 잘 어울리는 건데!"

또 놀림조의 말이 날아오고, 웃음이 터졌다. 나는 그 목소리에 화답하듯 짓궂은 미소를 지으며 요신의 팔에 달라붙었다.

또 환호성이 터졌고, 요신은 마치 그것을 예상했던 사람처럼 입을 열었다.

"여친이니까!"

그의 말에 또다시 젠장! 하는 외침이 들려왔다. 그것이 신호가 된 것처럼 전야제가 시작되었다.

모두가 왁자지껄 떠들며 즐기는 와중, 나와 요신은 둘이 모두가 보이는 자리에 앉았다.

"요신, 수고했어. 건배~."

"나나미도 수고 많았어, 건배."

다시 한번 건배하고 모두를 바라보았다. 고생 많았다며 서로서로 위로하는 가운데 요신이 불쑥 중얼거렸다.

"즐거웠다."

진심으로 튀어나온 그 말을 듣고, 나는 마음속이 따뜻해지는 것을 느꼈다.

"실전은 내일인데~? 벌써 끝난 것처럼 말하기에는 좀 이르지 않아?"

"그렇긴 한데, 이런 학교 행사에 참여한 게 거의 처음이라서. 정말 진심으로 즐거웠어."

나나미 덕분이야. 고마워…….

그 말을 듣고 나도 모르게 그에게 달라붙었다. 교실 안이 아니었다면 키스했을지도 모를 정만큼 기뻤다. 볼에 할 뻔하다가 참았다.

그 타이밍에 나와 요신의 앞에 그림자 하나가 드리웠다.

묘하게 요염한 분위기를 풍기는 불량 학생 코스프레 차림의 코토하였다.

주위가 시끌벅적한 와중, 코토하는 조금 주저하면서 우리에게만 들리는 작은 목소리로 이렇게 말했다.

"……두 사람에게 상담하고 싶은 게 있어. 내일 일에 관해. 괜찮을까?"

그 말을 듣고 나와 요신은 한목소리로 대답했다.

""물론이지.""

소풍 전날에 설레서 잠을 설친 경험이 다들 한 번쯤은 있다고 하는데, 부끄럽게도 나는 그런 경험을 한 기억이 전혀 없다.

나나미와의 데이트 전날 긴장해서 잠을 설친 적은 있었지만, 학교 행사가 기대돼서 잠을 설친 적은 없다.

그런 내가 설마 전날 잠을 설치다니.

잠이 오지 않아 나나미에게 전화라도 해볼까 생각했지만, 깨우면 미안했기에 그만두었다. 그래서 날이 밝았는데도 졸음이 가시지를 않았다.

"잠이 안 왔으면 연락하지. 자장가라도 불러줬을 텐데."

나나미한테 그런 말을 들었다. 자장가라니, 아이도 아니고 아기 취급? 아니, 하지만 한번 들어보고 싶기도 한데……. 응, 좋지만 그만두자.

오늘은 드디어 학교제 당일이다. 교장 선생님의 개최 인사말도 끝났고, 준비도 완벽하다. 모두가 기합을 넣고 옷을 갈아입었다.

학교제는 이틀 동안 열리고, 내일은 후야제까지 있다.

후야제에는 실행위원 주최로 이벤트를 한다고 한다. 1학년 때는 바로 돌아가서 게임을 했었는데…… 올해는 아마 후야제까지 있겠지.

"이제 시작이구나, 기대된다! 힘내자, 요신!"

"그래, 힘내자."

두 손을 꼭 잡고 기합을 넣는 나나미의 모습을 나는 다시 한번 찬찬히 바라보았다.

나나미는 가슴이 유독 강조된, 프릴이 잔뜩 달린 미니스커트 메이드복을 입고 있었다. 앞치마 드레스가 가슴 밑에서 뚝 끊긴 채 커다란 두 개의 동그라미가 주장하듯 튀어나와 있었다.

치마 길이도 짧았고, 가터벨트가 나와 검은색 니삭스 같은 스타킹을 받쳐주고 있었다. 머리에는 헤드 드레스를 착용하고 있다.

노출은 바니걸보다 적지만, 섹시함은 별로 다르지 않았다. 사람에 따라서는 메이드복이 더 야하다고 할지도 모른다.

나로서는 좀 더 싸매야 하는 게 아니냐고 제안했지만, 그러면 귀엽지 않다는 이유로 기각되었다. 역시 여자가 말하는 귀여움이란 남자가 느끼는 섹시함인 걸까.

남자애들에게는 좋은 일이겠지만.

"조금 후에 종소리가 울리면 모의점이 개최될 거야. 안전에 충분히 주의하면서 학교제를 만끽해 줘!"

내 말에 모두가 화답해 주었다. 그나저나 이렇게 보니까 여장남자도 남장여자도 꽤 있다. 아니, 남자는 거의 여장이니까…… 겉모습으로만 따지면 남자의 수가 적었다.

지금은 전원이 이곳에 있지만 모두가 동시에 접객하는 게 아니라 교대제다. 시프트도 짰고, 개점과 동시에 몇 명은 다른 모의점에 갈 예정이었다.

참고로 나와 나나미는 시프트를 똑같이 맞췄다. 처음에는 사적인 감정을 개입시키는 건 좋지 않을까 생각했는데, 반대로 모두에게서 그냥 같이 있으라는 말을 들어버렸다.

그래서 그 부분은 모두의 호의를 감사히 받기로 했다.

"그건 그렇고, 여장해도 미스마이는 미스마이구나……."

"이럴 땐 여장을 하면 여자아이랑 헷갈릴 정도로 귀여워지는 게 정석인데 말이야."

"그럴 리가 없잖아……. 그보다 그건 너희도 마찬가지 아니야?"

그건 그렇지, 하며 나를 찬찬히 뜯어보던 남자애들이 으하하 웃었다. 참고로 다들 여장을 하고 있었고, 차이나 옷이나 세일러복 같은 것을 입고 있었다.

그 와중에도 꽃미남 녀석들은 꽤 잘 어울렸다. 카모에나이 씨의 강습 덕분인지 행동거지까지 여성스럽다.

나를 놀리기 위해 온 남자애들도 나보다는 더 잘 어울리는 것 같은데?

"에이, 아니야. 내가 보기엔 요신이 제일 귀여운데?"
불쑥 내 뒤에서 얼굴을 내민 나나미의 말에, 다들 팔이 안으로 굽는 것이라며 웃고 넘겨버렸다. 나나미에게는 미안하지만, 그건 나도 동의…….
거기서 끝나는 줄 알았더니, 나나미의 열띤 발표가 시작되었다.
"다들 잘 봐, 요신이 입은 메이드복은 클래식한 걸로 했어. 거기에는 몇 가지 이유가 있는데, 궁금하지 않아?"
조용하지만 또렷한 그 목소리에 모두가 숨을 삼키고 집중했다. 나나미는 나의 온몸을 더듬듯이 만지며 지금 내가 입은 복장을 설명했다.
"요신은 몸매가 비교적 단단하니까, 그 부분이 눈에 띄지 않게 옷은 조금 크게…… 어깨를 가리고 허리는 꽉 조이는 걸 써서 실루엣을 여성적으로 만들었어."
나나미의 말에 남자들이 자기 허리와 어깨를 만져본다. 그리고 자기 몸을 내려다보며 몇몇은 아쉬운 듯 입술을 깨문다. ……아니, 왜?
아쉬워하는 그들을 본 뒤에도 나나미의 독백은 멈추지 않았다.
"그리고 목둘레를 감춰서 목젖이 보이지 않게 했지. 의외로 목이 남자랑 여자랑 상당히 다르더라고. 거기에 더해 흰 장갑으로 청초함을 올리고 동시에 손을 가린다……."

몇몇 남자들이 자기 목을 탁 가리거나 자신의 드러난 팔을 보며 절망적인 표정을 짓고 있었다.

잠깐만, 다들 왜 그렇게 속상해하는 거야.

뭔가 나를 향한 시선이 달라지지 않았나? 조금 전까지는 재밌어하더니, 지금은 살짝 질투가 섞인 것 같은데?

"하이라이트는…… 이 얼굴. 다들 눈치챘어? 요신의 이 사랑스러운 얼굴을 사랑스럽게 만들고 있는 것이 뭔지……."

"……설마!"

연극적인 몸짓으로 나나미가 검지를 휙휙 좌우로 흔들었다.

학교제…… 켄부치의 말처럼 무대로 해도 괜찮았을지도 모른다. 이미 늦었지만.

"그래, 요신한테는 내가 화장을 해 줬어! 눈매는 부드러워지게, 최대한 사랑스럽게 내추럴한 메이크업을 하고, 마무리로는 검은색 가발을 씌웠지!"

내 여자친구, 완전히 상황극에 푹 빠졌다.

근데 그게 그런 거였구나. 갑자기 화장한다고 해서 뭔가 했는데.

그리고 지금 내추럴이라고 했어? 어? 그렇게나 이것저것 엄청나게 발랐는데, 내추럴 메이크업이라고 하는 거야? 이게?

너무 발라대기에 두껍게 칠한 프라모델 도장이 이런 느

낌이 아닐까, 생각했을 정도인데.

잠깐…… 몇 명이 쓰러져 있다.

"그걸 근거로 보면, 어때? 요신이 제일 귀엽지 않아?"

모든 것을 다 말하고 만족했는지, 나나미는 내 양어깨에 살며시 손을 얹고 자기 얼굴을 내 얼굴 옆으로 가져왔다. 나나미가 뿌듯하게 웃고 있는 것이 분위기로 전해졌다.

그것은 마치 소임을 마친 장인이 자기 작품을 자랑하는 것 같았다.

그런 나나미의 말에 이끌리듯 남자애들의 시선이 나에게 다시 쏟아졌다. 그것은 마치 무엇인가를 읽어내려고 하는…… 관찰하는 시선이었다.

"……확실히, 그렇다고 하니까 그럴지도?"

"응, 귀엽다고 하니까 확실히……?"

"이건 이거대로…… 가능하겠어. 미스마이인데."

그만해, 다들, 정신 차려! 딱히 귀엽지 않으니까! 아마 분위기에 휩쓸려서 그런 것뿐이야!

내가 약간의 공포심을 느끼고 있는데, 모두의 등 뒤에서 누군가가 머리를 때려왔다.

때린 것은 오토후케 씨였다.

"다들, 그만 놀아. 슬슬 시작이야."

집사 차림의 오토후케 씨가 그렇게 말함과 동시에 학교 전체에 종소리가 울려 퍼졌다. 그리고 여러 교실에서 시끌

벅적 즐거운 소리가 들려오기 시작했다.
드디어 우리들의 학교제가 시작되었다.

◇◇◇◇◇◇◇◇◇◇

"어서 오세요, 몇 분이세요? 두 분이시군요, 이쪽 자리로 오세요."
학교제의 접객도 아르바이트 접객도 대체로 비슷하기에 나도 안심하고 손님 앞에 설 수 있었다.
다만 아르바이트 접객과 학교제 접객에서 크게 다른 점이 하나 있다는 것을 나는 잊고 있었다. 그것은 바로…….
"귀엽네, 너. 우리랑 같이 학교제 돌아보지 않을래?"
"죄송합니다, 고객님. 여긴 그런 가게가 아니라서요."
"오빠, 너무 멋져요. 쉬는 시간에 우리랑 같이 돌지 않을래요?"
"정말 감사한 말씀이지만 죄송합니다, 아가씨. 저는 여자라서요."
"어? 헉, 하츠미……?!"
헌팅 손님이다. 이는 상당히 큰 차이이다. 평소의 아르바이트 장소에서는 유우 선배를 노리는 손님은 있어도, 헌팅하는 손님은 없었으니까.
아마 학교제라 들뜬 거겠지. 대부분이 반은 장난이고 진심으로 헌팅하려는 마음은 없어 보였지만.

그 증거로 가볍게 거절당하면 모두가 깨끗하게 물러선다. 마치 인사라도 하듯이 귀여운 여자, 멋진 남자에게 말을 거는 것이다.

그리고…… 이 카페만의 특수한 접객이 또 한 가지.

"어서 오세요. 고객님, 트릭 오어 트릿?"

"어? 네? 저기……?"

"어머, 대답이 없다는 건 장난을 원하시는 건가요……? 그럼 실례……."

접객하던 여자가 혼자 방문한 남학생의 귓가에 손을 대고 그대로 귀를 간지럽히듯 손으로 만지작거렸다. 남자는 아무 말도 하지 못한 채 얼굴을 새빨갛게 물들였다.

"조금 장난을 쳐봤습니다. 그러면 이쪽 자리로 와주세요."

귀에서 손을 떼고는 휙 손을 들어 자리로 안내하는데, 남자는 새빨갛게 익은 채로 비틀비틀 자리로 향한다.

이런 식으로 가벼운 장난을 치는 것이다. 참고로 트릿을 선택하면 과자 봉지를 건네주고 있지만…… 대부분은 장난을 선택했다.

모두가 하는 건 아니고 일부 여자애들만 하고 있다. 칠판에는 보란 듯이 '오늘 한정 핼러윈 이벤트!'라고 적혀 있다.

마치 진짜 카페 같았지만, 어디까지나 모의점이니까 분위기만 살린 것이었다.

장난이라고는 해도 이상한 짓은 하지 않고 간지럽히거나 만지는 정도가 대부분이다. 그래도 사춘기의 남자에게는 자극이 강할지도 모른다.

어디까지나 접촉하고 있는 것은 손에 한정된다. 평소에도 스킨십이 많아 상대를 착각하게 만드는 여자가 할 법한 수준의 장난이다.

하지만 이거, 행사에 순위가 매겨졌다면 반드시 반칙에 가까운 짓이다. 랭킹이 없어서 다행이다.

참고로 헌팅을 싫어하는 여자애들은 주로 여자 손님의 접객을 맡았다. 괜찮은 사람한테는 남자와 여자 둘 다를 맡긴다.

그래서 나나미는 아직 헌팅을 겪지 않았다.

"포장하신 팝콘 주문하신 고객님, 오래 기다리셨습니다. 조심해서 들고 가세요."

나나미가 투명 용기에 담긴 팝콘을 여학생에게 건네자, 여학생은 들뜬 모습으로 나나미와 대화를 나눴다.

"나나미 선배, 굉장히 예쁜 옷이네요."

"그래? 고마워."

"오늘은 그거 입고 남친분이랑……? 부러워요."

"응, 오후에 같이 돌아볼 거야. 기대된다."

선배라고 하는 걸 보면 후배 여자인가? 정말 나나미는 친구가 많다는 것을 실감한다. 기뻐하는 나나미를 보자 나도 기분이 좋아진다.

나도 지지 않도록 열심히 해야지. 오후부터 함께 휴식을 취하게 해 준 모두에게는 감사한 마음뿐이다. 그러니까 지금은 최대한 열심히 하자.

"누님~, 주문해도 될까? 거기 메이드복 입은 검은 머리 누님~?"

메이드복에 검은 머리…… 누구를 말하는 거지? 내가 두리번두리번 주위를 둘러보자, 그 목소리가 더욱 커졌다.

"지금 두리번거린 누님 말이야, 누님! 주문 부탁할 수 있을까?"

……나? 응? 나?

놀란 내가 나를 손가락으로 가리키자 말을 걸어온 남자 무리가 고개를 끄덕였다. 누님이라고 불렀다는 건…… 1학년인가?

인싸 같은 분위기……라기보단 뭔가 좀 불량한 분위기가 느껴지는 학생들이다. 뭐, 손님이라면 일단 상대는 하겠지만.

"기다리게 해서 죄송합니다, 주문하시겠어요?"

"주문은 누님으로 부탁해."

뭐?

그러자 함께 있던 사람들이 뭐가 그리 웃기는지 웃음을 터뜨렸다. 전혀 재미없고 소름만 끼치는데…….

"죄송합니다, 저는 비매품이라서. 팝콘이라면 추천하는 맛은 캐러멜맛인데 어떤 걸로 하시겠어요?"

최대한 불쾌감이 얼굴에 드러나지 않도록 애쓰며 웃는 얼굴로 접객을 이어갔다. 이런 사람들은 상대하면 더 기어오르는 법이니 상대하지 않는 것이 상책이다.

"누님이 입으로 옮겨준다면 뭐든 다 좋아."

……이거 혹시 내가 헌팅당하는 건가?

잠깐, 말도 안 돼. 나를 헌팅해서 어쩌자는 거야, 난 남자인데? 아니, 누님이라고 했지? 혹시 착각하는 건가?

"누님, 어때? 땡땡이치고 우리랑 같이 다니지 않을래? 재밌는 거 하자."

"너 이런 쪽이 취향이냐, 목소리도 남자 같은데?"

오, 잘한다, 동료1. 다만 남자 같은 게 아니라 나는 남자다. 그것까지 눈치채면 좋겠는데.

"그 갭이 좋은 거지. 어때, 누님. 괜찮지?"

"이봐, 저기, 난……."

"오오, 남자애 같은 말투? 점점 더 귀엽잖아."

진짜냐. 이래도 눈치를 못 챘다고?

그러고 보니 들어본 적이 있다.

한 동영상 스트리머가 '목소리가 이상하다'라는 말을 계속 들었는데, 미소녀 아바타를 사용하기 시작하자마자 '목소리가 개성적이고 귀엽다'라는 말을 듣게 되었다는 이야기.

외모가 예쁘면 거기에 끌려 모든 게 좋아 보이는 것인지, 아니면 순수하게 늘어난 다른 팬들이 귀엽다고 하는 것뿐인지.

데이터를 분석한 것이 아니라서 모르겠지만, 적어도 겉모습이 바뀌면 주위의 반응이 달라진다는 말이었다.

이것도 그와 비슷한 것이 아닐까. 나나미가 열심히 날 여장시킨 결과, 확실한 남자 목소리인 내 목소리조차 귀엽게 들린다거나, 뭐 그런…….

그게 아니면 설명이 안…….

"가만히 있지 말고 뭐라고 말 좀 해봐, 누나임."

조르는 듯한 목소리를 내더니 갑자기 내 손을 잡았다. 손이 닿자, 벌레가 스멀스멀 기어 올라오는 것처럼 오싹 소름이 돋았다.

불쾌감이 장난 아니다. 뭐야, 황당해서 목소리도 안 나온다. 기분 나쁘다.

이게 끈질기게 헌팅당하는 여자의 심정인가? 그런 적이 없건만, 무심코 상대를 때리고 싶어졌다.

당연하지만 가게 안에서 손님을 때릴 순 없기에 어쩔까 했는데, 누군가가 그 손을 떼어냈다.

얼굴을 외면하고 있어 몰랐는데 어느새 내 앞에 나나미가 있었다.

"죄송합니다, 고객님. 그런 건 자제해 주세요."

상대가 1학년이라 그런지 나나미는 아이를 타이르듯 다정하고 부드럽게 주의를 주었다. 어디까지나…… 소란이 일어나지 않도록 온건하게.

오토후케 씨 일행은 접객 중이었기 때문에 이쪽의 상태는 눈치채지 못했는데, 나나미는 알아차려 준 모양이다. 하지만 이들은 나나미의 등장에도 물러서는 기색이 없었다.

"우와, 이쪽도 엄청나게 귀엽잖아. 끝내주네. 뭐야, 친구야? 그럼 너도 우리랑 같이……."

저속한 미소를 지은 남자가 나나미에게 손을 뻗어왔다. 나나미가 흠칫 몸을 떤 순간, 나는 자연스럽게 몸을 움직이고 있었다.

나나미의 앞에 서서, 그 손을 덥석 잡아채고…… 힘을 주었다.

괜찮아, 난 냉정하다. 이럴 때일수록 냉정해져야 한다. 냉정하게 힘을 싣는 거다. 나나미에게 손을 대려 하면 어떻게 되는지만 상냥하게 알려주는 것이다.

"손님, 죄송합니다만…… 나가주실 수 있을까요?"

"뭐? 왜 화를 내는…… 앗……아야야야야?! 뭐 이리 세?!"

"이게 뭐 하는……?!"

근육 트레이닝이 취미인 아싸를 얕보지 마라. 오랫동안 쓸데없이 근육만 키웠다고. 1학년한테 단순히 힘만으로는 지지 않는다. 싸운다면 아마 지겠지만.

물론 나는 폭력은 쓰지 않는다. 어디까지나 온건하게, 나가달라고 부탁할 뿐이다.

동료를 돕기 위해서인지 손을 뻗어온 다른 한 명의 손을 잡자, 그도 그대로 통증으로 움직이지 못하게 되었다.

그대로 나는 움직이지 않는 그들을 강제로 일으켜 교실 밖까지 데리고 나간 뒤, 손을 떼고 스마트폰으로 그들의 사진을 찍었다.

"너희들은 출입 금지야. 나중에 선생님에게 보고할 거다. 학교제라고 해도 너무 과했어. 좀 더 절도 있게 놀아."

약간 설교 느낌이 난다고 생각하면서도 나는 그대로 교실로 돌아가려 했다. 그때 옆에 있던 남자는 내가 남자라는 걸 알아차린 기색이었지만…….

"이 고릴라 메이드가, 취향이라고 좀 상냥하게 대해줬더니 어디서 까불고 있어!"

잠깐만, 얘는 아직도 눈치 못 챈 거야?! 옆에 있는 친구도 놀라고 있잖아. 너 아직도 눈치 못 챘냐는 얼굴을 하고 있잖아.

격앙된 남자가 내 쪽으로 주먹을 치켜들었다. 어쩔 수 없지, 한 대 맞고 학교제가 끝난 뒤에 처리하는 걸로 하자.

그렇게 각오를 마쳤을 때였다.

"네놈들…… 뭐 하는 거냐?"

움직이던 남자가 딱 하고 움직임을 멈췄다.

거칠고 낮은 목소리…… 갑자기 등장한 테시카가 쪽으로 천천히 고개를 돌리더니, 치켜들고 있던 주먹을 얌전히 내린다.

"테, 테시카가 씨……."

"아니, 이건 저기……."

……뭔가 여기만 세계관이 다르다. 완전 불량소년 만화 같은 느낌이다. 테시카가는 내 쪽으로 시선을 옮기고, 헌팅하던 남학생에게 시선을 옮기더니, 다시 한번 나를 쳐다보았다.

교과서처럼 깔끔한 다시 보기 스킬을 선보이더니, 입을 쩍 벌리고는 떨리는 손을 들어 나를 가리켰다.

"미스마이, 너, 여자였냐?"

"그럴 리가 있겠냐! 이 차림은 오늘 학교제라 그런 거라고."

"그, 그렇군. 평소 남장하던 여자애가 남자인 척하면서 실은 뒤에서 몰래 갸루와 사귀고 있다는 이야기는 아니었나."

……응? 뭔가 미묘하게 신경 쓰이는 대사네. 나는 살짝 고개를 갸우뚱했지만, 테시카가는 그런 나를 개의치 않고 남자에게 날카로운 시선을 보냈다.

"너희, 뭘 했는지는 모르겠지만……."

"아, 내가 헌팅당했어."

"……연애는 자유지만, 강제로 헌팅하다니, 좋아하는 상대에게 폭력을 쓰는 건 남자로서 해선 안 될 짓이다. 후회밖에 안 남아."

눈총을 받은 남자들은 그대로 고속으로 고개를 끄덕이더니 도망가 버렸다. 뭐, 시간을 들이지 않고 끝냈으니 테시카가의 등장은 다행이었다.

"테시카가 군, 고마워. 와줘서."

"……빚도 있고, 불렀으니 어쩔 수 없지."

그래, 나는 테시카가를 우리 반 가게로 불렀다. 딱히 헌팅 처리를 위함은 아니었다. 그건 어쩌다 타이밍이 맞았던 것뿐이다.

부른 이유는 시리시즈 씨 때문인데…….

"그래서 무슨 용건……."

"미안, 테시카가 군. 잠깐만 기다려."

그렇게만 말한 나는 서둘러 교실 안으로 돌아갔다. 정확히는 나나미에게. 보니까 나나미는 몇몇 여자들과 같이 있었는데 조금 불안한 얼굴을 하고 있었다.

역시 떨어지지 말았어야 했나, 그렇게 후회하면서 나는 그녀에게 달려갔다.

"아, 요신! 괜찮구나……."

"나나미, 괜찮아?!"

그녀의 어깨를 꽉, 하지만 아프지 않게 부드럽게 잡은

나는 나나미의 눈을 들여다보았다. 불안해 보이지는 않는 것 같다.

하지만 나나미가 나를 위해 대신 나서준 것이다, 무섭지 않을 리가 없다.

"나, 나는 괜찮은데, 요신은 괜찮았어? 때리려 하지 않았어?"

"난 괜찮아. 도움도 받았고. 나나미는 정말 괜찮아?"

"으, 응. 요신이 지켜줬으니까……. 난 아무렇지도 않아."

다행이다……. 나는 그 말을 듣고 나도 모르게 그 자리에 주저앉고 말았다. 나나미가 무리해서 나를 도와주다가 몇 번 없는 학교제에서 무서운 추억이라도 남았다간 모든 것이 물거품이다.

그리고 나나미는 내가 지켜줬다고 했는데, 나나미도 날 지켜줬으니까 피차일반이다. 덕분에 정말 살았다, 설마 목소리가 안 나올 줄은 몰랐다.

"요신이야말로 괜찮아? 설마 요신이 헌팅당할 줄은 몰랐어."

나도 그건 예상 밖이었다. 다른 사람들도 있는데 굳이 왜? 아, 혹시 그런 건가? 주변에 있는 여자들이 너무 미인이라서, 나 정도면 가능하겠다고 생각했다거나?

"난 괜찮아. 그냥 손이 닿은 것뿐이라서."

내가 손을 보여주자, 나나미가 내 손을 붙잡았다. 장갑

너머였지만 나나미가 부드럽게 내 손바닥을 감싸는 것이 느껴졌다.

잠시 나나미는 내 손을 주물주물 만지는가 싶더니, 그대로 자신의 가슴팍에 감싼 자기 손을 톡 얹었다. 물론 가슴의 감촉은 느껴지지 않았지만…….

뭔가 여러 의미에서 마음이 포근해졌다.

"자, 소독 완료."

활짝 웃은 나나미가 손을 놓고 두 손을 팔랑팔랑 나에게 흔들어 보였다. 정말로 나는 나나미에게 보호받고 있구나…….

그러자 어쩐지 박수가 들려왔다. 둘러보니 주위 손님들이 나에게 박수를 보내고 있었다.

"네~, 사이좋은 두 사람이었습니다. 달달한 걸 보신 후엔 무설탕 음료 어떠신가요~. 소란도 있었으니, 한잔 서비스로 제공하겠습니다. 계속해서 편한 시간 보내주세요~."

달달한 걸 봤다는 표현은 처음 들어봤다.

뭐, 됐다. 조금 이상한 소동은 있었지만, 우리들도 접객으로 돌아가야지. 서로 조금씩 볼을 붉힌 채 떨어진 우리들은 손님에게 향했다.

물론 그 뒤로 여러 사람에게 놀림을 받았다. 사이 좋아서 좋겠다느니, 저런 여자친구가 갖고 싶다느니, 역시 여자끼리 있으니 좋다느니…….

메이드복을 입긴 했지만, 여자는 아니다.
"잠깐, 미스마이 군. 손님이 왔는데?"
"손님?"
차이나 드레스를 입은 여자가 조금 미안하다는 얼굴로 입구를 가리켰다. 그곳에는…… 조금 멋쩍은 얼굴을 한 테시카가가 서 있었다.
아니, 멋쩍다기보단 곤란하다고나 할까, 당황한 얼굴이었다.
"그…… 이제 들어가도 되는 건가?"
"미안, 방치해서."
솔직히 말하자면 나나미 일로 머리가 가득 차서 잊고 있었습니다. 정말로 죄송합니다. 서비스 드릴게요…….
테시카가의 등장에 또 한 번 교실 안이 술렁였지만, 나는 그를 비어있는 자리로 안내했다. 얌전히 따라오는 그의 모습을 본 여학생들이 아주 조금 들뜨는 것이 느껴졌다.
"이쪽 자리에 앉으세요."
"어어……."
그는 안내받은 대로 순순히 자리에 앉았다. 긴장했는지 안절부절못하는 모습이었다.
미안하지만 앞으로 더 충격적인 일이 벌어질 것이다.
보통은 자리에 안내하면 그대로 접객을 이어가는데…… 나는 테시카가에게 편히 있으라 말하고 그 자리를 떠났다.

그리고 나를 대신해서…… 시리시즈 씨가 다가왔다.

“코, 시리시즈…….”

“어서 오세요.”

특공복을 입은 시리시즈 씨가 불량한 테시카가를 접객하는 모습이, 조금 이상하게 느껴지면서도 무척 잘 어울리는 것 같았다.

시리시즈 씨는 평소와 같은 얼굴이라 그다지 감정이 느껴지지 않는 얼굴이었다. 어쩌면 여러 감정들을 억제하고 있는 것일지도 모른다.

서로 말이 없었지만, 테시카가가 결심한 얼굴로 고개를 들었다. 그리고 무어라 말을 꺼내려는 그 순간…… 시리시즈 씨가 선수를 가로챘다.

“타쿠, 오늘…… 같이 학교제, 돌아보지 않을래?”

“어?”

그것은, 조금 전까지 낮은 목소리에 인상을 쓰고 있던 테시카가가 보여준, 그 나이에 걸맞은 소년 같은 목소리였다.

더블데이트.

일반 데이트와 달리 두 쌍의 커플이 동시에 하는 데이트를 말한다. 즉 한 데이트에 4명이 움직인다.

전에 나나미와 함께 나이트풀에 갔을 때 오토후케 씨 일행과 함께 행동했는데, 그걸 더블, 아니 트리플 데이트라고 볼 수 있을까?

하지만 나이트풀에서는 다 따로 놀았으니, 엄밀히 따지자면 다를지도 모른다. 더블데이트는 이벤트도 같이 즐기는 거니까.

그렇다면 지금 이건 더블데이트라고 볼 수 있을까?

"이봐, 미스마이. 이게 어떻게 된 거야?"

"아무렴 어때. 이렇게 된 거 같이 학교제를 돌아보자고. 시리시즈 씨랑 해야 할 이야기도 아직 많잖아. 오늘 좋은 기회니까 많이 대화해 봐."

테시카가는 나의 설명에 조금 당황한 모습이었는데, 솔직하게 말하자면 나도 시리시즈 씨가 무엇을 하고 싶은지 자세한 것은 모른다. 나나미도 모를 것이다.

우리가 부탁받은 것은 테시카가를 학교제 때 불러달라는 것과 학교제를 함께 돌아달라는 것, 두 가지뿐이었다.

단둘이 있으면 잘 풀릴지 불안하니, 우리가 함께 있으면 좋겠다는 것이다.

그 정도는 문제없었기에, 나나미와 함께 허락했다.

"그건 그렇지만, 너야말로 그 꼴로 괜찮은 거냐? 메이드복 차림으로 다니려고?"

"옷 갈아입으려면 또 시간이 걸리잖아. 이대로 다니면 가게 홍보도 되니까 나쁠 것도 없지. 무엇보다 나나미가 이대로 같이 돌고 싶다고 했고."

그래, 나는 메이드 차림으로 학교 안을 돌고 있었다. 치마 틈으로 바람이 너무 잘 통해서 묘하게 초조하다. 걸을 때마다 다리에 천이 닿는 느낌도 몹시 신경 쓰인다.

그런 이유로, 메이드복 차림의 나, 메이드복 차림인 나나미, 특공복 차림의 시리시즈 씨, 개조한 교복을 입은 테시카가. 이렇게 넷이 더블데이트를 하게 되었다.

메이드 둘에 불량 학생 둘이라니, 이상한 조합이네.

"그보다 나랑 얘기하지 말고, 시리시즈 씨랑 대화해. 모처럼의 데이트인데, 남자한테 말을 걸어서 어쩌자고."

"데이트?! 너, 그런 말을……!"

오오, 초심자의 풋풋한 반응. ……나도 거만 떨 만큼 고수는 아니지만. 나 역시 처음에는 별로 익숙하지 않았다.

초심자의 반응이나 이 마음, 잊어서는 안 되겠지.

"근데 테시카가 군은 인기 많지 않아? 잘 노는 여친이 있다는 말을 들은 적이 있는데?"

"하렘 소문이 도는 네가 할 소리가 아닌 것 같은데. 나는 누구와도 사귄 적 없어. 인기……는 있었을지도 모르지만, 전부 거절했지."

음, 역시 소문은 믿을 것이 못 된다는 건가. 테시카가도 나와 똑같이 이상한 소문이 퍼진 쪽인 것 같았다. 뭐, 잘생겼으니까, 그런 일도 있을지 모르겠네.

"아니, 그러면 대체 내 소문은 왜 믿은 거야……."

"그건 미안했다. 시리시즈와 관련된 일이라, 꼭 확인해야만 했어."

"시리시즈 씨가…… 소중한가 보네."

나의 말에 테시카가의 얼굴이 잠시 붉어지는가 싶더니, 금세 안색이 어두워졌다. 작게 고개를 저으며 "나에겐 그럴 자격 따위 없어" 하고 자조하듯이 말한다.

물론 그런 표정을 짓는 것도 이해하지만, 그래도 벌써 결론을 내리기엔 너무 이르지 않을까. 시리시즈 씨의 마음이 어떤지 아직 모르잖아.

"……전부터 물어보고 싶었는데, 왜 나나미에게 고백했던 거야?"

"그건……."

그는 나에게서 시선을 떼며 말을 더듬었다.

테시카가는 시리시즈 씨를 좋아하는 것 같은데, 나나미에게 고백했다. 앞뒤가 맞지 않는 모순이다.

굳이 추궁하려는 건 아니다. 솔직히 신경은 쓰이지만, 지금 중요한 건 왜 그렇게 됐는가 하는 이유였다.

"딱히 바라토에게 뭔가 하려던 건 아니었어. 그때는 그…… 바라토라면 나를 차줄 거라고 생각했거든."

"……거절당하려고 고백했다고?"

"그렇지."

우리 사이에 묘한 침묵이 흘렀다. 아니, 대체 왜 그랬는데?

테시카가는 두서없이 이야기를 이어갔다.

"1학년 때의 나는, 이상할 만큼 고백을 자주 받았거든. 그래서 내가 누군가에게 고백했다가 차이면, 고백이 없어지지 않을까 생각했어."

"……나나미를 이용했다는 말로 들리는데."

"아니라고는 못 하지. 나도 정신적으로 한계에 몰렸을 때라, 정상적인 판단을 할 수가 없었어. 미안하다."

테시카가는 그 이상 자세한 내용을 말할 생각은 없어 보였다. 나와 알기 전이라고는 해도, 테시카가가 나나미를 이용했다는 말은 조금 달갑지 않았다.

다만 지금 그걸 추궁하는 건 분위기에 찬물을 끼얹는 짓이다. 나도 오늘은 나나미와 즐겁게 보내고 싶으니까. 자세한 이야기는 다음을 기약하고, 오늘은 이 이상은 언급하지 말자.

그래도 일단은 데이트인데, 분위기를 좀 바꿔야겠다.

"뭐야, 남자들끼리만 대화하지 말고~. 얼른 가자."

타이밍 좋게 나나미가 나를 끌어안았다. 시리시즈 씨는 반대편으로 돌아와 테시카가 옆에 섰다. 테시카가가 조금 당황한 모습으로 눈을 부릅뜬다.

하지만 곧바로 작은 목소리로 "잘 부탁해……"라고 중얼거렸다. 시리시즈 씨도 말없이 고개를 끄덕였다.

나와 나나미는 손을 잡고 대화를 나누는 동안에도, 두 사람은 말이 없었다. 하지만 묘하게 기뻐 보이는 것은 기분 탓일까?

벌칙 고백을 한 쪽과 받은 쪽……. 의외로 공통점이 많다.

"그러면 뭐부터 볼까? 혹시 나나미가 추천하는 거 있어?"

"음~ 정석이라면 역시 귀신의 집 아닐까? 매년 있으니까."

"오, 좋네. 나는 놀이공원에서도 가본 적이 없어."

"에헤헤, 나도 꺄악~ 하고 소리 지르면서 끌어안는 거 해 보고 싶었어."

끌어안겠다는 예고인가? 고등학생 수준에 그만큼 본격적인 게 있을까? 나는 잘 모른다.

"시리시즈 씨네는 그걸로 괜찮아?"

함께 도는 데이트이니, 두 사람의 의견도 물었는데.

"으음……."

"……어어."

뜻밖의 반응이 돌아왔다. 둘 다 안색이 살짝 파랗게 질려 있고, 반응도 좀 느리다. 우리에게서 시선을 떼고 눈을 마주치지도 않는다.

혹시…….

"둘 다, 이런 거 무서워하는 타입?"

내 말에 두 사람이 움찔했다. 참고로 테시카가의 반응이 더 컸다. 의외의 약점이로군.

나나미도 예상 밖이었는지 쓴웃음을 지었다.

"그럼 다른 걸로 할까?"

"그래, 그것만 있는 건 아니니까."

무섭다면 어쩔 수 없지. 억지로 가서 좋을 것도 없고.

다른 건 또 뭐가 있을까 하고 나랑 나나미가 학교제 안내서를 둘러봤다.

"아, 아니, 가자!"

"그래, 가, 가자고!"

둘 다 목소리가 떨리고 있다. 누가 봐도 괜찮지 않다. 긴장한 나머지 두 사람의 주먹이 살살 떨리고 있는데…….

그래도 둘 다 물러설 생각은 없어 보였다.

"그럼 가보자. 안 되겠다 싶으면 무리하지 말고 말해 줘?"

"뭐, 기껏해야 고등학생 수준이잖아……. 그렇게까지 무서운 건 없겠지."

두 사람은 조용히 고개를 끄덕였다. 그리고 내 말에 미약한 희망은 찾은 듯 조금은 안색이 나아졌다. 뭐, 그렇게까지 무섭지는 않겠지.

그렇게 생각했는데.

"으음……. 생각보다 무서워 보이는데……."

도착한 귀신의 집 회장은 예상보다 훨씬 잘 만들어져 있었다. 얼핏 보면 교실인 줄도 모를 것 같았다.

아무래도 교실을 두 개 사용해서 두 교실 사이에 통로를 만들어 연결해 둔 것 같았다. 그 통로도 밖에서는 보이지 않게 되어 있고.

테마는 학교의 7대 불가사의인가. 이 학교에 7대 불가사의가 있었는지는 모르겠지만, 학교라는 무대를 최대한 활용한 것 같았다.

입구에 있는 여학생은 접수 담당일까? 교복 차림으로 눈가를 검게 칠해 섬뜩한 메이크업을 했다. 그리고 조금도 웃음기가 없다. 전혀 웃지 않는다.

웃는 얼굴로 어서 오세요, 라는 말조차 하지 않는다. 공포감을 연출하기 위해서겠지.

"나나미는…… 괜찮아 보이네."

"응, 꽤 무서울 것 같아서 기대돼. 완전 본격적이다!"

"두 사람은 괜찮을까?"

솔직히 말해서 얕보고 있던 나조차 이 집의 구조는 무섭다고 느꼈다. 나나미는 그 무서움을 즐기고 싶은지 설레는 표정이다.

반면에 두 사람은 창백하다. 엄청나게 떨고 있다.

"안 될 것 같네……."

"아, 아니야……!"

"그래, 괜찮아……!"

두 사람은 끝까지 못 하겠다는 말은 하지 않았다. 아무리 봐도 도중에 탈출은 할 수 없으니 포기한다면 지금뿐인데…….

"그럼 갈까?"

들어가려는 우리에게 접수를 맡은 여자애가 내민 것은 놀랍게도 사망 동의서라고 쓰인 종이였다. 아무래도 이것이 접수인 모양이다. 나는 무심코 침을 삼켰다.

종이에는 만일 심장이 멈춰도 동의한다는 내용이 공포감 있게 담겨 있었다. 이름을 쓰는 것뿐인데 여기서도 공포를 연출하다니, 공을 많이 들였네…….

나나미는 접수를 마치자, 내 손에 자기 손을 감싸 쥐었다. 팔짱을 낀 상태에서 가볍게 뒤를 돌아본다.

"무서우면 서로 딱 붙어 있는 게 좋아. 안심되거든."

나나미의 말에 두 사람은 서로를 힐끔 바라보더니 한 발짝만 다가선다. 역시나 그 자리에서 당장 붙지는 않았다.

하지만 그것도 시간문제였다.

"꺄아아아아아악?!"

"끄아아아아아악?!"

우리 뒤에서 화려한 절규가 들려왔다. 저렇게나 무서워하면 겁주는 사람도 뿌듯하지 않을까, 그런 생각이 들 정도의 절규였다.

물론 우리도 놀라서 소리쳤지만, 뒤쪽의 리액션이 너무

좋아서 우리 반응이 희석되었다.

"꺄악?!"

"으헉?!"

갑자기 붉은빛이 켜지는가 싶더니 거기서 사람이 천천히 등장했다. 백의를 입고 장발로 얼굴을 가리고 있었다. 백의에는 이곳저곳에 피가 묻어 있었다.

이, 이건 나도 몹시 놀랐다. 나나미도 놀라서 나를 껴안은 손에 상당한 힘이 실려 있었다.

우리가 지나간 다음에는 시리시즈 씨 일행이 지나갔는데, 우리보다 10배는 더 놀란 목소리를 내질렀다. 목이 망가지지 않을까 싶을 정도의 비명이었다.

"요신은 안 무서워? 더 안아도 되는데?"

뒤의 비명 소리를 들어서 그런지 나나미가 귓가에 속삭였다.

나나미의 속삭임은 언제 들어도 오싹해지는 울림이 있다. 잠결에 통화할 때는 전화기 너머지만, 이렇게 귓가에 직접 하면 파괴력이 남다르다.

"무섭지만, 무서워서 껴안는 건 좀……."

"하지만 전에 로프웨이 탔을 땐 나한테 안겼었잖아?"

앗…….

그랬다, 나는 이미 한심한 모습을 나나미에게 가감 없이 보여줬었다. 그때는 나나미에게 안긴 채 위로를 받았었는데…….

그때의 일이 떠오른 나는 조금 민망한 기분이 들었다. 빨간 불빛이 여기저기 들어와 있어서 들키지는 않겠지만.

신경 쓰지 않고 안아도 좋다고 한들, 어떻게 껴안으면 좋을까. 꼭 끌어안는 것인지, 아니면 살짝 닿는 정도인지.

망설이고 있는데 뒤에서 또다시 비명이 들려왔다.

돌아보니 어느새 두 사람이 서로 얼싸안고 있었다. 들어오기 전까지 한 발짝 떨어져 있던 게 귀엽게 느껴질 정도로 철썩 붙어 있다.

어색한 분위기였다는 것을 생각할 여유조차 없는 모양이었다. 어떻게 보면 저 두 사람이 귀신의 집을 누구보다 즐기고 있는 게 아닐까.

"역시 높은 곳이 더 무서워?"

"음…… 그런 것 같아. 귀신의 집이 더 깜짝 놀라긴 하지만……."

"그렇구나, 요신은 귀신보다 높은 곳이 더 무서운 건가."

나나미는 조금 토라진 얼굴로 입술을 삐죽 내밀더니 이내 표정을 바꾸고 미소를 지었다. 그리고 나를 힐끔 쳐다보고 입가를 가린다.

"그럼 역시 다음에는 관람차에 데려가야겠다."

"나를 무섭게 하는 방향으로 노력하지 마……."

"어? 그치만, 역시 날 끌어안는 요신은 귀여운걸. 이번에도 그런 모습을 볼 수 있을까 기대했는데 말이지."

귀신의 집에서 겁먹고 여자친구를 끌어안는 건 보통 실망할 요소 아닌가. 하지만 나나미는 그런 상황을 원하는 것 같았다.

물론 이곳이 안 무서운 건 아니다. 내부도 꽤 잘 만들었고, 연기자들의 메이크업도 완벽하다. 다음 코스에서는 어떤 식으로 놀랄까 궁금했다. 딱 보기에도 공포가 느껴지는 장식이라든가, 어둠 속에서 새어 나오는 붉은빛이라든가…….

하지만 그렇게까지 공포감이 크지 않은 이유는…….

"으갸아아아아아악?!"

"꺄아아아아아아악!"

뒤에서 곧장 들려오는 커다란 비명 때문일 거다. 자기보다 더 무서워하는 사람이 있으면 반대로 냉정해진다는 그거다.

나나미도 놀라기는 했지만, 걸을 때 떨거나 하지는 않았다.

어? 그러고 보니…….

"나나미는 귀신의 집이 무섭지 않아?"

"생각보다 안 무서운 것 같아. 어린 시절에 들어갔던 귀신의 집보다 더 무섭게 해놓은 거 같은데 말이지."

그건 어른이 되어서일까? 좀 아쉬운데.

그때 나나미는 아주 조금 손에 힘을 주고 한 걸음 다가왔다.

“역시 옆에 요신이 있어서 그런가? 무슨 일이 있어도 지켜준다는 안도감이 있으니까 괜찮은 걸지도 몰라.”

“그, 그런 거야?”

“그런 거야~.”

나나미는 내 팔에 자기 머리를 슥슥 문질렀다. 혹시 나도 나나미와 함께 있어서 안정감 때문에 아무렇지도 않은 걸까.

메이드복 커플이라고는 하지만 우리는 지금 딱 붙어 있는 상태다. 나나미의 체온이 옷 너머로도 확실하게 전해졌다.

나도 그런 것 같아 그 생각을 입에 담았더니, 나나미는 더더욱 나에게 딱 붙어왔고…….

“그어어어…… 연애질하지 마라아아아~!”

“으헉?!”

“히익!”

아무런 예고도 없이 긁는 듯한 고함을 내지르며 분장한 남자가 뛰쳐나왔다. 게다가 뭔가 사사로운 감정이 섞인 위협적인 문구까지 더해졌다.

세계관을 완전히 무시한 대사에 우리는 놀라면서도 얼굴을 마주 보며 웃고 말았다.

그것이 역린을 건드렸을까? 겁주는 역할을 맡은 아이들이 차례차례 우리에게 달려들었다. 마치 오붓하게 있을 틈을 주지 않겠다는 듯이.

생생하고 게임 같은 상황에 우리는 매우 놀랐고, 뒤에서는 공포 어린 비명이 들려왔다. 아무래도 한꺼번에 온 모양이다.

당황한 우리는 그 자리에서 황급히 도망쳤다.

“하아…… 하아…… 하아……!”

“히이……후우…… 후우…… 무, 무서웠어…….”

귀신의 집에서 나온 순간 안심했는지 시리시즈 씨와 테시카가는 그 자리에서 숨을 헐떡이며 고개를 숙이고 있었다.

테시카가는 쓰러지는 몸을 지탱하듯 무릎에 양손을 두고 몸을 떨고 있다. 시리시즈 씨는 스스로 몸을 지탱할 수 없는지 테시카가에게 기대고 있었다.

누가 봐도 가까운 사이처럼 보였다.

귀신의 집을 나오자 마침 딱 적당한 시간이라 점심을 먹기로 했다.

가는 길에 사진을 찍어도 되나요? 라는 알 수 없는 요청을 받기도 했는데…… 어째서지? 홍보에 좋을 것 같아서 인터넷에 올리지 않는 조건으로 승낙했다. 내일도 손님이 많이 왔으면 좋겠다.

우리는 한 냄새에 이끌리듯 비틀비틀 모의점에 들어갔다.

"학교제라고 하면 카레지."

"그래? 작년에는 먹은 기억이 없어서……."

사실 복도에 떠돌던 냄새에 이끌려 카레 가게에 들어왔으니, 그 말에 의문을 품을 여지도 없었다.

"타쿠는 단맛이지?"

"어? 어어, 그렇지. 근데 시리시즈가 매운 걸 좋아했던가……?"

"역시 카레는 매운맛이지. 한입 먹을래?"

"……아니."

귀신의 집을 거친 뒤로 두 사람의 거리가 아주 조금 가까워졌다. 아직 어색한 느낌이 있지만, 전보다 대화가 훨씬 많아졌다.

테시카가가 아직 조금 망설이는 느낌일까? 시리시즈 씨는 적어도 우리를 대하는 것과 비슷한 수준이 된 것 같다.

대화는 중요하다.

생각하고 있는 것, 마음, 생각, 그런 것들은 말하지 않으면 상대방에게 전달되지 않는다. 이심전심이란 말은 좋지만, 기대하지 않는 편이 좋다.

그러니 말을 꺼낸다. 숨기지 않고, 그냥 지나가길 원치 않는 부분은 반드시 이야기해야 한다. 나중에 할 수 있는 이야기는 지금도 할 수 있는 이야기라고 생각하는 편이 좋다.

그게 제일 어렵지만……. 나도 아직 시행착오를 이어가는 중이다.

"그건 그렇고 타쿠, 귀신의 집을 무서워하는 건 여전하네."

"윽…… 너도 귀신 싫어하는 거, 옛날이랑 똑같잖아."

"그야 당연히 무섭지. 과학적으로 설명이 안 되잖아. 현상을 이해할 수 있다면 무섭지 않겠지만……."

"……나는 이해할 수 있어도 무서워."

카레를 먹으면서 두 사람은 조금씩 대화를 이어갔다. 가끔 미소도 짓고 있고, 어쩐지 훈훈한 분위기다.

그 모습이 어쩐지 무척 흐뭇했다. 그때 옆에서 지적이 날아왔다.

"요신~, 나도 좀 신경 써줘."

"아, 미안."

아까 생각하던 것이 바로 지금 현실이 되었다. 말로 하지 않으면 전해지지 않는다. 여전히 그런 부분에서는 가야 할 길이 멀다.

"요신은 무슨 카레 했어? 나는 치킨 카레야."

"먹어본 적 없는 키마카레*로 했어. 이게 키마구나."

"앗, 이건 나도 먹어본 적 없는데. 한 입 줘~."

---

*다진 고기 요리를 일본식으로 어레인지한 카레.

"좋아. 자, 먹어봐."

나는 숟가락으로 카레를 떠서 입을 벌린 나나미에게 먹여주었다. 나나미는 다음에 만들어 볼까, 하고 중얼거리며 맛있게 카레를 입에 넣었다.

그러자 나나미가 보답이라는 듯이 나에게 자기 카레를 내밀었다. 내가 그걸 자연스럽게 입에 넣자, 나나미는 기쁘게 웃었다.

"닭고기가 엄청 부드럽다. 설마 직접 만든 건가?"

"확실히 수제 느낌이 나네. 어떻게 한 거지?"

나나미도 자기 카레를 한 입 먹고 소감을 밝혔다. 정말로 레토르트 특유의 느끼함이 느껴지지 않는 맛있는 카레였다.

나도 다시 내 카레를 한 입 먹어보니 여러 가지 향신료 향이 입안 가득 퍼지며 비강을 빠져나간다. 꽤 맵다. 그래도 맛있다.

그런 짧은 우리들의 대화를…… 옆에 있는 두 사람이 멍한 얼굴로 듣고 있었다.

"저렇게 자연스럽게 먹여주다니……."

"……이미 부부잖아, 대단하네."

아니, 새삼스레 그런 말을 들으면 좀 쑥스러운데. 하지만 이런 경우는 쑥스러워하거나 달달한 분위기를 내는 것보다 그냥 자연스럽게 대답하는 편이 좋지 않을까?

그러는 편이 주위에서도 위화감을 느끼지 않을 테니까.

자기변호 종료.

"뭐, 사귀고 있으니까."

가능한 한 평정을 가장하며 아무렇지도 않은 투로 카레를 이어서 먹었다.

주위의 누군가가 작은 소리로 "간접……" 하고 중얼거린 것 같지만, 분명 기분 탓이겠지. 나는 지금만큼은 안 들리는 사람이 될 예정이다.

"대단하네, 둘 다. 어떻게 하면 그렇게 되는 거지?"

테시카가는 어이없다는 표정을 지으면서도 낮은 목소리로 중얼거렸다.

마치 도움을 청하는 것 같은, 정말로 진지한 목소리다. 어딘가 비통함마저 느껴지는 그 말을 듣고 나도 진지하게 고민했다.

"특별한 건 하지 않았어. 다만 솔직하게 전하려고 노력하고 있지."

"솔직하게……? 그것뿐?"

"응, 그것뿐이야. 거창한 비결이 있는 게 아니라. 그저 서로 뜻이 엇갈리거나 오해가 생기는 게 싫으니까, 전부 다 말로 전하고 있어."

정말로 그것이 다다.

그렇게 해도 실패할 수 있으니, 연애란 참 어렵다.

그에게 화려한 조언을 할 수 있다면 더 좋았겠지만, 그런 멋진 비결은 나에게 없다.

단순히 내가 싫어서 이렇게 했을 뿐이다. 좀 이기적으로 들리려나.

"……그래…… 그런 거구나."

무언가를 떠올린 것인지, 그는 손에 들고 있던 숟가락을 내려놓았다. 그리고 시리시즈 씨를 향해 천천히 고개를 숙였다.

"시리시즈, 그때는 심한 짓을 해서…… 미안하다."

짧은 사과의 말. 그 말을 듣고 시리시즈 씨의 눈이 휘둥그레졌다. 이내 평소의 눈빛으로 돌아가더니 짧게 한숨을 내쉬며 어이없다는 투로 말한다.

다만 그 목소리는 조금은 기쁜 것 같기도 하고, 쓸쓸한 것 같기도 했다. 여러 복잡한 감정이 동시에 드는 것일지도 모른다.

"이런 곳에서 갑자기 무슨 소리야?"

"……미스마이를 본받아서 지금의 마음에 솔직해지려고. 용서해 주지 않아도 좋아……. 하지만, 계속 사과하고 싶었어."

"그게 뭐야. 몇 년이나 지났는데……. 게다가 이런 장소에서."

키득키득 웃자, 테시카가는 곤란한 얼굴로 눈썹을 찡그

렸다. 그가 있는 쪽을 보지 않은 채 시리시즈 씨는 숟가락으로 카레를 뜨더니…….

스윽, 테시카가에게 내밀었다.

"자, 아 해."

"어?"

내민 숟가락을 보고 테시카가는 멍하니 있다.

"바로 용서해 주는 건 아니지만. 이걸 먹으면 조금은 생각해 볼게. 타쿠가 못 먹는 매운맛 카레야."

이건 시리시즈 씨에게 있어 약간의 앙갚음 같은 것일까. 아니면 단순히 먹여주고 싶은 것일까?

어느 쪽인지는 모르겠지만, 숟가락을 눈앞에 둔 테시카가가 조금 주저하는 것이 느껴졌다. 하긴 매운 걸 잘 못 먹으면 맵지.

스푼을 앞에 두고 주저하고 있던 테시카가는, 곧 주먹에 힘을 주고 단번에 카레를 입에 넣었다. 눈을 감고, 씹고, 그리고…….

소리 없는 비명을 지르며 앉은 채로 이리저리 몸을 비틀었다. 마치 고장난 장난감 같은 움직임이다. 그 모습을 보고 시리시즈 씨는 지금까지 본 적 없을 정도로 즐거운 웃음을 터뜨렸다.

"아하하! 매운 거 잘 못 먹는 것도 옛날이랑 똑같네."

"……젠장. 대체 언제부터 이런 매운 걸 먹게 된 거야."

"타쿠한테 차인 분노를 먹으면서 풀다 보니 좋아하게 됐어."

"그건…… 딱히 차려고 했던 게 아니야……."

입을 누르면서 힘겹게 말하고 있는 테시카가를 보며 시리시즈 씨는 행복한 얼굴로, 기쁜 얼굴로 미소를 지어 보였다.

혹시 시리시즈 씨는 S인가……? 평소에는 상상도 할 수 없는 그 모습에 나도 나나미도 조금 몸을 떨었다.

그가 괴로워하는 카레를 시리시즈 씨는 태연한 얼굴로 먹고 있다. 그렇게나 매운 건가 싶어 자연스럽게 침이 넘어갔다.

"……미스마이 군, 너도 먹어볼래?"

무의식중에 시선을 두고 있었기 때문일까, 시리시즈 씨가 나한테까지 스푼을 내밀었다.

그 행동에 나와 나나미, 테시카가가 동시에 경악했다.

"안 돼!"

나나미와 테시카가가 한목소리로 외치자, 시리시즈 씨는 아차, 하며 내민 숟가락을 되돌렸다.

미수로 끝나서 다행이다만, 행동 하나하나가 좀 위태롭지 않나?

테시카가도 안도하며 가슴을 쓸어내리고 있다.

"아, 그렇구나. 간접키스가 돼 버리네. 역시 미스마이 군에게는 안 되는…… 어?"

말하는 도중에 시리시즈 씨의 얼굴이 새빨갛게 익어갔다.

"잠깐, 타쿠! 아까도 간접이라는 걸 눈치채고 있었어?!"

"그, 그건, 그러니까……. 응."

어색하게 대답한 테시카가에게 시리시즈 씨는 새빨개진 얼굴로 그 주먹을 퍽퍽 내려쳤다. 힘은 전혀 실리지 않은 연약한 주먹이다.

바보라느니 야하다느니 하는 소릴 하며 때리자, 테시카가가 허둥지둥 변명을 이어갔다. 곤란한 얼굴인데도 기뻐 보였다.

이대로 화해할 수 있다면 좋겠는데. 아니, 이미 한 거나 다름없나?

아, 장난이 과했는지 점원이 이쪽으로 왔다. 학교제라 들뜬 마음은 알지만 노닥거리는 건 적당히 해달라고요? 네, 죄송합니다.

네? 아뇨. 저희 넷은 테시카가의 하렘이 아니라 전 남자에 나나미랑 사귀고 있고……. 아, 그렇지. 내가 아직 메이드복을 입고 있구나.

오늘은 4층에 있는 교실을 아무도 쓰지 않으니 붙어 있고 싶다면 거기를 추천한다고 알려주고 점원은 떠났다.

……이거 어쩌면, 먹고 빨리 나가라는 말을 돌려서 한 게 아닐까? 쫓겨나지 않은 것이 그나마 다행인지도 모른다.

"타쿠, 왜 그런 짓을 한 건지, 다음에 제대로 얘기해 줘."

얼굴에서 붉은 기를 없앤 시리시즈 씨가 테시카가를 똑바로 바라보았다. 아까까지의 분위기와는 완전히 다른, 거절하기 힘든 박력이 있었다.

팽팽하게 긴장된 공기 속에서 테시카가는 "알았어"라고만 하고 고개를 끄덕였다.

그러고 보니 나와 나나미도 벌칙 고백을 한 상대가 테시카가라는 말은 확실하게 듣지 못했다. 둘 다 확실하게 입 밖에 내지도 않았고.

일단 모르는 척하는 편이 좋을까? 이건 둘의 문제니까.

"그러고 보니 미스마이 군, 내일 커플 콘테스트에 나가?"

"아, 응. 신청은 했어. 반 애들 몇 명도 응원하러 온대."

"……그 차림으로?"

"그건…… 모르겠네."

나와 나나미는 굉장히 오래 고민했지만, 결국 마지막에 출전하겠다는 결단을 내렸다. 반 아이들의 지지도 있었고…….

이렇게까지 사이가 좋으니, 전교생 앞에서 보여주고 오라고 했다. 그 말에 무심코 웃음이 나왔다. 그래도 뭐, 그것도 괜찮을 것 같다는 생각이 든 것이다.

"그렇구나. 그럼 타쿠, 우리도 내일 나갈까?"

갑작스러운 시리시즈 씨의 출전 선언에, 테시카가는 소

리도 없이 경악했다.

학교제 둘째 날.

오늘은 외부 손님도 오는 날이다. 외부인이라고는 해도 들어갈 수 있는 사람은 학생의 보호자나 가족뿐이지만, 평소에는 학교에 오지 않는 사람들이라는 의미에서는 외부인이었다.

학생이 초대하거나 신청하면 어제도 들어올 수는 있었지만, 다들 학부모가 오는 것이 민망한지 첫째 날부터 초대하는 학생은 극히 드물었다.

옛날에는 완전한 외부인도 들어올 수 있는 지역 전체의 축제 같았다고 하는데. 시대의 흐름인 걸까…… 당시를 모르는 나조차도 그런 생각이 들었다.

뭐, 나 역시 우리 부모님이 오는 건 그렇게 달갑지 않지만 말이지…….

"어머나, 참 예쁜 점원이네. 내가 언제 이런 딸을 낳았을까?"

"……요신, 그런 옷도 잘 어울리는구나. 아빠는 깜짝 놀랐다."

바로 이것이다.

학교제…… 바쁘면 무리해서 오지 않아도 된다고 말해 뒀지만, 올해는 어떻게든 시간을 내겠다는 말을 들어버렸다.

그 말을 들었을 땐 이미 입을 의상이 정해진 후였다. 이제 와서 내가 싫다고 의상을 바꿀 수도 없었기에 그것은 포기하고 있었다.

포기하고 있었는데, 아빠도 엄마도 왜 그렇게 좋아하는 거야.

"어머, 나나미 양. 메이드복? 귀여워라……. 젊음은 참 좋네."

"시노부 씨, 어서 오세요~. 귀여운가요? 감사합니다."

"나도 다음에 메이드복을 입고 아키라 씨한테 보여줄까?"

절대로 하지 마. 무슨 죄를 지어서 엄마의 메이드복 차림을 봐야 하는 거야. 아, 나나미 안 돼, 엄마를 자꾸 부추기지 마.

둘러보면 다른 애들도 각자 부모님의 출현에 당황하거나 웃고 있었다. 남자애들은 거의 여장이라 유독 당황스러워 보였다.

부모님들을 자리로 안내하고 겨우 하나의 폭풍이 지나갔다고 생각했더니…… 산 넘어 산…… 이라는 말을 이럴 때 쓰는 걸까.

"어서 오세요……."

또 다른 가족 손님이었다. 그리고 구성원의 얼굴이 몹시 익숙하다. 왜 하필 이 타이밍에…….

"……요신 군인가?"

"용케 알아보셨네요……."

아니, 뭐. 당연히 알겠지. 여장해도 이목구비는 나니까. 겐이치로 씨는 얼마나 놀랐는지 입을 다물지 못하고 뻐끔거리며 놀라고 있다.

토모코 씨와 사야가 겐이치로 씨의 양옆으로 불쑥 얼굴을 내밀었다.

그리고 역시 나를 보고 입을 떡 벌린다.

"형부…… 아니, 새언니라고 해야 하나?"

"어머나, 장래에는 딸이 셋이 되는 건가?"

이제 그만해 주세요.

지극히 당연한 일이다. 그야 바라토가도 오겠지. 나는 내 가족만 생각했는데. 아니, 생각하기 싫었다는 것이 더 정확할지도.

"혹시 평소 하는 알바에서도 이런 차림을……?"

"아닙니다. 애초에 평소에 이러고 다닐 리가 없잖아요."

겐이치로 씨에게 그렇게 답하자, 토모코 씨와 사야가 어깨를 늘어뜨렸다. 거기 두 분, 왜 실망하는 거죠?

"아, 다들 와줬구나. 지금 만석인데…… 어쩌지?"

마치 구세주처럼 나나미가 내 곁으로 다가왔다. 오오, 다행이다. 이걸로 조금은 안심…….

"와아, 언니 완전 야해! 가슴을 얼마나 강조한 거야?!"
"사야?!"
대놓고 말해버렸어! 아마 나나미는 귀여워서 골랐을 뿐, 그걸 노린 건 아닐 텐데.
아, 결국 신경 쓰였는지 가슴을 가려버렸다. 그 모습이 더 선정적으로 보이는 건 기분 탓일까.
쑥스러움을 감추며 나나미가 모두를 내보내려는데, 우리 엄마가 끼어들었다. 아무래도 합석 제안을 하려는 것 같았다. 나나미도 마지못한 얼굴로 그것을 받아들였다.
……평소와 같은 광경이 교실에서 펼쳐지니 이상한 기분이다.
"미스마이, 저분들은……?"
오, 켄부치. 라인을 가리려고 기모노를 고른 켄부치가 흥미진진한 모습을 보였다.
"우리 가족과 나나미네 가족."
간단히 소개하자 켄부치는 "오오……" 하는 감탄을 흘렸다. 그러더니 경악한 얼굴로 눈을 휘둥그레 뜨고는 나를 뚫어질 듯이 쳐다본다.
"잠깐, 여친 가족과도 이미 인사를 다 했어……? 결혼 초읽기잖아……."
남의 입에서 새삼스레 들으니 엄청 민망하다. 꼭 그런 건 아닌데……. 켄부치가 어쩌다 일이 그렇게 됐냐고 놀랐지만, 나도 뭐라 대답할 수 없었다.

정말 어쩌다 보니 그렇게 됐다. 우연히 바라토 일가를 만나고, 우연히 사이좋게 지내게 되고, 여행 등을 가기도 했다. 말할 순 없지만.

“참고로 저 바라토를 닮은 귀여운 애는……?”

“나나미의 여동생.”

“……저런 귀여운 아이한테 오빠라고 불리는 거야? 너 완전 인생의 승리자 아냐?”

노코멘트. 실제로 그렇게 되고 있지만, 아직 승리자를 자칭할 순 없다. 인생의 승패는 죽기 전까지…… 아, 그런 건 상관없구나.

그 후에도 한동안 나와 켄부치의 입씨름은 계속되었다. 끈질기게 사야를 소개해 달라고 해대는 탓에 끝까지 거절했다.

놀지 말고 접객하라며 혼났으니, 문답은 종료. 나는 잘못이 없다고 생각하고 싶다.

“어? 미스마이 이제 곧 아냐? 콘테스트 시간?”

“어? 벌써 시간이 그렇게…… 진짜네. 미안, 그럼 우리는 갈게.”

“그래, 힘내라. 나중에 응원하러 갈게. 놀려먹기 좋을 것 같고.”

놀릴 생각이야? 이걸 오지 말라고 할 수도 없고…….

자, 그럼 가볼까, 콘테스트.

"미스마이, 이제 곧이지? 자, 받아. 갈아입을 옷 준비해 뒀어."

"고마워, 오토후케 씨."

나는 오토후케 씨에게 양복 한 벌이 담긴 봉투를 받았다. 예비 집사복이다.

커플 콘테스트에 메이드복으로 출전하는 것은 그만뒀다. 전교생 앞에서 여장할 배짱은 없다.

하지만 그렇다고 교복차림으로 나가면 아무런 특징이 없으니, 남장용으로 준비한 집사복을 입기로 했다. 메이드랑 집사라면 잘 어울릴 테니까.

처음에는 에이~ 하고 시큰둥한 반응을 보이던 나나미도 내가 집사복을 입은 모습을 보고 허락했다. 정말로…… 진짜로 다행이다.

"나나미, 시리시즈 씨도 슬슬 가자."

갈 때는 분위기를 띄워야 하니 몰래 가지 말고 대대적으로 가라는 말을 들었다. 어느새 여자애들이 설명을 시작한다.

커플 콘테스트 출진입니다! 라는 말에 호응하듯 교실 안이 달아올랐다. 마치 앞날을 축복하기라도 하는 분위기다.

"어? 반장도 가는 거야……? 어라? 누구랑?"

이런, 켄부치가 살짝 쇼크받은 모습이 눈에 들어왔다.

그러고 보니 미묘하게 시리시즈 씨를 의식하고 있었던 것 같았는데…….

마음속으로 켄부치에게 사죄하며…… 딱히 내 잘못은 아니지만, 우리는 교실을 뒤로했다. 어쩐지 털썩 주저앉는 소리가 들린 것 같았는데 기분 탓이겠지.

도중에 교실로 이동해 집사복으로 갈아입은 뒤 회장인 체육관으로 향하자, 테시카가는 이미 도착해 있었다.

시리시즈 씨와 맞춘 것 같은…… 미묘한 불량 학생 패션이다. 꽤 잘 어울리네. 제법 그럴싸하다. 특공복 커플룩이라.

주위에는 아무도 없었고 다들 멀찌감치 떨어져 구경하고 있었다. 테시카가는 제법 미남이므로 눈길을 주는 여자가 많았다.

그것을 눈치채고 있는지 없는지, 테시카가는 무뚝뚝한 얼굴로 우두커니 서 있다.

우리들을 발견한 테시카가는 살짝 미소 지으며 우리들을 맞이해 주었다. 미남의 미소에 주위 여학생들이 흥분하는 것이 느껴졌다.

"어서 와, 오늘은 잘 부탁해."

"잘 부탁해. 꽤 무서운 얼굴을 하고 있던데."

"가만히 있었더니 여자애들이 자꾸 말을 걸어와서. 귀찮아……."

쇼이치 선배 정도로 인기가 많은 거 아닐까, 이 사람. 그러고 보니 쇼이치 선배를 못 봤는데, 학교제 때는 뭘 하는 걸까?

요즘은 타이밍이 안 맞아서 못 만났는데, 연락 정도는 해 볼 걸 그랬다.

이게 끝나고 나면 선배 쪽에 얼굴을 내밀어 볼까.

"자자, 커플 콘테스트 접수는 이쪽이야! 이제 곧 시작하니까, 아직이면 얼른 끝내줘! 물론 즉석 참가도 환영이야!"

귀에 익은 목소리가 내 귀에 닿았다. 나나미도 뒤늦게 알아차리고 똑같은 타이밍에 목소리가 난 쪽으로 시선을 돌렸다.

그곳에 있는 사람은…… 쇼이치 선배였다.

"선배…… 뭐 하세요?"

"이게 누구야, 요신이잖아! 오늘은 꽤 품위 있는 옷을 입었네. 아, 그렇지. 알바 건은 도와줘서 고마워. 정말로 살았어. 다음에는 나도 같이 일하고 싶네."

"아뇨, 저야말로 소개해 주셔서 감사합니다. 그래서, 선배는 뭐 하고 계세요?"

선배는 파란 재킷에 검은 팬츠, 흰 셔츠의 정장 차림이었다. 목 근처에 나비넥타이까지 매고 있어 마치 무대의 사회자 같은 모습이었다.

"나는 농구부 전통 행사인 커플 콘테스트 안내를 하는

중이지. 혹시 바라토 군과 요신 군도 출전하는 건가?"
이게 농구부의 행사였어?! 어딘가의 동아리 행사라고는 들었지만, 이건 예상 밖이다. 키가 큰 선배는 눈에 잘 띄기 때문에 안내역으로는 안성맞춤이었지만.
……근데, 선배는 주장이잖아요? 이걸 주장이 해?
나의 곤혹스러움을 알 리 없는 선배가 테시카가 쪽으로 시선을 돌렸다.
"여어, 테시카가 군 아닌가. 너도 나오는 건가? 별일이군. 네가 이런 행사에 나오다니. 옆에 있는 여자애가 파트너인가?"
"예, 뭐…… 근데 어떻게 절 아시는 겁니까?"
아니, 알지도 못하면서 친구처럼 말을 건 거야?
당황한 테시카가의 모습에도 아랑곳하지 않고 선배는 조금 과장되게, 마치 연극처럼 크게 손을 들어 올렸다.
"과거에 바라토 군에게 고백했던 동료들은 대부분 다 체크했었거든. 그나저나, 넌 이미 새로운 사랑을 찾은 것 같구나. 훌륭해, 축복받을 일이야."
박수를 보낸 선배는 우리를 접수처로 안내했다. 그러는 사이에도 흥분한 어조로 끊임없이 말을 쏟아냈다. 용케 숨이 안 차네.
"선배는 안 나가시나요?"
"농구부는 주최 측이니까 출전할 수가 없어. 제한이 없다면 누군가를 권해서 출전해도 좋았겠지만."
미남은 대사도 남다르다. 누구를 부를 생각이었을까.
그건 그렇고…… 시리시즈 씨까지 밀리는 광경은 희귀했다. 의외로 모두에게 마이페이스 같은 인상이었는데, 그렇지 않은 사람도 있는 모양이다.
노도의 기세를 선보인 선배가 다시 우리들을 향했다.
"하지만 요신이 출전하는 건 의외로군. 이런 행사는 어려워할 줄 알았는데. 거절당하면 내가 충격을 받을 거 같아서 일부러 권유하지 않았건만……."
"죄송합니다, 여러 사정이 있어서요."
"혹시 그 소문이 원인인가? 뭐, 널 알고 있는 사람이라면 재고의 여지조차 없는 소문이지. 하지만 소문을 불식하려면 이 콘테스트가 제격일지도 모르겠군."
머리를 긁적인 선배가 산뜻한 미소를 지어 보였다. 가끔 보면 이 사람, 눈치가 빠르다고 할까 감이 날카롭달까, 어쨌든 대단하다.
"다 알고 계셨군요. 저희도 그럴 생각으로 나왔어요."
"그래, 호화로운 우승 상품도 있으니 마음껏 즐겨."
호오, 상품이 있구나. 우승은 기대하기 어렵겠지만, 사람 심리가 그렇듯 상품이 있다고 하면 의욕도 생기는 법이다.
선배의 안내를 받아 접수를 마치고 출전 시간까지 대기

하는 중…….

"참고로 이 커플 콘테스트는 자유로운 방식이야. 무대 위에서 키스해도 오늘만큼은 나무랄 사람이 없지. 뭐, 나는 혼나겠지만."

핫핫핫, 선배는 허리에 손을 얹고 유쾌하게 웃었다. 그리고 우리의 반응을 보며 얼마든지 해 보라는 듯 윙크를 해 보인다.

나와 나나미도, 테시카가네도 마음은 하나였다.

"그런 짓을 어떻게 해요!"

전원에게서 날아온 태클에도 조금도 동요하지 않은 선배는 오히려 더 크게 웃으며 다시 사람들을 모으는 일로 돌아갔다.

키스라는 말을 듣고 의식하지 않기가 더 어렵다. 나는 나도 모르게 나나미의 입술로 시선을 향했고, 나나미 역시 나에게 시선을 향했다.

키스는 이미 몇 번이나 했는데, 눈이 마주치자 휙 시선을 돌려버린다. 테시카가네는…… 어쩔 줄 몰라 하며 서로의 얼굴조차 쳐다보지 못하고 있었다. 풋풋하다는 느낌이다.

그렇게 약간의 어색함을 느끼면서도 우리는 대기실이 될 체육관의 준비실로 이동했다. 참가자가 꽤 많네. 10팀 정도인가?

5팀씩 두 그룹으로 나눈 뒤 거기에서 각각 2팀이 결승 진출…… 마지막에 4팀이 순위를 다툰다고 한다. 뭔가 만화 토너먼트 같네.

나와 테시카가 군 팀은 같은 후반조였다. 전반조를 보고 뭘 하는지 알 수 있으니 그나마 마음은 편할 것 같았다.

잠시 기다리고 있으니 접수가 마감됐는지, 커플 콘테스트의 개최 선언이 들렸다. 드디어 시작됐구나. 긴장된다.

전반조가 불려나가며 체육관 위에서 각자 소개를 이어갔다. 이름과 커플 기간을 말하고 각자 어필할 부분을…… 잠깐, 사회 진행도 쇼이치 선배인가.

흥겹게 사회를 보는 쇼이치 선배가 말을 한마디 할 때마다 공연장은 비정상적인 열기를 보였다. 이런 분위기 속에서 한다고? 진짜로……?

내 손안에 서서히 땀이 배어드는 것이 느껴졌다. 처음에 켄부치가 무대를 하자고 했었는데, 하지 않아서 다행일지도 모른다.

사람들 앞에서 뭔가 한다는 것이, 이렇게나 긴장되는 일일 줄은 몰랐다.

땀이 나지만 손끝은 차가워지며 떨려왔다. 마치 얼음을 직접 쥐고 있는 것처럼 차갑다. 피가 통하지 않는다는 감각이 이런 것일까.

무대 위에서는 뜨거운 열기를 달궈가는 커플 콘테스트

에 반해 나의 몸은 서서히 차가워져 가는데, 문득 손에 온기가 느껴졌다.
나나미의 손이었다.
"기, 긴장되네. 손이 차가워졌어……."
그렇지 않다. 나나미의 손은 나보다 훨씬 더 따뜻해서 확실히 알 수 있었다. 나는 그 손을 마주 잡고 그녀의 열을 느꼈다.
따뜻함에 안심이 되며 조금씩 긴장이 풀리는 기분이었다.
아까까지만 해도 말조차 나오지 않을 것 같았는데, 내 입은 매끄럽게 움직였다.
"……나도 긴장돼."
"그렇지. 라운딩걸 알바를 해서 조금은 익숙해지지 않았을까 생각했는데, 이런 건 또 다르네."
"그렇구나……. 고마워."
나나미는 분명 긴장한 나를 풀어주기 위해 자신도 긴장했다고 말해 준 거겠지. 그렇게 생각하니, 자연스럽게 감사의 말이 나왔다.
나도 정신 차려야지. 이미 주사위는 던져졌으니까.
"아냐, 아냐. 진짜로 나도 떨려. 솔직히 라운드걸이라고 해도 나는 아무 말도 안 해도 되니까 그나마 버틸 수 있었던 거야. 이런 무대에 올라서 무슨 말을 하는 건 처음이니까."
어…… 정말로? 틀림없이 그저 배려해 준 거라 생각했

는데, 잘못 생각한 모양이다. 이제 보니 나나미의 손에서도 땀이 나고 있었다. 정말이었네.

난 한번 기합을 넣은 탓에 긴장감이 조금은 가라앉았으니, 이번에는 내가 나나미를 격려할 차례였다.

"괜찮아, 나나미. 내가 할 수 있는 거라면 뭐든지 할게."

"어? 뭐든지 괜찮아?"

"응. 뭐든지……."

"그럼, 쪽."

나나미가 갑자기 뺨에 키스했다.

어? 여기서? 대기실에 있던 사람들도 눈을 동그랗게 뜨고 우리를 보고 있었다. 아니, 갑자기 이런 걸 하면 너무 갑작스럽잖아.

나나미는 톡 닿는 정도의 키스를 하고는 바로 내게서 떨어져 자기 뺨을 톡톡 건드린다. 나도 해 달라고……?

"음."

"……진짜로?"

뺨을 건드리며 생글생글 웃고 있는 나나미의 뺨에 나는 톡 닿는 가벼운 키스를 했다. 모두의 주목을 받은 상태에서 하는 키스는 처음이라 상당히 민망하다.

설마 아까 쇼이치 선배가 말했던, 무대 위의 키스와 비슷한 짓을 해 버리게 될 줄은 몰랐는데.

주위를 보니 뭔가 이상하게 주목을 받고 있었다. 개중에는 조금 부러운 얼굴로 자신도 해 달라며 남자친구에게 조르는 여자도 있었다. 남자는 그것을 이런 곳에서 어떻게 하냐면서 거부했다.

주위가 커플뿐이라고 너무 과했나 싶어 뒤늦게 부끄러움이 밀려왔다.

"……그냥 너희들이 우승해."

불쑥 튀어나온 그 목소리가 누구였는지는 확인할 길이 없었다.

◇◇◇◇◇◇◇◇◇◇

베스트 커플 콘테스트는 예상외의 열기를 보였다. 이건 정말 예상 밖이다. 내가 이겨서 올라왔는데, 왜 뜨거운 거지?

5팀 간의 싸움…… 싸움이라는 표현이 맞는지는 모르겠지만, 거기서 나와 나나미는 이겨서 올라왔다.

내용은 사회자가 던진 주제를 커플끼리 대답하고, 거기에 둘 다 대답하면 포인트를 얻는 방식이었다.

다행히 나와 나나미는 그걸 차례차례 맞힐 수 있었고, 정신을 차려보니 전부 정답을 맞혔다. 아니, 정말…… 깜짝 놀랄 정도로 잘 맞혔다.

첫 데이트 장소, 고백은 어느 쪽에서 했는지, 처음 키스를 한 것은 몇 번째 데이트 때였는지, 여친의 좋아하는 부분,

남친의 좋아하는 부분…….

공개 처형인가? 싶은 생각이 들 정도로 온갖 질문이 날아왔다.

이 열기는 분명 어차피 질 거라 생각했던 잔챙이 캐릭터가 강적을 쓰러뜨렸을 때……. 자이언트 킬링이나 언더독 효과 같은 거겠지.

참고로 테시카가와 시리시즈 씨 두 사람도 대답을 차례차례 완료해서 거의 모든 문제를 맞힌 덕분에 우리와 테시카가 팀이 남게 되었다.

"자, 결승을 앞둔 각오를 들려줘!"

그런 우리에게 마이크를 겨누는 쇼이치 선배. 이 사람 너무 몰입한 거 아닌가?

무대 위에서 마이크를 들이댄다 해도 딱히 재치 있는 말을 할 수 있는 것도 아니다. 그저 나는 무난하게 열심히 하겠습니다, 라는 말밖에는 할 수 없었다.

나나미는 그새 익숙해졌는지 어느새 무대를 즐기며 "제 남친이 최고라는 걸 보여줄게요!"라고 말해 공연장을 들끓게 했다. 나도 저런 식으로 말할 걸 그랬나.

그리고 지금…… 결승을 맞이한 우리는 최대의 난관에 부딪혀 있었다.

결승 문제, 상대방의 좋아하는 점을 이야기하다가 이야기할 것이 떨어진 커플이 지는 승부였는데, 나와 나나미는 끝까지 살아남았다.

그리고 테시카가와 시리시즈 씨도 마지막까지 남아 있었다. 왠지 서로 피를 토할 듯한 얼굴로 상대의 좋아하는 점을 답하고 있다.

왜 그렇게까지……. 여기까지 온 이상 오기의 문제일지도 모른다.

우리가 도저히 결판이 나지 않자, 사회자가 말도 안 되는 과제를 내놓았다.

그것은 바로 '상대방에게 사랑의 말을 전해 주세요'라는 것.

말하자면 공개 고백이다. 당시를 재현하는 것이 아니라, 지금 다시 고백한다면 뭐라고 말할 것인가를 겨루는 것이다.

생각할 시간은 5분. 5분 후에 나는 나나미에게…… 모두의 앞에서 고백해야 한다.

아니, 이미 사귀고 있으니까 고백한다는 말도 좀 이상하지만. 이 이벤트가 인싸들의 이벤트라는 것을 잘 느낄 수 있는 주제였다. 절대로 나에게서는 나올 수 없는 발상이다.

그렇게 생각했는데, 뭔가 진 사람들에게서 '지길 잘했다'라는 중얼거림이 들려왔다. 잠깐, 인싸들에게도 이상한 거야, 이 이벤트?

이거, 분위기에 따라 흘러가는 방식이 아닐까. 나중에

냉정하게 되돌아봤을 때 머리를 쥐어뜯고 싶은 흑역사가 되어 있지 않을까. 젠장, 묘하게 냉정해진 스스로가 원망스럽다.

하지만…….

"요신, 무리하지 않아도 괜찮아. 그런데 미안하지만, 조금 기대하고 있어……."

나나미에게 그런 소리를 들은 이상 진지하게 생각할 수밖에 없잖아.

이곳은 나와 나나미밖에 없는 장소다. 주위에 아무도 없다고 믿어라. 부끄러워하지 말고 나나미에게 마음을 전하는 거야. 생각해, 마음을 끌어올려.

5분 동안, 이 반년 가까운 시간의 추억과 내 생각들이 머리와 마음을 바쁘게 오갔다. 서로 만나고, 데이트하고, 다시 한번 고백하고, 그리고 키스하고…….

……그렇구나, 벌써 반년이나 지났구나. 긴 듯하면서 눈 깜짝할 정도의 시간이었다.

멀리서 이제 되지 않았냐는 소리가 들려왔다.

응, 마음은 정했다.

한 걸음 앞으로 나아가자. 눈앞에는 나나미밖에 없고……. 어느샌가 그녀와 나에게만 스포트라이트가 켜져 있었다.

"나나미와 사귄 지 반년…… 정말로, 여러 가지 일들이 있었지. 둘이 많은 곳을 다니고, 생일도 함께 있었고, 내가 누군가를 이렇게 좋아하게 될 거라고는 상상도 못 했어."

계속 혼자였다. 그래도 아무렇지도 않았다. 하지만 지금은, 나나미와 함께하지 않는 자신은 상상할 수 없고, 상상하고 싶지도 않다.

"이 반년 동안, 나는 나나미에게 평생을 들여도 갚을 수 없을 만큼 많은 행복을 받았어."

내 안에 없던, 누군가와 함께해서 행복하다는 마음은 모두 나나미가 준 것이다. 그것이 이 반년 사이에 더욱 강해졌음을 느꼈다.

즐거운 일, 기쁜 일을 공유했다. 앞으로는 분명 슬픈 일도 공유할 것이고, 부딪히는 일도 있을 것이다.

그렇다 해도.

"그러니까 나는 내 남은 평생을 걸고, 전력으로 나나미를 행복하게 해 줄 거야. 앞으로도 나는 반드시…… 나나미만을 사랑할 거야."

지나친 허풍처럼 들릴지도 모른다. 과장이 아니냐는 말을 들을지도 모른다. 하지만 이것이, 지금 내가 느낀 솔직한 마음이었다.

"좋아해, 나나미."

그 말을 전한 순간, 나의 몸이 충격과 함께 휘청였다. 그와 동시에 공기가 떨릴 정도의 함성이 내 피부를 아프게

찔러왔다.

나나미가 내 품에 뛰어들었고, 나는 그런 나나미를 부축하듯 끌어안았다.

"나도, 요신에게서 정말 많은 걸 받았어……. 내 온 마음을 다해서, 앞으로도 듬뿍 돌려줄게……! 계속 함께 있자!"

그리고 나나미가 내게 키스했다.

긴 키스가 아니라 터치하는 듯한 가벼운 키스. 곧 떨어진 그녀가 만개한 꽃 같은 미소를 지어 보였다.

"요신, 정말 좋아!"

한순간의 정적이 마치 영원처럼 느껴졌다. 그 누구도 아무 말도 하지 못했고, 나조차도 아무 말도 하지 못하던 그 순간…….

터질 듯한 박수가 쏟아졌다.

"고백하라고 했지, 누가 프러포즈를 하랬어?"

쇼이치 선배가 황당하다는 듯 말했다. 그 지적에 또 한 번 함성이 커졌다.

아니, 마음을 전하라고 한 건 선배잖아요. 그래서 전 지금 할 수 있는 전력을 다한 거라고요. 왜 비난하는 거예요.

어쨌든 이것으로 우리 차례는 끝이다. 무대 위에서 모두에게 인사하고 내려가려는 순간, 나나미가 불쑥 중얼거렸다.

"나중에 둘이 있을 때, 요신도 나한테 키스해 줘."

"……응."

"그래, 그래. 끝나고 나면 실컷 붙어 있어라."

쇼이치 선배에게는 다 들렸나 보다. 마이크를 들고 그렇게 말한 탓에 뭔가 했다는 분위기가 전해진 것인지, 모두에게서도 비슷한 야유가 날아왔다.

두 사람이 나란히 뒤로 돌아 물러나자, 테시카가 팀이 우리를 어이없다는 듯 쳐다봤다. 미안.

"자, 항간의 이상한 소문을 날려버릴 정도로 돈독한 커플의 모습을 보여준 두 사람이었습니다. 그럼, 이어서 테시카가 팀도 해볼까요?"

"이런 분위기에서 하는 건가……."

정말 미안해. 좀 과했다고 생각한다. 마지못한 모습으로 두 사람이 무대 위에서 대치했다. 마치 지금부터 싸움이라도 벌일 것처럼, 테시카가는…… 시리시즈 씨를 똑바로 바라보았다.

"그럼, 마음껏 사랑의 말을 전해 줘!"

쇼이치 선배의 말과 함께 손가락을 딱 하고 울리는 소리를 신호로 조명이 꺼졌고, 두 사람에게 스포트라이트가 집중되었다.

이런 느낌이었구나. 전혀 눈치채지 못했다.

"……시리시즈, 너한테는 어렸을 때부터 민폐만 끼쳤지."

조명을 받은 테시카가가 천천히, 신중하게 말을 골라나

갔다. 그 말을 듣고 시리시즈 씨는 미소를 지어 보였다.

"솔직히 여기 같이 서 있을 수 있다는 것 자체가 고마워. 나는…… 너한테 심한 짓을 했어. 그걸 용서해 달라고는 안 해."

쓸쓸한 미소를 지은 테시카가에게, 시리시즈 씨가 한발 다가섰다.

"……오늘은 너와 즐거운 추억을 만들 수 있어서 좋았어. 나에게는 이걸로도 충분해…… 차고 넘칠 정도로 행복한 생각을 받았어."

마치 그것은 사랑의 말이 아니라, 이별의 말 같았다. 무대를 보고 있던 사람들이 술렁였다. 어느 쪽으로도 해석할 수 있는 말에 당황하는 기색이었다.

그런 그에게, 시리시즈 씨가 한 걸음 한 걸음 다가가더니, 그에게 손이 닿을 만한 거리에 멈춰 섰다.

그리고 있는 힘껏…….

뺨을 날렸다.

"어?"

찰싹, 화려한 소리와 함께, 뺨을 맞을 거라 예상하지 못한 테시카가가 그대로 쓰러졌다. 지금 시리시즈 씨의 차림새와 어우러져 실로 그럴싸한 구도가 완성되었다.

쓰러진 채 테시카가가 자기 뺨을 눌렀다. 당황한 눈빛으로 바라본다. 우리도, 테시카가도, 쇼이치 선배도, 무대를 보는 사람들도.

학교제라 그런지 말리는 교사들의 목소리도 들려오지 않았다. 그야 그렇다. 이곳에 모두가 있는 것은 아니니까. 있는 것은 무대를 보러 온 관객들뿐이다.

손님들의 시선이 무대에 못 박혀 있다. 그뿐이다.

누군가가 꿀꺽 침을 삼키는 소리가 들렸다. 그리고 그게 내가 낸 소리였다는 걸 깨달을 무렵…… 시리시즈 씨가 소리쳤다.

평소의 그녀라고는 상상할 수조차 없는 큰 목소리로, 마치 지난날의 마음을 모두 이곳에서 토해내는 것처럼. 우렁차게.

“언제까지 우물쭈물하고만 있을 건데, 이 화상아!”

엄마 같은 대사가 나왔다.

다들 입을 쩍 벌렸다. 뺨을 누르고 있는 테시카가도 얼이 나간 표정이다. 멍하니 일어나…… 그대로 그녀의 말을 들었다.

“타쿠는 옛날부터 그랬어! 혼자서 고민하고! 아무 말도 해 주지 않고! 내가 얼마나 걱정했는데! 결국 혼자서 다 결론지어 버리고!”

선명한 목소리였다. 아까의 함성보다 더 강하게, 이 체육관 전체를 울리는 것만 같은 목소리였다.

평소 여유롭고 차분한, 화난 얼굴을 남에게 보인 적 없는 사람의 노기란, 그야말로 무시무시했다.

상관없는 나까지 몸이 떨릴 정도다.

"누가 용서 안 한대?! 잘못했으면 미안합니다! 그렇게 말하고 화해하면 되잖아! 왜 멋대로 혼자 사라지는 거야! 대체 몇 년이 지난 줄 알아?!"

지리멸렬하고, 그저 자신의 마음만을 부딪치는 듯한 강한 말들을, 테시카가는 어떤 심정으로 듣고 있을까.

표정만으로는 짐작할 수 없었기에 우리는 묵묵히 그것을 지켜보았다.

"그래, 어차피 무슨 사정이 있었겠지! 그렇다면 말해 줘! 말하지 않으면 몰라! 멋지지 않아도, 한심해도 되니까 말하라고!"

같이 생각하면 되잖아, 소꿉친구잖아. 가냘픈 목소리를 짜낸 그녀가 힘없이 테시카가의 가슴을 때렸다. 시리시즈 씨의 외침이 끝난 뒤에도 아무도 입을 열지 않았다.

"미안해, 코토하."

정적 속에서 테시카가의 목소리만이 울려 퍼졌다.

"네 말대로 내가, 허세만 부리고 있었어. 코토하를 지켜야 한다면서 방황하고, 걱정만 시키고……. 하지만 이제 그런 건 그만두겠어."

테시카가는 힐끔 나를 보더니 입을 꾹 다물었다. 마치 무언가 결심한 것처럼 심호흡을 하고, 시리시즈 씨에게 시선을 보냈다.

"나와 다시 한번…… 친구가 되어줄래?"

시리시즈 씨를 끌어안은 채로, 테시카가가 용기를 냈다. 그 말을 들은 시리시즈 씨는…… 저도 모르게 웃음을 터뜨린다.

"……여기까지 와서 그렇게 말하는 게 타쿠답네."

아마 그 말은 우리한테만 들리지 않았을까. 그 정도로 작은 중얼거림이었다. 그래도 어딘가 기쁜 얼굴로 시리시즈 씨는 고개를 끄덕였다.

"기꺼이."

그 말에 테시카가의 눈가가 땀과는 다른 것으로 반짝인 것 같았다. 스포트라이트를 받은 두 사람에게, 조금 전과는 다른 박수가 쏟아졌다.

상냥하고 따뜻한 축복의 박수. 두 사람이 조금 수줍어했다. 그 손은 이번에야말로 실수하지 않겠다는 결의인지 굳게 잡혀 있었다.

회장이 훈훈한 분위기에 휩싸이는 가운데……. 입을 다물지 못하는 사람이 한 명 있었다.

"너희들, 그러고 안 사귄다는 건 좀 이상하지 않아?"

"아니, 쇼이치 선배, 이 장면에서 굳이 그런 소릴 해야 하나요……."

그 눈치 없는 지적에 나도 모르게 태클을 걸고 말았다.

다만 뭐, 선배가 한 저 말은 지금 이 자리에 있는 사람들 모두가 가진 생각일지도 모른다.

새빨갛게 물든 테시카가의 표정이 모든 걸 말해 주고 있었으니까.

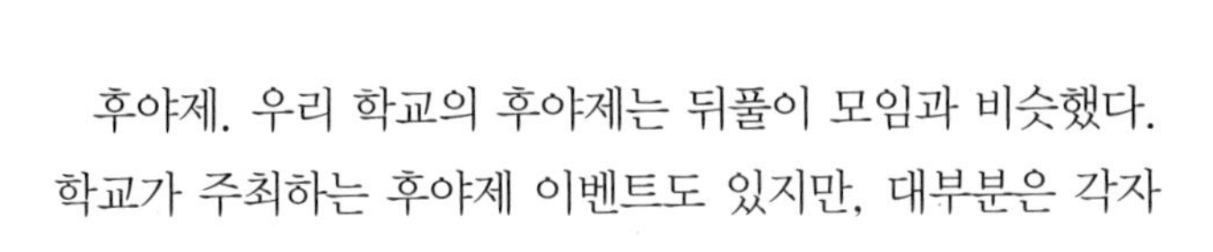

후야제. 우리 학교의 후야제는 뒤풀이 모임과 비슷했다. 학교가 주최하는 후야제 이벤트도 있지만, 대부분은 각자 반에서 뒤풀이한다.

물론 후야제에 참석하지 않고 자신들끼리 뒤풀이를 즐기는 사람도 있었다.

"학교제도 이걸로 끝인가……."

혼자 무대를 보면서 중얼거렸다.

어떤 의미에서 첫 번째 학교제, 나나미와 함께하는 학교제는 무척 즐거웠다. 이런저런 일들이 있었지. 설마 내가 여장하리라고는 생각지도 못했다.

"아, 무대 위에서 키스한 미스마이 선배다."

"혼자야? 여친한테 안부 전해줘~."

"응, 고마워."

혼자 있으면 이런 식으로 여러 사람이 말을 걸어왔다. 하급생, 상급생, 동급생…… 그 콘테스트에서 우리를 보고 있던 사람들이다.

나는 인사하거나 손을 흔들면서 대꾸했다. 얼마 전이었다면 생각도 못 했을 일이다. 스스로 좀 놀랍다.

지금 체육관 안은 학생들끼리 춤을 추는 댄스파티처럼 입식으로 꾸며져 있었다. 당연히 그런 것을 배웠을 리가 만무했기에 어디까지나 흉내만 낸 것이다.

주스와 과자가 놓여 있고, 음악이 나오고, 모두가 노래하고 춤을 추고 있다. 그런 자유로운 공간이었다.

"설마 우리가 우승할 줄이야."

그 콘테스트에서 나와 나나미는 그대로 우승했다. 테시카가 팀이 아직 커플이 아니라는 이유로 사퇴했기 때문이다.

이상한 부분을 신경 쓴단 말이지. 그런 의미에서도 잘 어울리는 것 같았다.

우승 상품은 모종의 페어 티켓이다. 아마 놀이공원 같은 곳이 아닐까? 다음 데이트 때 가봐도 좋겠다.

조금 기대된…… 앗, 차가워?!

"이야~ 거기 오빠, 인기가 아주 많네."

돌아보니 나나미가 음료수를 들고 서 있었다. 지금은 후야제라서 그런지 늘 입는 교복 차림이었다. 물론 나도 마찬가지다. 역시 치마보다 바지가 마음이 놓인다. 치마는 아무래도 너무 팔랑거리는 게…….

"에이, 잘 어울렸으니까, 다음엔 방에서 입어줬으면 좋겠는데……."

"……그럴 일이 있다면."

그럴 일이 없다는 걸 나나미도 알아차린 것인지 뿌우 하고 입술을 삐죽 내밀며 항의했다. 아무리 항의해도 한동안은 사양이다.

지금은 나나미와 이 후야제를 천천히 즐기고…….

"미스마이! 너 진짜 대박이다!"

갑자기 소란스러운 무리가 우리에게 다가왔다. 켄부치를 필두로 한 같은 반 아이들이다.

그들은 우리를 에워싸는가 싶더니 서로 오늘 학교제의 성공을 축하했다.

"설마 무대 위에서 진짜 할 줄은 몰랐는데 말이야. 보고 식겁했어. 존경스러워, 진심이야."

"아, 그건 그…… 뭐, 기세지."

키스한 건 나나미지만. 오히려 기세에 당한 것은 완전히 내 쪽이었다. 나나미가 갑자기 올 줄은 꿈에도 몰랐다.

나나미는 꺅꺅대는 여자들에게 둘러싸인 채 수줍은 듯 볼을 물들이고 있다.

설마 이렇게 모두와 대화하는 날이 올 거라고는 생각하지 못했는데.

"다들 수고 많았어."

내가 들고 있던 컵을 들자, 모두가 한 박자 늦게 컵을 들어주었다. 그것이 조금 기뻐서 나는 건배, 하고 작게 한마디만 말했다.

모두에게서도 건배라는 소리가 들려왔고, 나는 그 자리에 있는 모두와 컵을 부딪쳤다. 뭔가 이걸로 끝이라는 느낌이라, 조금 쓸쓸한 기분이다.

느껴본 적 없는 쓸쓸함에 당황하는데, 나나미가 내게 달라붙어 주위가 또 한 번 떠들썩해졌다. 민망한 것도 같고 간지러운 것도 같은, 이상한 기분이다.

갑자기 익숙한 목소리가 내 귀에 닿았다. 엄마다.

"요신, 여기 있었구나. 우린 이제 돌아갈 건데 어떻게 할래?"

"아, 응…… 그러네."

나는 힐끔 모두를 보고 나서…… 엄마에게 전했다.

"난 좀 더 있을게. 모두랑 아직 같이 있고 싶어서."

엄마가 믿을 수 없는 것을 본 사람처럼 눈을 동그랗게 뜬다. 나도 내가 말했지만, 참 어울리지 않는 대사라고 생각했다.

그래도 오늘은 축제니까. 오늘 정도는 이 분위기에 올라타 나답지 않은 대사를 해도 되지 않을까.

어쩐지, 이제야 나도 이 반의 일원이 된 것 같은 기분이 들었다.

좀 늦었지만.

"아주머니, 걱정하지 마세요. 요신 군은 제가 책임지고 돌보겠습니다."

"어머나. 그럼 부탁할게, 켄부치 군."

"맡겨 주세요."

……잠깐만, 왜 엄마랑 켄부치가 사이좋게 대화하는 거야? 이번에는 내가 믿을 수 없는 것을 보는 눈빛으로 두 사람을 바라보았다.

손가락으로 가리키며 입을 뻐끔뻐끔 잉어처럼 움직였다.

"켄부치 군이 커플 콘테스트까지 안내해 줬거든."

"제가 안내해 드렸죠."

다분히 인위적인 대사를 하며 브이 사인을 하는 켄부치. 잠깐, 다들 그 자리에 있었다고?!

나도…… 그리고 나나미도 굳어버렸지만, 엄마는 아무렇지 않은 태도로 스마트폰을 꺼내 나에게 보여주었다.

"물론 기록도 남겨놨단다."

여장 차림으로 나나미에게 다시 한번 고백을 하는 나를 본 것도 모자라서…… 찍혔어?

뭔가 나나미가 나중에 영상을 보내달라고 하는 말이 들리는데, 옆에서 들리는 그 목소리가 굉장히 멀게 느껴졌다.

말도 안 돼.

"오오, 주저앉았다!"

당연히 주저앉고 싶을 수밖에. 아니, 정말로 다리에 힘이 안 들어가면 무릎부터 주저앉게 되는구나. 이 상황에서 음료를 흘리지 않은 것을 칭찬해 줬으면 좋겠다.

어쩐지 다들 웃고 있다. 물론 남의 일이라면 나도 웃었겠지만…… 이 자식이!

내 안에, 오랫동안 싹트지 않았던 감정이 생겨났다. 그 감정을 토해내듯 내 입에서 말이 튀어나왔다.

"히토시…… 너, 대체 무슨 짓을 저지른 거야……!"

"오?"

몸을 일으키고 감정을 실어 그렇게 말하자, 켄부치…… 아니, 히토시는 어딘가 기쁜 얼굴로 씨익 미소 지었다.

젠장, 뭐야, 그 여유로운 미소는! 정말이지, 왜 쓸데없는 짓을 해서는! 무조건 한동안 놀림거리잖아, 이거!

"뭐야, 요신, 내 이름을 기억하고 있었어?"

"미안한 마음에 명단 보고 외웠다! 민망해서 이름으로 부를 타이밍 못 잡고 있었는데, 하필이면 왜 이런 타이밍인 거냐고!"

"아하하, 그거 좋네. 나는 그렇게 감정을 드러내는 쪽이 더 좋아."

켄부치…… 히토시는 즐거운 듯 손뼉을 치며 웃었다. 뭔가 이제는 이 녀석에게 예의를 차려 반응하는 것이 반대로 더 실례인 것 같은 느낌이 드니 신기하다.

됐으니까 사과하라며 달려드는 나와 나쁜 짓은 안 했다며 장난스럽게 넘기는 히토시의 대화를 모두가 웃으면서 보고 있는데…….

"……요신, 좋은 친구가 생겼구나."

엄마의 목소리에 조금 위화감이 들었다. 평소라면 눈치채지 못할 정도로, 엄마의 목소리는 떨리는 것처럼 들렸다.

잘은 모르겠지만 슬퍼하는 느낌은 아니다. 그보다, 모두가 있는 앞에서 따뜻한 눈빛으로 그런 말을 들으면 쑥스러운데.

……하지만 뭐, 맞는 말이긴 하다.

"그렇지…… 응. 친구야."

"오, 수줍어한다."

"수줍어한 적 없어……. 두고 보자, 젠장."

본래의 내 의도와는 좀 달라진 것 같은데 기분 탓일까. 엄마를 체육관에 데려온 일은 반드시 어디선가 복수해 주겠어. 그럴 기회가 있을지는 모르겠지만.

"그래…… 그럼 재밌게 놀다 오렴. 늦어질 것 같으면 연락만 해 주고."

"응. 알았어."

엄마는 발길을 돌리더니 손을 흔들며 돌아갔다. 아빠나 겐이치로 씨 일행은 체육관 입구에서 대기하고 있다가 우리에게 손을 흔들어 주었기에 마주 흔들어 주었다.

고등학교에는 없는 수업 참관을 당한 기분이다. 학교제가 그런 측면도 있는 걸까?

"그러고 보니 반장은 어디 갔어?"

"아, 시리시즈 씨라면……."

지금은 아마 테시카가 군과 함께 있지 않을까……라고 말하려다 거기서 말을 딱 멈췄다. 이거 어쩌지? 말하는 게 좋을까?

명확하게 좋아한다는 말을 한 건 아니지만, 조금 호감을 품고 있는 것 같은 느낌이었지? 홈룸 때도 그렇고 콘테스트 전에도 그렇고.

이 말을 하면 히토시는 크게 상처받지 않을까. 그런 느낌인데…….

"그건 그렇고 미스마이네 엄마 무지하게 미인이시네. 쿨 계열이라는 건가? 저런 미인이 부탁하면 뭐든 오케이할 것 같아."

이 녀석, 진실을 얘기해도 멀쩡할 것 같다.

"시리시즈 씨라면 지금 테시카가 군과 함께 있어."

아, 주저앉았다.

의도치 않게 아까 일을 복수한 것처럼 되고 말았다. 울지는 않는 것 같지만, 땅속 깊은 곳에서 울리는 것 같은 신음 소리를 내며 괴로워한다.

"왜 내가 좋다고 생각한 여자는 모두 남의 여자인 거야아아아……."

피라도 토할 것 같은 신음이었지만, 다른 아이들은 또

시작이라며 그렇게까지 신경 쓰는 기색은 보이지 않았다.

나는 몰랐는데, 혹시 늘 이런 느낌인가?

일단은 위로의 뜻을 담아 어깨를 토닥였는데, 그는 여친 있는 자의 여유냐아아아! 하면서 여전히 그 자세로 신음했다. 응, 이건 확실히 놔두는 게 제일이겠네.

시간이 모든 걸 해결해 주겠지, 생각하며 고개를 들자…… 호랑이도 제 말 하면 온다는 걸까. 시리시즈 씨가 돌아왔다.

테시카가와 함께.

"젠자아아아앙!"

아, 울면서 가버렸다…….

음, 따라가는 편이 좋을까? 이럴 때는 어떻게 해야 할지 잘 모르겠네. 내가 가도 딱히 소용없을 것 같은데.

아, 뭔가 여자애한테 말을 걸고 있다. 응, 놔둬도 괜찮을 것 같다.

……히토시에게는 나중에 응원이라도 한마디 해 줄까. 여자애 소개해달라는 말을 들으면 곤란하겠지만.

"안녕, 테시카가. 그, 뭐랄까. 여러 가지로…… 해결된 거야?"

재치 있는 한마디는 할 수 없었기에 결국 돌직구로 물어보았는데, 굳이 대답을 들을 필요도 없이 그는 후련해 보이는 표정이었다.

손은 잡지 않았지만 시리시즈 씨와의 거리도 가깝고……

응, 이건 히토시가 자리를 비운 것이 정답이었을지도 모른다.

과거에 무슨 일이 있었는지, 무슨 말을 했는지는 굳이 묻지 말자. 어디까지나 그것은 두 사람의 문제이고, 여기서 물어보는 것도 촌스러운 짓이겠지.

앞으로 분명 둘이 새로운 관계를 만들어 나가지 않을까. 살짝 관여했던 입장으로서 말하자면, 두 사람이 행복해지면 좋겠다.

"네, 감사합니다."

응? 뭔가 지금 말투가 좀 이상하지 않아?

한 걸음 앞으로 나온 테시카가가 그대로 몸을 앞으로 숙였다.

"미스마이 씨…… 덕분에 다시 코토하와 친구 관계를 맺을 수 있었습니다. 이 테시카가, 은혜는 절대 잊지 않겠습니다."

"아니, 그건……. 두 사람이 열심히 한 결과잖아. 나는 아무것도 안 했어. 정말로 아무것도 안 했는데."

이건 진짜다. 내가 한 일이라면 테시카가를 불러낸 것 정도다. 뒷일은 모두 두 사람이 스스로 해낸 일이다. 고맙다는 말을 들을 만한 일이 아니다.

"아뇨, 모든 건 미스마이 씨 덕분입니다. 그러니 앞으로도 많은 지도 부탁드립니다, 스승."

그는 그대로 조용히 고개를 숙였다.

……뭐라고?

“스승……?”

“네, 앞으로 연애에 관해서는…… 미스마이 씨를 본받고 싶으니, 스승이라고 부르는 편이 도리에 맞을 것 같아서요.”

너는 겉보기에 일단 불량아 맞지? 왜 그런 배틀 만화같은 대사를 하는 거야? 시리시즈 씨도 좀 말리…… 아, 틀렸네. ‘연애’라는 말을 듣고 좋아하고 있다.

주위 사람들은 이미 히죽거리며 웃고 있다. 그렇지, 재미있지, 이런 거. 지금이라면 아주 조금 이해가 간다.

일부 여자에게서는 비명에 가까운 소리도 들렸지만, 지금은 굳이 신경 쓰지 말자.

“그…… 스승이라고 부를 필요는 전혀 없는데.”

“하지만 실례되는 짓을 하기도 했으니, 저로서는 이런 걸로 매듭을 짓고 싶습니다.”

“아니, 상담이라면 언제든지 해 줄 수 있는데? 스승 같은 게 아니라, 그…… 친구로서…….”

……내가 먼저 이런 말을 내뱉는 건 좀 부끄럽다.

하지만 테시카가라면…… 비슷한 경험도 있으니 좋은 친구가 될 수 있을 것 같다는 생각이 들었다. 여러모로 만남은 좀 이상했지만.

"감사합니다, 스승."

음, 알아준 건가? 뭐, 스승이라는 호칭은 조만간 그만두겠지. 나는 어디까지나 테시카가를 친구로서 대할 것이다.

앞으로도 잘 부탁한다는 의미를 담아 나는 오른손을 앞으로 내밀었다. 그것을 본 그는 자세를 바로잡고 내 손을 잡았다.

악수하자 아아, 여러 가지로 끝났구나…… 하는 실감이 들었다.

여러 일들이 있었고, 처음에 생각했던 것과는 많이 달라지긴 했지만, 이렇게 나에게 무사히 동성 친구가 생긴 것은 솔직히 기뻤다.

감회에 젖어 있는데, 갑자기 내 팔에 따뜻하고 부드러운 것이 닿았다. 그곳을 쳐다보자 나나미가 나에게 꼭 붙어 있었다.

"말해 두겠지만, 친구가 생겨도 첫 번째는 나야."

조금은 토라진 듯한, 하지만 내가 친구가 생긴 것을 기뻐하는 것 같은 복잡한 표정을 지은 나나미의 모습에 미소가 절로 나왔다.

정말 사랑스러운 질투심이다. 그런 건 비교할 필요도 없는데, 그래도 분명 말하지 않고는 배길 수 없었겠지.

사랑받고 있다는 것을 느끼고, 나는 그녀의 머리를 쓰다듬었다.

보드라운 감촉이라…… 계속 쓰다듬고 싶은 기분이었다. 마치 질 좋은 천 같다.

나나미는 내가 쓰다듬자 기분이 좋아졌는지 눈을 가늘게 뜬다.

"괜찮아, 알고 있어. 나에게 있어서 첫 번째는 나나미야."

"에헤헤…… 기뻐."

아아, 역시 나는 나나미를 좋아하는구나. 그 웃는 얼굴을 보고 새삼스럽게 그런 생각을 하고 있자…….

"……아주 열렬하네."

그 누군가의 중얼거림으로, 우리들은 모두가 있다는 것을 깨닫고 주의를 둘러보았다.

나도 나나미도 뒤늦게 정신을 차리고 우리에게 시선을 보내는 모두를 둘러보자…… 일동의 그 표정은 '이 녀석들을 누가 말리겠어' 하는 느낌이었고…… 그것이 우리들의 마무리였다.

이렇게 해서 우리들의 학교제는 무사히 끝을 맞이하게 되었다. 다행히 이상한 소문도 가라앉았지만…… 그 대신 다른 소문이 퍼지게 되었다.

미스마이와 바라토가 학교제 무대에서 키스를 했다.

지나고 후회해도 소용없다. 역시 진실에 대해서는 대처할 방법이 없었고…… 머리를 싸매면서도 우리들은 그것을 감수할 수밖에 없었다.

후기

새해 복 많이 받으세요, 올해도 잘 부탁드립니다.

3월이라 그런 인사를 하기엔 좀 늦은 감이 있지만, 올해에는 처음 나온 책이니 이 책을 들어주신 모든 분께 다시 한번 인사를 드리고 싶습니다.

실은 새해가 된 뒤로 여러 가지 질병이나 부상이 계속되고 있습니다. 액운은 액년이었던 작년에 분명 끝났을 텐데…… 아직 좀 남은 것인지 여러 불운이 찾아오고 있는 것 같습니다.

작년에 이어 십이지장궤양도 치료 중인데, 그 외에도 무릎을 다치거나 몸 곳곳에서 삐걱대는 신호가 오고 있습니다.

지금도 무릎에 통증을 느끼면서 이 후기를 적고 있습니다.

야아…… 정말로, 이 책을 읽고 계신 젊으신 분들. 학생이나 20대분들에게 큰 소리로 말하고 싶습니다.

건강은 중요하다!

요즘은 젊어서 고생하면 나이 들어 더 고생한다는 말도 듣습니다만, 솔직히 제가 젊었을 때 했던 고생은 미미한 수준인데도 이 정도의 대미지를 받고 있습니다.

더 무모한 짓을 했다면 과연 어떻게 되었을까. 생각하면 오싹합니다.

무모한 짓을 하지 않는다……라고 말하지만, 인생에는 무리할 수밖에 없는 순간이 반드시 옵니다. 그러니 그때 고생해도 버틸 수 있도록, 평소에는 무리하지 말고 힘을 모아두세요.

자신의 한계를 확인하는 것이 중요할 것 같습니다.

자, 좀 부정적인 이야기와 나이 든 사람의 푸념 같은 이야기는 이쯤하고, 책과 관련된 이야기를 해 보겠습니다.

다시 한번, 8권을 읽어주셔서 감사합니다.

설마 제가 8권을 낼 수 있을 거라고는 생각도 못 했습니다. 7권의 후기에도 기재한 내용이지만 숫자에는 의미가 있습니다.

7에는 많은 특별한 의미가 담겨있는데 8도 마찬가지입니다. 특별한 의미가 많이 담겨있습니다.

가장 유명한 것은 '펼쳐지다' 아닐까요?

한자로 쓴 8은 위에서 아래로 펼쳐지고 있어 번영 등을 나타낸다나 뭐라나.

그 밖에도 영숫자 8 역시 동그라미만 있고 각지지 않은 숫자라서 재수가 좋다, 8을 가로로 하면 무한을 나타낸다,

종교적으로도 여러 좋은 의미가 있다…… 등등.

그런 경사스러운 8권을 올해 처음으로 전해 드릴 수 있어 무척 기쁩니다.

숫자의 나쁜 뜻? 그런 건 무시하세요.

이 경사스러운 권을 냈으니, 저의 남은 액운도 날아가겠죠.

이번 8권에서는 변함없이 요신과 나나미가 연애를 이어 가며…… 요신 안에서 또 하나의 성장이 태어난 권이기도 합니다.

그런 의미에서는 8의 번영이라는 의미도 포함된 것이 아닐까요? 노리고 한 것은 아니라 나중에 의미를 갖다 붙인 느낌이지만요.

참고로 이번 권에서 일어난 사건 중 일부는 저의 실제 경험도 들어가 있습니다. 어떤 것인지 한번 알아맞혀 보세요.

아, 아쉽게도 바니가 있는 곳은 아닙니다.

후기부터 읽으시는 분들도 있을 테니 이 이상의 스포일러는 삼가겠습니다.

꼭 본편을 읽어주세요.

그리고 새로운 캐릭터인 시리시즈, 테시카가 두 사람에 대해……. 어쩌면 이쪽 두 사람이 더 정석의 파란만장 러브 코미디를 벌이고 있는 것이 아닐까……? 쓰면서 그런 생각이 들었습니다.

같은 마음, 엇갈림, 소원해짐, 화해…… 뭔가 러브 코미디의 정석을 밟아가는 느낌입니다.

이 말은 이전에 적었을지도 모르지만, 이 작품에서는 정석인 파란만장 러브 코미디는 주인공 두 명 이외의 사람들에게 맡길 생각입니다.

오토후케 씨는 자신의 의붓오빠와 연애를.

카모에나이 씨는 소꿉친구인 연상 오빠와 연애를.

시리시즈 씨는 소꿉친구 동창과 연애를.

모두가 관계성이 어느 정도 성립되어 있고, 그 뒤로 답답한 전개나 엇갈리는 전개를 펼쳐나가고 있습니다.

언젠가 스핀오프 같은 걸 쓸 수 있다면 좋겠다……라는 생각을 하면서 적고 있습니다. 누군가의 스핀오프가 보고 싶다! 라는 소망이 있다면 편집부에 보내주세요. 언젠가 실현될지도 모릅니다.

뭐, 제게 시간적 여유가 생길지 어떨지 하는 문제도 있겠지만…….

어쨌든 그런 이유로 이 주인공 두 명은…… 가끔 싸우거나 할지도 모르지만 마음껏 달달한 연애를 하게 놔두고 있습니다.

이번 권에서도 두 사람은 달달했습니다. 왜 하지 않는

걸까 작가도 의아할 정도로 꿀이 떨어지네요.

그런 두 사람을 계속 지켜봐주셨으면 좋겠습니다.

그러고 보니 7권 예고를 확인해 주셨다면 아실지도 모르지만, 사실 이번 권은 7권에 적은 예고와는 내용이 조금 달라졌습니다.

분명 7권의 후기에서는 8권의 예고로 문화제와 수학여행이라고 되어 있었는데…… 네, 훌륭하게 문화제로 끝내버렸네요.

여기서부터 뒷이야기입니다.

사실 당초 예정으로는 8권에서 2학년의 이야기를 끝낼 생각이었습니다.

이 이야기가 계속된다고 해도 8권까지가 한계가 아닐까, 하는 생각이 있어서, 뇌 속에 있던 하고 싶었던 이벤트를 전부 다 집어넣자는 계획을 갖고 있었거든요.

햇병아리 신인이 8권까지 냈는데 그 후를 바라는 건 너무 높은 소망이 아닐까, 도중에 멈추는 것보다는 여기서 끝내는 편이 좋지 않을까.

그런 마음이 있었습니다.

그래서 플롯을 써서 담당자에게 제출했는데 이벤트가 너무 많지 않나요? 좁히는 게 좋지 않을까요……? 라는 조언을 받았습니다.

그때 제가 가진 불안을 말씀드렸는데, 정말 감사하게도 9권을 무사히 낼 수 있다는 말을 들었습니다.

그 후로 또다시 논의를 거쳐 이번 내용이 된 것입니다.

8권을 다 쓴 지금에 와서는 이것을 대체 어떻게 한꺼번에 다 쓰려고 했을까? 과거의 나……라는 지적을 날리고 싶은 기분입니다.

다행히 아직 여러분께 이야기를 전할 수 있을 것 같습니다. 속편을 낼 수 있다는 말은…….

노리자! 10권!

그렇습니다, 저자 코멘트 부분에도 썼지만, 올해는 10권을 목표로 하고 싶습니다.

뭐, 일단은 9권을 열심히 써야겠지만요. 이것도 응원해 주신 여러분 덕분입니다. 정말 감사합니다.

이 8권의 출판으로 제가 관여한 책은 만화책 2권을 합해 총 10권이 되었습니다.

3월에는 만화책 3권도 발매될 예정이니 총 11권입니다. 여러분, 만화책 쪽도 잘 부탁드립니다.

만화 쪽에서도 원작을 다양하게 해석해 주셔서 새로운 묘사나 그리지 못했던 캐릭터들이 속속 등장합니다.

칸나 선생님의 손에 의해 그려진 만화를 매번 기대하고

있습니다.

저는 정말 행복한 사람이라는 걸 실감합니다.

여러분께 더 많은 이야기를 전하기 위해, 저 자신도 더 많은 이야기를 보기 위해 오래 살고 싶습니다.

네, 처음에 말했던 건강 이야기로 돌아가 버렸네요…….

이렇게 여러분에게 기쁜 소식을 전할 수 있는 것도 응원해 주시는 여러분 덕분이고, 관계되신 모든 분들 덕분입니다.

카가치 사쿠 선생님, 이번에는 문화제 편을 맞아 다양한 의상의 일러스트를 그려 주셔서 감사합니다.

말랑하고 귀엽고, 그리고 섹시하게 그려주셔서 감사한 마음뿐입니다. 작화 비용이나 저의 주문이 많아서 죄송한 마음뿐입니다.

9권에서도 근사한 일러스트를 기대하고 있으니, 앞으로도 잘 부탁드립니다.

칸나 나고미 선생님, 언제나 사랑스러운 나나미를 그려 주셔서 감사합니다. 회를 거듭할수록 매력이 더해져서 저도 기대하고 있습니다.

그리고 요신이라면 어떻게 행동할까 하는 묘사를 네임을 통해, 그리고 올라오는 본편을 통해 보고 무척 좋은 자극을 받고 있습니다.

그 자극은 8권으로 피드백을 드렸습니다. 이 자리를 빌려 감사의 말씀을 드립니다.

새 담당자님이신 S님. 이번 권에서 처음으로 한 권 분량의 작업에 처음부터 관여해 주셔서 폐를 끼친 점도 많을 것 같습니다.

조언을 받은 덕분에 학교제라는 일대 이벤트를 제대로 묘사할 수 있었습니다.

앞으로도 부족한 부분이 많겠지만 많은 지도 부탁드립니다.

그 밖에도 디자인이나 교정으로 관여해 주신 분들, 해외판 번역에 관여해 주신 분들, 보이스 코믹에 관여해 주신 분들, 선전에 도움 주신 분들…….

그리고 마지막으로 독자 여러분께 감사를 전하면서.

앞으로도 힘내서 집필하겠습니다.

그럼 9권에서 뵙겠습니다.

9권은 수학여행……의 시작이다!

2024년 3월 1일

9권에도 취향을 듬뿍 담고 싶은 유이시로부터.

다음 권 예고

운동회에 수학여행!

청춘의 특대 이벤트는 아직 계속된다!

다양한 파란을 남긴 학교제가 끝나고 새로운 동성 친구도 생긴 요신. 반에도 조금씩 적응해 나가며 나나미와의 커플 관계도 모두에게 받아들여진다.

그리고 가을의 이벤트는 아직 끝나지 않았다! 운동회에 수학여행, 추억 만들기에 최고인 행사가 가득!

달달한 커플의 관계는 대체 어디까지 갈 것인가……?!

고등학교 2학년, 최고의 청춘이 바로 여기에!

아싸인 내게 벌칙 게임으로 고백해 온 갸루가 아무리 봐도 나한테 반한 것 같다 8

2024년 7월 15일 1판 1쇄 발행

저 자 유이시
일 러 스 트 카가치 사쿠
옮 긴 이 이소정
발 행 인 유재옥
이 사 조병권
출판본부장 박광운
편 집 2 팀 정영길 박치우 정지원 조찬희
편 집 3 팀 오준영 권진영 이소의
디자인랩팀 김보라
디지털사업팀 박상섭 김지연 윤희진
라이츠사업팀 김정미 맹미영 이윤서
영업마케팅팀 최원석 박수진 이다은
물 류 팀 허석용 백철기
경영지원팀 최정연
인쇄제작처 ㈜코리아피엔피
발 행 처 ㈜소미미디어
등 록 제2015-000008호
주 소 서울시 마포구 토정로222, 502호 (신수동, 한국출판콘텐츠센터)
판매 및 마케팅 (070) 8822-2301

ISBN 979-11-384-8377-3
ISBN 979-11-384-1250-6 (세트)